LE PLAGIAIRE

DANS LA MÊME SÉRIE

1. *Double jeu*
2. *La Disparue de Las Vegas*
3. *Le Linceul de glace*
4. *Le Corps du délit*
5. *La Tangente*
6. *Les Héritiers*
7. *Faux-Semblants*
8. *Le Plagiaire*

MAX ALLAN COLLINS

LE PLAGIAIRE

Fleuve Noir

Titre original :
Binding Ties

Traduit de l'américain
par Florence Mantran

Based on the hit CBS series
"CSI: Crime Scene Investigation"
Produced by CBS Productions, a
business unit of CBS Broadcasting Inc.
and Alliance Atlantis Productions Inc.
Executive Producers: Jerry Bruckheimer,
Carol Mendelsohn, Anthony E. Zuiker, Ann Donahue,
Naren Shankar, Cynthia Chvatal, William Petersen,
Danny Cannon, Jonathan Littman
Series created by: Anthony E. Zuiker

This edition published by arrangement with the original publisher
Pocket Books, a division of Simon and Schuster, New York.

ISBN : 2-265-08131-0

PROLOGUE

Aussi agressive et glaçante que le vent de la montagne qui balayait le désert du Nevada, la panique s'empara de Marvin Sandred et le pénétra jusqu'aux os.

Tout à fait réveillé, maintenant, il prit soudain conscience de sa totale impuissance, de la silhouette qui lui chevauchait la croupe et de la corde qui lui enserrait le cou. Un frisson lui parcourut le corps, augmentant encore la tension du nœud coulant autour de sa gorge, qui s'accentuait à chaque seconde.

Ses bras battant l'air, Marvin tenta de contrôler sa respiration. Il n'avait ni le temps ni la possibilité d'analyser la situation. Et pourtant, il savait qu'il était chez lui, dans le salon de sa petite maison de Las Vegas…, étendu par terre sur le ventre, une douleur intolérable aux articulations et aux poumons, son agresseur assis à califourchon sur son dos, la corde se resserrant lentement autour de sa trachée. Et, quoi qu'il tentât pour y échapper, rien n'y faisait ; son souffle n'était plus qu'un râle entrecoupé de spasmes. L'odeur de sa sueur empestait la pièce, et sa vessie lui semblait aussi compressée que sa gorge.

Mais le pire, le plus insoutenable, c'était sa nudité. On lui avait arraché ses vêtements et il résistait sauvagement à l'envie de faire sous lui. A la fois glacé et inondé de sueur, ses mains brassant le vide autour de lui, il luttait contre l'asphyxie tout en se demandant s'il ne devait pas se laisser aller à vider sa vessie afin de se soulager de la seule douleur qu'il pouvait encore contrôler, Marvin Sandred sentait la réalité prendre le pas sur l'abstraction.

Il nageait en pleine terreur.

La terreur – un mot qui revenait si souvent dans les infos – n'était pas une abstraction mais un état, aussi réel que bouleversant. La terreur à l'état pur – douleur, impuissance, peur, anéantissement et, pire que tout, espoir. Marvin était encore en vie. Seul Dieu savait comment il en était arrivé là, mais il pouvait s'en sortir. Il pouvait survivre…

Peu de temps auparavant, il était allé répondre à un coup de sonnette, pour apercevoir dans l'œilleton un homme en costume noir, assez propre sur lui pour être un Témoin de Jéhovah ou un missionnaire mormon. A la différence près que ces gens se baladaient en général deux par deux, et que celui qui se tenait devant sa porte se trouvait seul.

Marvin savait depuis longtemps que beaucoup de choses dans la vie étaient incontrôlables. Mais un charbonnier, même dépenaillé, restait maître chez lui, et le porte-à-porte ou les sollicitations par téléphone étaient pour lui une invasion inacceptable. D'ailleurs, n'avait-il pas apposé sur sa porte un écriteau précisant que les représentants étaient indésirables ?

Considérant celui qui se tenait de l'autre côté du battant comme le violeur pur et simple de sa précieuse intimité, Marvin avait ouvert d'un coup sec avec la ferme intention de l'envoyer balader. Mais il n'avait pas eu le temps de proférer un seul mot que, déjà, les choses avaient commencé à tourner mal. Très, très mal…

Avait-il été drogué, frappé à coups de poing ou assommé avec une barre de fer ? Il l'ignorait et ne le saurait peut-être jamais. Une seule chose était sûre : il se trouvait allongé nu par terre, les mamelons, le ventre et les parties génitales écrasés contre le tapis rugueux, et ce nœud coulant qui continuait de se resserrer autour de sa gorge. Cessant d'agiter les bras, il tenta de passer les doigts sous la corde mais ne parvint même pas à l'effleurer…

Son agresseur avait beau se tenir derrière lui à califourchon sur ses reins, Marvin gardait les yeux fermés. En émergeant de son inconscience, se voyant soudainement attaqué, cela avait été son premier réflexe. S'il n'ouvrait pas les yeux, songeait-il, il n'aurait pas à affronter le visage de son antagoniste.

S'il ne regardait pas en face l'homme qui l'agressait, sans doute celui-ci lui laisserait-il la vie – l'intrus était peut-être un simple voleur qui l'abandonnerait, inconscient, sur le sol. Cela dit, Marvin n'avait pas eu le choix : aurait-il ouvert les yeux que la sueur qui lui inondait le visage aurait coulé entre ses paupières, l'empêchant de distinguer nettement quoi que ce fût ; d'autre part, la position de cow-boy de son assaillant lui rendait impossible toute tentative d'apercevoir son visage.

L'homme en costume noir maîtrisait si bien la situation que Marvin savait que sa propre existence ne dépendait que de son bon vouloir.

Un minuscule espoir scintillait toutefois dans son esprit…

Il savait qu'un coupe-papier se trouvait sur la table basse tout près de lui, dissimulé sous le journal et une pile de factures. Mais encore fallait-il l'attraper. Les paupières toujours fermement serrées, Marvin risqua une paume dans cette direction, mais son bras retomba lourdement.

Avec brutalité, l'homme le rabattit par terre, et Marvin ne trouva pas la force de le lever à nouveau…

Comme il lui était de plus en plus difficile de respirer, comme sa survie devenait quelque chose de plus en plus abstrait, une question surgit soudain dans son esprit paniqué : comment avait-il pu être assez stupide pour venir s'installer à Las Vegas ?

Puis ce fut l'image de sa femme, Annie, qui s'imposa à ses sens : son joli visage rieur, la façon dont elle l'avait si souvent regardé… avant de le quitter, l'année dernière.

Bien que ces pensées n'aient duré que quelques secondes, elles étaient profondes : Marvin se rendait compte que son ex-femme lui manquait toujours. Ah, s'il avait eu l'intelligence de rester à Eau Claire et d'essayer de se rabibocher avec elle, au lieu de fiche en l'air sa vie entière pour s'installer dans la cité des rêves !

Quel idiot il avait été ! Quel idiot il continuait d'être ! Il s'en rendait compte à présent, malgré un souffle de plus en plus faible qui menaçait chaque fois d'être le dernier…, un sombre imbécile qui avait encaissé sa retraite, chassé Annie de son existence, pour se reconstruire une vie ailleurs.

Marvin Sandred, à deux doigts de la mort, n'avait ni le temps ni le loisir de songer à ce qu'avait été son existence et à quel moment elle avait mal tourné. Beaucoup de gens étaient venus se perdre dans cette cité des rêves, de Bugsy Siegel à Howard Hughes, de Liberace à Penn et Teller. Ancien sous-directeur de l'aciérie d'Eau Claire, Marvin avait été l'un des milliers de rêveurs à avoir émigré vers cette oasis de néons, pas seulement pour la visiter mais pour y vivre.

Son rêve était modeste, comparé à ceux de certains autres venus s'installer à Vegas. Alors qu'Annie découvrait la ménopause, le démon de midi avait heurté Marvin de plein fouet, et sa vie de quarante-six ans avait soudain semblé lui glisser entre les doigts, les belles occasions et les rêves trahis par une existence monotone passée à « bien se comporter ». Il avait commencé à regarder le poker sur une chaîne de sport puis s'était mis à y jouer sur Internet, avant que sa femme n'y mette soudain le nez, au moment où il commençait à gagner un peu. Il avait alors continué à s'entraîner sur des jeux d'ordinateur, s'en sortant alors si bien qu'il avait décidé de venir à Las Vegas pour devenir joueur de poker professionnel.

Sa retraite lui offrait juste de quoi payer le voyage et s'acheter à crédit un petit bungalow. Il avait espéré que sa femme – ils étaient sans enfants – y verrait là un nouveau départ dans la vie. Mais cela n'avait été rien d'autre pour elle qu'une voie sans issue.

Les illusions de Sandred s'étaient de fait rapidement évanouies, ses dons au poker se révélant bien plus efficaces contre son ordinateur que contre des joueurs en chair et en os. Au bout de deux tournois, il se trouva un emploi de vendeur dans une société d'équipement de soudage. Son rêve entama alors un processus de mort lente, ses maigres revenus disparaissant dans le gouffre béant des casinos…

Cependant, il n'avait jamais abandonné, et son optimisme de joueur invétéré ne l'avait pas quitté… jusqu'à ce que survienne ce cauchemar en plein jour. Un cauchemar où il sentait une corde se serrer irrémédiablement autour de son cou…

La tête de Marvin s'alourdissait, comme attirée par le sol, son front venant frotter de temps à autre les mailles rêches du tapis. Des éclairs colorés surgissaient en minces feux d'artifice derrière ses paupières closes, et, l'espace d'un instant, il se retrouva en pleine ville, les échos d'une chanson de Sinatra résonnant à ses oreilles. Ses larmes se mêlaient à présent à la sueur qui lui coulait du front tandis que son rêve se dissolvait et que son esprit était en proie à un cauchemar qui, pour une fois, ne se dissiperait pas avec le réveil mais avec le sommeil.

Pour toujours.

Et, alors que les éclairs colorés s'estompaient pour laisser place à une noirceur mate, Marvin Sandred vit Annie, qui souriait tristement, secouait la tête et prononçait les mots qu'elle avait dits en le quittant : « Tu ne sais donc pas, Marvin, que le rêve d'une personne peut devenir le cauchemar d'une autre ? »

1

Les quartiers nord de Las Vegas marquaient une lente transition entre les habitations de standing du centre et celles, plus modestes, de la périphérie. La réponse à l'appel radio 420 – qui, sur le Strip, aurait pris autant d'ampleur que pour l'assassinat d'un président, plusieurs escouades de police surgissant de partout avec leurs gyrophares allumés et leurs sirènes hurlantes – n'avait demandé ici le déplacement que d'une seule équipe, dont la voiture vint se garer devant la villa aussi tranquillement que s'il s'agissait de la maison d'un des policiers…

… et non pas d'une scène de crime.

Une scène de crime qui, une fois de plus, avait attiré le responsable du CSI de Las Vegas, Gil Grissom, dans ce quartier résidentiel en déclin. Sans devenir une habitude, les appels dans les environs restaient néanmoins en progression constante.

L'expert chevronné qu'était Grissom déboula tel l'ange de la mort dans cette rue en effervescence, même s'il arborait pour cela une tenue décontractée : verres fumés, chemise-polo, pantalon anthracite. Des mèches grises envahissaient peu à peu ses cheveux sombres et bouclés ainsi que la barbe qu'il avait laissée pousser dans l'espoir de lutter contre les ans… pour se rendre compte qu'il était finalement plus pénible de la tailler chaque jour. Plus d'une vingtaine de fois, il avait pensé la raser complètement mais, là encore, la seule idée du temps que cela demanderait le faisait frémir.

Le travail de Gil Grissom était toute sa vie, et son travail c'était la mort.

Nick Stokes gara la Tahoe noire derrière la voiture de police, aussitôt suivi de Warrick Brown, au volant d'une autre Tahoe noire. Grissom et Stokes étaient partis devant tandis que Warrick avait emmené avec lui ses partenaires Catherine Willows et Sara Sidle.

Tout en muscles, ancien athlète de l'université, Nick avait les cheveux noirs coupés ras, la mâchoire carrée et un sourire facile qui démentait le sérieux avec lequel il accomplissait son travail. Il portait un jean et un T-shirt arborant sur la poitrine le logo brodé de la police de Las Vegas.

Les yeux verts, grand, mince et souple, Warrick avait la peau noire et affichait en permanence un air grave, même si, de temps à autre, un sourire franc et net venait dérider sa mine préoccupée. Vêtu d'une chemise brune et d'un pantalon kaki, il paraissait tout aussi détendu que Nick, mais Grissom savait que les jeunes hommes étaient tous deux d'excellents enquêteurs profondément dévoués à leur travail.

L'air plus intense encore que ses deux coéquipiers, Sara Sidle laissait retomber son épaisse chevelure sombre sur les épaules et préférait porter des vêtements confortables comme le T-shirt fauve et le pantalon brun qu'elle avait passés aujourd'hui. Une tenue qui lui donnait autant d'allure que sa blonde partenaire, Catherine Willows, dont la silhouette de mannequin avait été façonnée par des années de danse. Malgré son sage chemisier vert d'eau et son pantalon marine, la scientifique d'élite qu'elle était devenue ne parvenait pas à faire oublier la danseuse érotique qu'elle avait été, des années plus tôt.

Même s'ils travaillaient de nuit, les « hommes » de Grissom faisaient souvent des heures supplémentaires pour venir en aide à l'équipe de jour. En temps normal, c'était au milieu de la nuit qu'ils déboulaient sur une scène de crime, mais, à cause des dépassements d'horaire de cette semaine, ils débarquèrent sur celle-ci alors que le soleil d'été, déjà haut au-dessus de l'horizon, diffusait une douce chaleur sur toute la ville.

Otant ses lunettes noires, Grissom examina la maisonnette. Petite et encore en relativement bon état pour le quartier, elle était entourée d'un jardinet sans herbe, traversé par une étroite allée à l'entrée de laquelle était garée une Chevrolet bleu foncé.

Même entourée de ses semblables, cette maison parut solitaire à Grissom. Et d'une tristesse extrême.

Comme il descendait de la Tahoe, du coin de l'œil il aperçut une Ford venant se garer sur le trottoir d'en face. Il s'arrêta, se retourna et vit l'inspecteur Bill Damon en sortir. Vêtu d'un costume gris clair, grand et maigre, celui-ci n'avait pas encore trente ans, travaillait pour la police de Las Vegas depuis cinq ou six ans, et n'avait été nommé inspecteur que l'année précédente seulement. Même si son pantalon paraissait toujours trop court de quelques centimètres et si sa veste semblait toujours faire deux fois sa taille, Damon collait parfaitement au job qu'on attendait de lui. Sans être aussi aguerri que Grissom, c'était un bon flic, qui avait le cœur au bon endroit.

Alors que plus de cent mille personnes habitaient les quartiers nord de Las Vegas – et possédaient leur propre commissariat de police – les experts des scènes de crime travaillaient sur toute la zone de Clark County, ce qui signifiait qu'ils avaient souvent affaire à des inspecteurs issus d'autres commissariats que le leur. Grissom était tombé sur Damon à plusieurs reprises, mais jamais en tant qu'inspecteur principal.

Traversant la rue, ce dernier lui tendit la main – des doigts longs et minces aux articulations noueuses.

— Gil, lui lança-t-il. Ça faisait un bout de temps…

— C'est vrai, reconnut Grissom avec un sourire évasif.

— Vous êtes entré ?

— Je viens d'arriver, fit-il en secouant la tête. Tout ce qu'on sait c'est qu'il s'agit d'un appel pour homicide.

— C'est ce qu'on m'a dit aussi…, lâcha Damon avec un haussement d'épaules. On y va ?

— On y va.

Pendant que les équipiers de Grissom sortaient leur matériel du coffre des deux Tahoe, un policier en tenue s'écarta de la porte d'entrée où il se tenait et s'approcha d'eux. Il portait un stylo dans une main et un carnet dans l'autre. Son badge annonçait le nom de LOGAN. Noir, la quarantaine, il avait les cheveux coupés à ras, ce qui réduisait les mèches grises qui commençaient à lui parsemer le crâne. Il mesurait à peine plus de la hauteur minimum exigée à la police, donnant ainsi à Damon l'allure d'un géant à ses côtés.

Logan fit un signe de tête à Grissom puis porta aussitôt son attention sur l'inspecteur de son district.

— Salut, Henry, lui dit ce dernier.

— Bonjour, Bill.

Après un sourire aigre en direction de la maison, Logan ajouta :

— Ce n'est pas beau à voir. Le type s'est fait tuer dans son salon… mais, le moins qu'on puisse dire, c'est que ça n'a plus grand-chose d'un salon, maintenant.

— Vous êtes entré ? lui demanda Grissom d'un air inquiet.

Logan acquiesça puis haussa les épaules.

— Ne vous en faites pas, vos indices sont toujours là ; ils vous attendent, et il y en a une ramée. Tout ce que j'ai fait c'est de m'assurer que le tueur avait bien quitté les lieux. Un chemin pour venir, un chemin pour repartir.

— Bien, fit Grissom en inspectant de nouveau l'entrée de la maison.

Pas de moustiquaire, et la porte était entrebâillée.

— C'est vous qui avez ouvert, agent Logan ? l'interrogea Gil.

— Sûr que non. Est-ce que j'ai l'air de… ?

— Avez-vous déjà fait ça auparavant ? Pénétrer le premier sur une scène de crime ?

— Oh, j'ai eu mon compte de cadavres, toutes ces années. Et, celui-là, c'est bien le genre de corps sur lequel vous ne vous prenez pas les pieds. On ne voit que lui de l'entrée, et je peux vous dire que, pour être mort, il est bien mort ! Aussi figé qu'un ours empaillé.

Grissom eut un sourire quasi indécelable.

— Agent Logan, je me moque du nombre de cadavres que vous avez pu voir, mais je crois que nos victimes méritent un peu plus de respect que ça.

Logan le regarda comme si Grissom venait de débouler de l'espace.

— Vous êtes sûr qu'il est mort ? lui demanda alors Damon.

— Hé, Bill, ça fait un bout de temps que je fais ce boulot ! Je vous l'ai dit, ce gars est aussi mort que… Sinon, j'aurais déjà fait venir une ambulance pour l'emmener. Allez voir vous-même.

Mais ce que Grissom venait d'entendre ne le satisfaisait pas.

— Qui vous a appelé ?

— La voisine, dit Logan en balançant un pouce par-dessus son épaule. Elle était sortie prendre son courrier…

Il indiqua la rangée de boîtes aux lettres qui s'alignaient le long du trottoir puis continua :

— … et c'est là qu'elle a vu la porte entrouverte. Le gars qui habite ici…, enfin, qui vivait ici…

Il consulta son carnet puis ajouta :

— Marvin Sandred… Il travaillait dans la journée. Alors, quand la voisine, une femme du nom de… Tammy Hinton, a vu la porte ouverte, elle est allée voir ce qui se passait. Un coup d'œil sur le corps, et elle nous a appelés.

— Elle a précisé qu'il s'agissait de Sandred ? interrogea Grissom.

— Oui.

— Il faut aller lui parler.

— Oui, dit Damon comme pour se rappeler qu'il était responsable de l'affaire. Il faut aller lui parler tout de suite.

— Je peux m'en occuper, proposa Logan. Mais… je ne sais pas si, tout de suite, ça va servir à quelque chose. Elle était assez secouée, c'est pour ça que je l'ai renvoyée chez elle. Vous avez besoin d'autre chose ?

— Non, Henry, lui répondit Damon. Merci.

Se tournant alors vers Grissom, Logan lui déclara :

— Avec tout le respect que je vous dois, Dr Grissom – je sais qui vous êtes, tout le monde vous connaît –, je n'aime pas vous voir prendre ces grands airs avec moi.

D'une voix parfaitement neutre, Grissom lui rétorqua :

— Dans ce cas, n'utilisez pas de termes comme « ours empaillé » pour décrire la victime d'un meurtre.

L'irritation de l'agent se mua aussitôt en embarras.

— Bon, d'accord… Désolé, ça ne se reproduira plus.

— Parfait.

Tandis que Logan partait vers la maison de la voisine, Grissom lança :

— Nick, tu prends le jardin, et toi, Warrick, le devant de la maison.

— Pas de problème, Griss, lui répondit Nick pendant que Warrick se contentait de hocher la tête.

A Sara, qui arrivait alors avec Catherine, Gil déclara :

— Voyons s'il y a des empreintes sur le bouton de la sonnette.

La jeune femme posa sa mallette sur le pas de la porte et, comme les autres, enfila ses gants de latex. Catherine, elle, pénétra dans la maison à la suite de Grissom, pendant que Damon hésitait et restait sur le porche.

L'intérieur était sombre, les rideaux étaient tirés, les lumières éteintes. Malgré l'obscurité, Grissom vit que le salon se trouvait sur la droite, la cuisine sur la gauche, et que, plus loin, un couloir menait sans doute vers les chambres et une salle de bains.

Près de lui, Catherine sortit sa lampe de poche. On n'allumerait pas les lumières tant que les empreintes n'auraient pas été relevées sur les divers interrupteurs. Le faisceau lumineux balaya le corridor puis vint se poser sur le cadavre.

La pièce avait une odeur de mort avec les relents de sueur, d'urine et d'excréments qui flottaient dans l'air. Le mobilier – une table basse, un canapé et un meuble de télévision –, qui avait été manifestement loué, paraissait aussi sinistre que la maison elle-même. Une lampe sur une des petites tables d'appoint semblait être la seule source de lumière à côté de l'unique fenêtre cachée par les rideaux tirés. Des journaux, du courrier, des boîtes de nourriture à emporter encombraient la table basse. En dehors de cela, la pièce était propre…, mis à part le cadavre vautré sur le sol.

Le premier détail que Grissom remarqua fut une tache de sang près d'une des mains de la victime… là où son index avait été sectionné. Sortant sa propre lampe de poche, il balaya les contours du cadavre mais ne trouva nulle trace du doigt amputé. Peut-être le meurtrier avait-il choisi d'emporter un petit souvenir.

— Je m'occupe du corps, déclara Grissom, pendant que vous prenez le reste de la maison.

— Il est tout à vous. Il n'était déjà plus vraiment responsable de son destin quand il est mort, cela dit…

— Il y a peut-être quelque chose d'important, ici, commenta-t-il en passant soigneusement sa lampe autour du cadavre.

— Vous croyez ? fit Catherine.

Elle se tourna vers le corridor tandis que l'inspecteur Damon entrait à son tour dans la maison. Stoppant brusquement, il grimaça puis se hâta de se couvrir le nez.

— Pouah ! C'est terrible…

— La victime s'est vidée en mourant, annonça Grissom sur un ton détaché.

Entre les jambes écartées de l'homme, des matières fécales baignaient dans une mare d'urine. Gil avait l'habitude de ce genre de chose, mais, ce qui l'ennuyait, c'était que ces odeurs pouvaient en cacher d'autres, plus subtiles, plus importantes.

Du pas de la porte, Catherine lança alors :

— Je m'occupe de la cuisine.

Sa mallette métallique à la main, elle disparut dans la pièce de l'autre côté de l'entrée.

L'inspecteur avait le visage livide. Peut-être que le mot « cuisine » prenait dans ce contexte un sens particulier à ses yeux.

— Ma présence est vraiment indispensable, ici ? hasarda-t-il en réprimant mal un haut-le-cœur.

— Non, vous risquez d'être dans le passage, au contraire.

— Mais, c'est… *ma* scène de crime.

— Non, c'est la mienne, rétorqua Grissom avec fermeté. Laissez-moi continuer puis nous parlerons... dehors.

Damon, qui ne désirait pas poursuivre trop loin cette discussion, se rua littéralement vers la porte d'entrée.

Concentrant de nouveau son attention sur le cadavre allongé à ses pieds, Gil commença à étudier les détails les plus évidents.

De race blanche, âgée de quarante-cinq à cinquante ans, la victime était nue, allongée sur le ventre, et avait une corde passée autour du cou. L'index de sa main droite avait été coupé et – à première vue – emporté. Sa tête était tournée de côté, laissant voir à Grissom la petite touche personnelle laissée par le tueur : les lèvres de l'homme étaient peintes d'un rouge violent.

Pour un expert qui ne manquait jamais d'étudier la manière de procéder d'un tueur, rarement une signature n'avait été aussi explicite. Grissom, qui était de nature plutôt détachée, sentit un frisson lui parcourir le corps. Un frisson qui n'avait rien à voir avec de la peur ou de la répulsion ; simplement, il savait qu'il avait maintenant un coup de fil à donner. Un ami était concerné par cette affaire.

Cependant, son caractère étant ce qu'il était, Gil décida d'examiner la scène de crime avant tout.

La victime était probablement morte asphyxiée, mais Grissom préférait pour l'instant considérer cela comme une simple hypothèse. Il attendrait que le médecin légiste lui précise la cause exacte du décès de cet homme.

De sa mallette, il sortit un appareil photo et commença à prendre des clichés. Il s'attaqua d'abord à la pièce proprement dite, puis au corps lui-même, dont il fit des plans rapprochés. Cela lui prit du temps mais, s'il avait appris quelque chose au cours de sa longue carrière, c'était la patience. Et, même si mille pensées lui envahissaient l'esprit, Grissom savait agir vite...

mais sans précipitation. Il s'efforça donc d'oublier pour l'instant ce coup de fil et poursuivit son travail.

Au bout d'un moment, Sara le rejoignit dans le salon. A la différence de l'inspecteur, l'enquêtrice professionnelle qu'elle était n'eut aucune réaction devant ce que n'importe quelle personne civile aurait considéré comme une puanteur. Elle n'éprouva pas davantage de tristesse et aucune trace particulière de compassion ne passa sur son joli visage.

— J'ai relevé une empreinte partielle sur le bouton de la sonnette, et deux autres partielles sur la poignée de la porte, se contenta-t-elle d'annoncer.

— C'est un début, commenta Grissom.

— Où est Catherine ?

— A la place où doit se trouver une femme, sourit-il. Dans la cuisine.

Laissant échapper un grognement agacé, elle lâcha :

— C'est vous qui le dites. En attendant, puis-je rejoindre l'inspecteur chez la voisine ? Il est en train de l'interroger. Je voudrais prendre ses empreintes et l'enlever une fois pour toutes de la liste des suspects. Celles que j'ai relevées sur la poignée doivent être les siennes.

— Possible. Allez-y.

— Il n'existe pas de bonne façon, n'est-ce pas ?

— Quoi ?

— Pour se faire tuer.

— Non, admit-il. Mais, celle-là, c'est vraiment la moins désirable.

— Je suis d'accord, fit-elle avant de quitter la pièce.

Grissom sourit pour lui-même, amusé par le comportement imperturbable de Sara devant une scène de crime. C'était lui qui l'avait choisie, après qu'un enquêteur du CSI avait été tué en plein travail. C'était alors une étudiante qui excellait dans les séminaires qu'il donnait, et il avait été impressionné par son attitude. Il lui avait donc demandé de rejoindre son équipe et, depuis, Sara ne l'avait jamais déçu.

D'un autre côté, c'était lui-même qui se décevait, parfois, lorsque l'affection qu'il portait à la jeune femme menaçait de l'entraîner au-delà des limites du professionnel.

Des limites que Gil Grissom se défendait justement de franchir.

Refoulant ces idées au plus profond de son esprit, il reporta son attention sur le cadavre.

Une sorte de liquide formait une mini flaque sur son dos, et il se pencha pour l'examiner de près.

Bateau sur l'eau… songea-t-il en prenant des photos du sperme gisant au creux des reins de la victime. Il posa ensuite son appareil de côté, puis préleva un peu du fluide pour une analyse ADN. Quelque chose dans cet échantillon le troublait, néanmoins : cela faisait partie de la signature laissée par le tueur, mais c'était quelque peu… décalé.

Puis il comprit : le liquide laissé sur le dos était censé suggérer que le meurtrier s'était masturbé sur sa victime, mais le sperme formait une flaque bien trop nette pour cela.

On l'a versé dans le creux de ses reins, se dit Grissom avec un sourire grave.

Si leur tueur avait éjaculé en plein délire au beau milieu du meurtre, cela n'aurait pas donné une petite flaque aussi ronde. D'autres gouttes se seraient éparpillées ici et là…

Grissom emballa l'échantillon de liquide séminal, acheva de prendre ses photos, préleva un peu de sang sur le tapis, et revint se pencher sur le corps dans l'espoir d'y déceler d'autres indices. Mais il ne trouva rien. Pour finir, il ôta soigneusement la corde du cou de la victime et l'emballa également. Lorsqu'il eut terminé cette première inspection du corps, il sortit son téléphone de sa poche et appuya sur une des touches raccourci.

Dès la deuxième sonnerie, une voix répondit sur un ton brusque :

— Jim Brass.

— J'ai quelque chose à vous montrer, lui dit Grissom sans même prendre le soin de se présenter. Ce n'est pas dans votre juridiction mais c'est juste audessus de chez vous.

— C'est gentil, Gil. Mais, vous ne savez pas ? Je suis en vacances.

— Et vous trépignez, n'est-ce pas ?

Il y eut un silence, dans lequel l'enquêteur qu'était Gil Grissom crut détecter un soupir…

— Vous le savez aussi bien que moi : je m'ennuie à mourir.

— Vous savez, les gens qui vivent pour leur boulot devraient se chercher d'autres exutoires.

— Comme… collectionner des insectes, par exemple ? railla Brass. Gil, qu'avez-vous à me montrer ?

— Quelque chose de pas très propre qui devrait vous rappeler des souvenirs. Je n'étais pas avec vous, alors… on ne travaillait pas encore ensemble.

— De quoi parlez-vous ?

— De ce que vous n'oublierez jamais : votre première affaire.

Le long silence qui suivit ne résonna d'aucun soupir. Pas même un souffle.

Puis Brass déclara :

— Vous ne parlez tout de même pas de ma première affaire dans le New Jersey, n'est-ce pas ?

— Non. J'ai un meurtre, ici, au nord de Vegas, qui porte la même signature que celle retrouvée sur votre *autre* première affaire.

— Miséricorde ! Où êtes-vous exactement ?

— Je commence tout juste.

— L'adresse, je veux dire !

— Oh, fit Grissom avant de la lui donner.

— Je suis là dans vingt minutes, lâcha Brass.

Puis il raccrocha.

Il ne mit pas un quart d'heure pour arriver.

De la porte ouverte, Grissom vit la voiture du capitaine s'arrêter le long du trottoir. Brass en sortit sans attendre et se dirigea vers la maison comme un homme en mission.

Râblé, le regard mélancolique, vêtu par tous les temps d'une veste et d'une cravate, il avait passé ce matin un jean et une chemise bleu pâle déboutonnée à la hauteur du cou.

Logan, que Sara était venue remplacer auprès de la voisine, sortit l'accueillir, le prenant sans doute pour un civil ou un parent. Mais, bien que l'inspecteur lui ait brandi son badge sous le nez, il ne parut pas impressionné pour autant.

— Qu'est-ce qui vous amène par ici, capitaine ?

Apparaissant sur le seuil, Grissom lança :

— Ça va, il est avec moi !

Logan qui, apparemment, ne désirait pas discuter avec Grissom, soupira et laissa entrer Brass.

— Vous auriez pu lui dire que je venais, se plaignit alors celui-ci.

— C'est vrai, oui. Je reconnais que, du point de vue communicatif, je ne suis pas encore au point.

— Vraiment ?

Haussant les épaules, Grissom fit un pas en arrière pour laisser entrer l'inspecteur et lui permettre de voir le corps.

Après un rapide regard, Brass secoua la tête. Son visage venait soudain de blêmir et il avait les yeux complètement écarquillés.

— Eh bien, nom d'un…

— Est-ce CASt ? demanda Grissom sans attendre.

Catherine revint à cet instant de la cuisine et déclara :

— Je n'ai rien trouvé à part de la vaisselle sale…

Découvrant Brass, elle se figea et lâcha :

— Vous n'êtes pas en vacances ?

— Je l'étais, répondit-il avant de reporter son regard triste sur Grissom. Oui, c'est sûr que ça ressemble au travail de CASt.

— CASt ? s'étonna Catherine en s'approchant.

Fermant les yeux, Brass parut réfléchir un instant puis dit :

— Vous n'avez pas travaillé sur cette affaire. Si ma mémoire est bonne, vous étiez peut-être encore simple laborantine, à l'époque.

Comme elle regardait Grissom sans comprendre, celui-ci se contenta de hausser les épaules.

— Je sais que vous m'avez entendu en parler, poursuivit Brass. Ma première affaire… Jamais résolue… Dont la presse a fait ses choux gras… Le tueur en série le pire de toute l'histoire de Las Vegas… Le flic chargé de l'enquête ? Un incapable venu du New Jersey… Ça ne vous dit rien ?

— La presse s'est bien moquée de la police, commenta la jeune femme en hochant la tête. J'étais de l'équipe de nuit, moi aussi. Et, ce n'était pas l'équipe de jour qui se chargeait de l'enquête ?

— Si. C'était il y a dix ou onze ans, répondit Brass en se frottant le front. Je venais juste d'être transféré à Vegas. J'étais encore sous le coup de mon… mon divorce. Pas exactement au fait de ce qui se passait ici, encore…

— Le souvenir que j'ai de cette affaire est assez vague, reconnut-elle. La plupart de ce que je savais, je l'avais appris par la télé ou les journaux.

— C'est vrai que l'histoire a été particulièrement

médiatisée, intervint Grissom, mais on savait mieux la contrôler, à l'époque. Et, heureusement, ça n'a jamais pris une ampleur nationale.

— Oui, on a pu en dissimuler le plus possible à la presse. Vince Champlain, mon partenaire, ne voulait pas que ça s'étale partout.

— J'aimerais bien qu'on puisse en faire autant, aujourd'hui, reprit Catherine.

— Vince était l'inspecteur en chef, continua Brass. Il pensait que plus on en mettait dans les journaux, plus on aurait de cinglés à gérer. Et, bien sûr, c'est ce qui s'est passé. On a dû avoir une vingtaine de détraqués qui ont appelé pour revendiquer ces crimes.

— Et aucun de ces zinzins n'avait l'air d'être le bon ? demanda Catherine.

— Non. C'étaient des barjots standard, si j'ose dire.

— Qu'est-ce que vous *aviez*, en fait ?

Il posa sur elle un sourire défait puis déclara :

— Des victimes… on avait des victimes. Cinq. Tous des hommes. Tous blancs. Tous entre cinquante et soixante ans. Et tous en surpoids…

Comme dans une chorégraphie parfaitement réglée, l'inspecteur et les deux enquêteurs baissèrent ensemble les yeux sur le cadavre à leurs pieds.

— … et tous étranglés avec un nœud coulant en huit inversé.

— Qui est quoi, exactement ? interrogea Catherine, les sourcils froncés.

— Un nœud, qui n'est pas dans le bon sens, répondit Grissom. Tout dépend sur quel bout de la corde vous tirez pour resserrer le nœud. Celui-ci va en arrière… et, à part avec les yoyos, on ne l'utilise jamais.

Se tournant vers Brass, Catherine demanda :

— Et vous aviez des suspects, alors ?

— Au début, rien, puis on a fini par en isoler trois.

Il y en avait un qui me bottait ; il y en avait un qui plaisait bien à Vince ; et il y en avait un troisième qui paraissait pas mal, aussi, mais aucun de nous ne le croyait capable d'accomplir ces meurtres.

Indiquant le corps, Grissom déclara :

— Voilà comment on va procéder : en traitant la chose comme on traiterait n'importe quel autre homicide.

Brass hocha la tête puis demanda :

— Vous voulez que je commence par regarder du côté de nos anciens suspects ?

Posant sur lui un regard long et appuyé, Gil répondit par une question :

— Vous voulez vraiment travailler sur cette affaire ?

— Pourquoi pas ?

— Jim, intervint Catherine, vous vous êtes coltiné cette histoire pendant assez longtemps. Objectivement…

— Je me fous de l'objectivité ! coupa-t-il. Je vais le coincer, ce gars-là.

— Ah, fit Grissom.

— Et, ajouta Brass en se radoucissant, comme vous dites, on va traiter ça comme n'importe quel homicide.

Grissom échangea un regard avec Catherine, dont le scepticisme se traduisait par un demi-sourire. Puis se tournant vers Brass, il l'interrogea :

— Pensez-vous sincèrement que cette similarité avec les meurtres de CASt puisse n'être qu'une coïncidence ?

— Non, ce n'est pas une coïncidence. Si ce n'est pas la vraie signature du tueur, c'est en tout cas celle d'un copieur qui s'y connaît diablement en contrefaçon.

— Comment cela ?

— Si c'est un copieur, lui ou elle en sait beaucoup plus que ce qu'on a pu lire dans la presse.

— Vous n'avez pas tout dévoilé, déclara Catherine.

Ainsi vous avez pu faire le tri dans les faux aveux. Bien sûr…

— Que ce soit une résurgence du passé ou l'œuvre d'un artiste d'aujourd'hui, dit Grissom, on va avoir sérieusement besoin d'aide pour élucider ça.

Lâchant un profond soupir, Catherine affirma :

— Nouveau ou ancien, il s'agit là d'un crime particulièrement vicieux.

— Vous voyez quelque chose, ici, Jim ? lui demanda alors Grissom. C'est vous le vétéran des scènes de crime orchestrées par CASt.

Brass s'approcha, s'accroupit devant le cadavre puis se releva et regarda Grissom avant de lui dire :

— Autant j'aimerais avoir affaire au vrai CASt, autant je pense qu'il s'agit ici d'un excellent copieur.

Grissom et Catherine échangèrent un nouveau regard.

— Pourquoi ? interrogea le responsable du CSI.

— Ça semble mis en scène. Et puis, il n'y a pas assez de sang.

— Comment… pas assez de sang ? s'étonna Catherine en considérant la tâche cramoisie qui séchait sur le tapis.

— Dans les cinq scènes de crime initiales, il y en avait partout. Ici, il n'y a pratiquement rien.

— Les traces de sang… articula-t-elle comme pour elle-même.

Après tout, n'était-ce pas sa spécialité ?

— Dans les autres affaires, les doigts étaient-ils coupés *avant* que la victime ne soit tuée ?

— Oui, répondit Brass, heureux de constater qu'elle le suivait.

— Et ici, ça a l'air d'avoir été fait *post mortem*. Un doigt sectionné sur une personne vivante laisserait autrement plus de sang autour de lui.

— Exactement, dit Brass. Et la façon dont le sperme

forme une petite flaque sur son dos ne me semble pas normale.

Repartant sur sa théorie, Grissom déclara :

— Une éjaculation sur une scène de crime est toujours difficile à commenter ; mais, ici, le sperme paraît… avoir été versé sur le dos de notre victime.

— Le tueur l'aurait apporté avec lui, suggéra Catherine. Ou peut-être était-ce une femme, qui *a bien dû* en apporter un échantillon…

— Les deux options sont possibles, dit Brass. En tout cas, on a affaire à un copieur qui a tranquillement mis un crime en scène. Les vrais crimes – les autres – ont été poussés par la passion, et sont l'œuvre d'un tueur… qui y a mis toute son âme.

— C'est ce que je pense aussi, reprit Grissom. Toutefois, cette scène de crime ressemble beaucoup aux originales, non ?

— Oui, à part les détails que nous avons évoqués… oui.

— Avec un copieur, notre terrain d'investigation se rétrécit considérablement. Qui pouvait posséder autant d'informations sur ces meurtres ?

L'inspecteur parut réfléchir un instant puis lâcha :

— Eh bien… le tueur, bien sûr. Et puis les flics qui étaient sur l'affaire, nous-mêmes… et quelques journalistes.

— Qui, plus spécifiquement ? demanda Catherine.

— Deux journalistes du *Las Vegas Banner*, spécialisés dans le crime : Perry Bell et David Paquette. Ce sont eux qui ont reçu les premières lettres envoyées par CASt. Ils ont même écrit un petit bouquin ensemble sur l'affaire.

— Paquette n'est-il pas rédacteur en chef du *Banner* ? interrogea Catherine.

— Aujourd'hui, oui. Il semble que ce soit lui qui ait récolté tous les lauriers du bouquin. Il a eu le poste de rédacteur en chef, mais Bell, de son côté, a eu droit à sa rubrique personnelle.

Les deux CSI hochèrent la tête.

Beaucoup à la police de Las Vegas connaissaient la rubrique de Bell. Grissom ne le considérait pas comme un écrivain extraordinaire, mais il avait la réputation d'être honnête et tout le monde savait que jamais il ne trahissait une source, ce qui faisait une grande part de son succès. Lorsqu'un flic lui faisait une confidence, il ne s'autorisait à l'imprimer que lorsqu'il en avait reçu la permission.

— Je crois que je ferais bien d'avoir une petite conversation avec ces deux gars, déclara Brass.

— Vous pensez que l'un d'eux aurait pu être capable de… ça ?

— Gacy était un clown, Bundy un étudiant en droit, Juan Corona un entrepreneur qui a tué plus d'une vingtaine de personnes pour l'amusement et le profit. Qui peut dire de quoi sont capables les gens ? Il y a en tout cas une chose dont je suis sûr : si on traite ceci comme un homicide normal, Perry Bell et Dave Paquette sont suspects. Voilà pourquoi je m'en vais de ce pas leur parler.

Grissom et Catherine retrouvèrent les autres dehors pendant que le légiste et ses assistants entraient examiner le corps.

Damon parut contrarié de voir arriver Brass.

— Qu'est-ce que vous faites ici, Jim ?

L'inspecteur s'apprêtait à lui répondre lorsque Grissom s'interposa :

— C'est moi qui l'ai appelé. Comme conseiller. Il y a quelques années, il a bossé sur une affaire très similaire.

— Similaire… comment ?

— Similaire. Exactement.

— Un autre meurtre ?

— Plusieurs meurtres, précisa Brass. Un tueur en série.

— Allons, vous vous croyez au cinéma ?

— Vous trouvez beaucoup de victimes à Las Vegas avec les lèvres barbouillées de rouge et du sperme dans le creux des reins, vous ? intervint Catherine.

La bouche de Damon s'ouvrit toute grande mais aucun mot n'en sortit.

— C'est la signature d'un certain CASt, expliqua Grissom.

Soudain interdit, il inspira profondément et laissa tomber :

— Bon sang…, je me souviens de ce gars. J'étais à la fac quand ça a fait la une des journaux ! Diable…, vous pensez que c'est lui ?

Grissom et Brass échangèrent un regard. Puis Gil haussa les épaules et conclut :

— On ne sait pas. Il est resté tranquille pendant quelque chose comme onze ans. On va voir…

— Vous travaillez avec moi, évidemment, fit Damon. C'est moi qui suis sur l'affaire…

De nouveau, Brass voulut dire quelque chose mais Grissom lui coupa la parole.

— Certainement.

— Parfait… dans ce cas.

Hochant la tête, Damon partit d'un petit rire et dit :

— Je suis content de savoir qu'on s'est compris. Parfait.

Grissom se tourna alors vers son équipe et demanda :

— Alors ?

— Rien dans le jardin qui semble avoir un quelconque rapport avec le crime, déclara Nick.

— Rien non plus devant la maison, enchaîna Warrick. J'ai une empreinte de pied partielle, mais ce n'est peut-être rien du tout.

— Ou peut-être quelque chose, au contraire, contra Grissom.

— Ou peut-être quelque chose… reprit Warrick avec un sourire.

— J'ai les empreintes de la voisine, annonça Sara. Mais elle prétend n'avoir touché ni la poignée ni le bouton de la sonnette. Elle dit qu'elle a juste regardé à l'intérieur, qu'elle a vu « l'horrible chose » et qu'elle a aussitôt appelé la police.

— Des empreintes possibles, des indices ADN… commenta Grissom en souriant. On a commencé avec moins que ça. Et on a un *modus operandi* qui correspond à d'autres crimes passés. Qu'est-ce que vous en dites, les enfants ? Est-ce qu'on donne la chasse à notre meurtrier ?

2

L'un des avantages de vivre à Las Vegas, selon le capitaine Jim Brass, était que l'on pouvait parfaitement passer inaperçu, si on le désirait.

Il suffisait pour cela de se balader sur le Strip.

Aussi étrange que cela paraisse, le quartier le plus affairé de Vegas était aussi le lieu le plus aisé pour se cacher. Bien sûr, certains résidents y travaillaient ; mais les autres évitaient le centre comme on éviterait un site nucléaire en pleine activité.

Après tout, l'incessant afflux d'argent du Strip ne venait-il pas surtout des visiteurs ? En revanche, si les habitants de Las Vegas voulaient sortir dîner ou aller jouer, ils échappaient facilement aux touristes et aux néons pour trouver refuge dans des endroits moins branchés et moins cher.

Etait-ce Sherlock Holmes ou le Dupin d'Edgar Poe qui avait dit que la meilleure façon de disparaître était de rester bien en vue de tous ? Cette maxime faisait du Strip l'endroit idéal élu par Brass et Grissom pour tenir leur petite réunion avec Perry Bell et David Paquette, les journalistes du *Banner*. L'inspecteur et le criminaliste avaient peu de chance de tomber sur une personne qui les connaîtrait tous les quatre, et, à ce stade, Brass se disait que garder un profil bas n'était pas une si mauvaise idée.

Ce qui l'ennuyait, en fait, c'était d'entamer une

enquête par un entretien avec des membres de la presse, alors que le but était de rester à l'écart du public le plus longtemps possible.

Comme ils descendaient l'escalier du parking adjacent à la Sphère, Brass déclara au responsable du CSI :

— Je ne voudrais pas vous faire perdre un précieux temps de votre travail au labo.

— J'ai l'impression que vous vouliez que Catherine et moi vous observions un peu.

— M'observer… dans quel sens ?

— En vous empêchant de jeter prématurément des harpons, capitaine.

— Oh, s'il vous plaît, Gil. Je suis sur cette affaire depuis à peine une heure que, déjà, vous pensez que je…

— Une heure ? répéta Grissom en souriant. Vous voulez dire dix ans, plutôt.

— Alors, c'est vraiment pour moi que vous êtes là, Gil ? questionna Brass non sans éprouver un sentiment inavoué de reconnaissance.

Sans croiser son regard, Grissom répondit :

— Toujours.

Le restaurant Raw Shanks était blotti dans un coin retiré du casino. Décoré dans le style années cinquante, il proposait des plats servis par des garçons et des filles qui évoluaient en chantant des airs d'Elvis Presley, de Little Richards ou de Fats Domino.

Une serveuse aussi mince que menue entonnait le classique *At Last* d'Etta James lorsque Brass et Grissom prirent place l'un en face de l'autre dans une alcôve nichée au fond de la salle, aussi loin que possible de la chanteuse. Un serveur coiffé d'une banane à la Frankie Avalon leur apporta un café pendant qu'ils attendaient la venue des journalistes.

— Je peux vous faire une suggestion ? demanda Grissom au capitaine.

— Bien sûr.

— Evitons de parler pour le moment de notre théorie du copieur.

— D'accord. Observons plutôt leur réaction devant le meurtre lui-même.

Le lieutenant n'avait pas bu la moitié de son café que l'écrivain Perry Bell lui fit signe de l'entrée du restaurant. Deux autres hommes le suivaient de près : David Paquette, le rédacteur en chef du *Banner*, et Mark Brower, l'assistant de recherche de Bell.

Le capitaine connaissait Bell et Paquette depuis une bonne dizaine d'années, et il avait rencontré Brower sept ou huit ans plus tôt, peu après qu'il eut été engagé au service de Bell. Quoi qu'il en soit, le temps passait vite et Brass était surpris de voir à quel point l'affaire CASt lui semblait récente.

Il ne faisait aucun doute que Brower savait tout de celle-ci, mais il n'avait pas couvert la première enquête. Il avait à peine plus de trente ans, aujourd'hui, et devait encore faire ses études dans une école de journalisme ou ailleurs lorsque les crimes avaient eu lieu.

A l'hôtesse qui s'adressait à lui, Bell indiqua Brass d'un geste de la main. Suivie des trois hommes, elle se dirigea alors vers Grissom et l'inspecteur.

Bell était tout sourires, ce qui n'était pas le cas de Brass. Celui-ci se demandait en effet pourquoi Brower l'accompagnait. Ne lui avait-il pas précisé qu'il désirait le voir seul avec Paquette ?

Petit et râblé, son épaisse chevelure auburn séparée en deux par une raie bien nette, Perry Bell avait l'air d'être resté bloqué à l'ère disco avec son costume brun et sa chemise jaune dont l'énorme col s'étalait largement sur les revers de sa veste. Le nez épaté, les yeux sombres profondément enfoncés dans leurs orbites, les sourcils épais, il avait une bouche souriante qui s'ouvrait sur des dents jaunies par le tabac.

— Alors, vous avez un scoop pour moi, Jimbo ? lui demanda Bell en lui tendant la main.

C'est sûr qu'il a le génie des mots, songea Brass avec ironie.

— J'y arrive, lui répondit-il en serrant dans la sienne sa main humide.

— Ça doit être important…, reprit Bell avant de se tourner vers Grissom pour le saluer, si vous amenez avec vous le grand chef du CSI. Ravi de vous voir, Gil.

Ce qui arracha à Grissom un bref hochement de tête.

— Vous connaissez bien sûr Dave, celui qui est à la fois mon boss et mon pote.

Nouveaux signes de tête à l'adresse du rédacteur.

Le bas du crâne encore orné de quelques rares cheveux blonds, Paquette avait le regard bleu et malicieux, et un sourire facile, mais Brass pensait que lui et son chroniqueur arboraient une fausse bonhomie devant eux.

Bien qu'ils aient tous les deux formé un solide partenariat lors de l'écriture du livre *Le Danger CASt*, leurs chemins respectifs avaient ensuite pris une direction sensiblement différente. Facile à vivre, bien dans ses baskets, le rédacteur en chef Paquette était aujourd'hui le supérieur de son vieil ami, dont la carrière semblait piétiner depuis une dizaine d'années.

Ce n'était peut-être que grâce à Paquette si Bell et sa chronique avaient encore la chance d'exister.

Après avoir serré la main de Brower, Grissom alla prendre place à côté de Brass sur la banquette, tandis que Bell et Paquette s'asseyaient face à eux, Brower tirant une chaise d'une table voisine.

Solide et athlétique – ce qui était loin d'être la norme chez les journalistes –, ce dernier avait les cheveux bruns, des yeux sombres et des sourcils perpétuellement froncés qui, avec sa bouche aux lèvres fines, lui donnaient l'air sérieux, même quand il souriait. Il travaillait avec Bell depuis un bout de temps, maintenant, et recevait de Brass une confiance égale à celle qu'il réservait à son boss.

Pourtant, pour le capitaine, Brower restait un invité indésirable..., ce qui devint leur premier sujet de conversation.

— Ne le prenez pas mal, Mark, mais...

Se tournant alors vers Bell, Brass ajouta :

— Pourquoi est-il ici ?

Le sourire du journaliste s'évanouit quand il répliqua :

— C'est que, Jim... c'est mon assistant. Mark va où je vais, vous le savez bien.

— Vous pensiez que je vous appelais pour avoir une petite conversation entre amis ?

— Ce... ce n'est pas le cas ? s'étonna-t-il en regardant à la fois Paquette et Brower.

Brass le considéra un long instant puis demanda :

— Votre scanner est cassé ?

— Non, pourquoi ?

— Vous n'avez pas entendu le 420, au nord de Vegas, ce matin ?

Tous les journalistes connaissaient le code radio pour les homicides.

— Si, et alors ? Il y a eu un appel radio, puis plus rien. Je me suis dit que d'autres suivraient, s'il y avait quelque chose d'intéressant à couvrir. C'est pour ça que vous m'avez fait venir ?

— Ça ne vous ressemble pas de louper un appel radio pour homicide, Perry, laissa tomber Brass sur un ton nonchalant. Alors, où étiez-vous, ce matin ?

Le journaliste semblait ne pas remarquer qu'il se faisait interroger.

— Dans mon bureau, la plupart du temps.

— Toute la matinée ?

Enfin, Bell parut comprendre qu'il subissait un interrogatoire en règle.

Passant subitement de la surprise à la colère, il allait s'insurger lorsque leur serveuse apparut et posa une tasse de café devant Bell et les deux autres, avant de remplir celles de Brass et de Grissom.

— Vous désirez quelque chose à manger, messieurs ? demanda-t-elle avec un charmant sourire.

— Non, fit l'inspecteur en la renvoyant.

Les tasses n'étaient pas les seules à fumer ; le journaliste aussi.

— Qu'est-ce que c'est que cette merde, Brass ?! éructa-t-il avant de jeter un regard embarrassé sur les tables autour de lui. Enfin, Jim… vous me soupçonnez ou quoi ? Bon sang, qu'est-ce qui s'est passé comme meurtre, ce matin ?

Brass ne répondit pas.

Paquette se pencha alors en avant, le fixa avec intensité et déclara :

— Ecoutez, capitaine Brass, si vous accusez l'un de mes employés de quoi que ce soit, faites-le par les voies normales, sans nous faire venir au restaurant sous des prétextes futiles qui…

Le regard dur, Grissom intervint :

— Il n'y a rien de futile avec un meurtre. Si le capitaine Brass a fait cela de façon informelle, c'est par pure courtoisie envers vous, messieurs.

Levant la main vers lui, Brass reprit :

— Attendez, Gil… Perry et Dave ont raison là-dessus.

Le rédacteur et le chroniqueur lâchèrent le même soupir soulagé puis attendirent que l'inspecteur reprenne la parole. De son côté, Browser les observait sans rien dire.

Brass avala une longue gorgée de café puis considéra Bell comme s'il était en train de peser ses mots avant de parler.

Enfin, il déclara :

— Je suis désolé, Perry… Dave. L'homicide de ce matin m'a… secoué, et vous me pardonnerez si je suis peut-être allé un peu trop loin avec vous… Je respecte notre relation et… mettez ça sur le compte de l'énervement, c'est tout.

Les deux journalistes haussèrent les épaules pendant qu'un des serveurs chantait un rock d'Elvis Presley.

— Mais, continua Brass, quand cette affaire deviendra publique, ce sera l'enfer pour nous.

Glissant une main dans sa poche pour y prendre un carnet et un stylo, toute colère oubliée, Bell proposa :

— Bon, par où commence-t-on ?

— Justement, fit Brass en levant les mains devant lui comme s'il était victime d'un hold-up. Je ne veux pas que la chose devienne publique.

Le journaliste se figea un instant puis, lentement, sa main ressortit de sa poche… vide.

— Parfait, Jim. Dans ce cas, pourquoi sommes-nous ici, si on ne peut pas en parler ?

Pour la première fois depuis longtemps, Brass regretta d'avoir arrêté de fumer.

— Je voulais vous parler… de façon non officielle.

— Capitaine Brass, intervint Paquette sur un ton vaguement irrité, on est tous prêts à coopérer avec les autorités, mais vous avez un travail à faire et nous aussi. Nous avons une responsabilité envers le public.

— Vous avez une responsabilité envers moi, corrigea-t-il. Et, en l'occurrence, elle passe avant.

— Vous ne pouvez pas nous imposer ça, lâcha le rédacteur en secouant la tête.

— Je ne peux pas ? La coopération que je vous ai apportée sur une certaine affaire vous a fourni deux best-sellers, rappelez-vous. Deux best-sellers qui ont boosté votre carrière de façon magistrale.

— Ah, fit Bell, vous avez bonne mémoire.

— Bien sûr, répondit-il tranquillement.

Au bout d'un instant, Paquette demanda :

— Si cette histoire a tellement d'importance que vous ayez besoin de notre aide pour tenir le public à l'écart..., on aimerait quelque chose en retour. Quelque chose d'un peu mieux que le rappel de ce que vous avez fait pour nous il y a longtemps.

Brass et Grissom se contentèrent de le regarder.

— Quand ce sera le moment, ajouta-t-il en plaquant les deux mains sur la table, on exigera l'exclusivité.

Brass voulut lui renvoyer une réponse bien sentie mais Grissom, une main sur son bras, laissa tomber :

— Impossible. Ce n'est pas légal.

Tous autour de la table savaient que la police ne consentirait jamais à accorder l'exclusivité pour une affaire de cette ampleur. Mais, en réclamant le gâteau entier, Paquette s'attendait clairement a en obtenir au moins la plus grosse part.

— Une avance de vingt-quatre heures, proposa Brass.

Paquette réfléchit un moment puis hocha la tête.

— Qu'est-ce que vous avez ? demanda alors Bell d'une voix chargée de colère.

A part un crime dans le monde du rap, Bell n'avait pas eu d'affaire nationale depuis le livre sur CASt. Et, au comportement de l'inspecteur, il voyait parfaitement qu'il s'agissait là d'une histoire très importante.

— Vous devez me promettre, Perry, lui dit Brass. Pas un seul mot tant que je ne vous ai pas donné le feu vert. C'est bon pour vous trois. Vous pourrez couvrir l'affaire de façon modeste, juste avec des nouvelles simples et directes... mais l'aspect principal, il faudra le mettre en veilleuse, l'ignorer, même...

Bell lui jeta un regard à la fois approbateur et chargé de questions.

— Vous allez en travers de mon chemin, ajouta

Brass avec un sourire loin d'être amical, et la coopération que nous avons connue dans le passé… sera définitivement du passé.

— Hé, Jim, riposta le journaliste, quand est-ce qu'on s'est mis en travers de votre chemin ?

Brass se passa une main sur le front. Bon Dieu, il avait des années de carrière derrière lui et voilà qu'il transpirait comme un débutant ! De quel besoin éveillait-il l'hostilité de ces gens alors qu'ils avaient toujours été des alliés ?

— Jamais, c'est vrai… reconnut-il. Vous avez toujours été recta. Alors, je vais vous poser une question : de quand date cette affaire CASt ?

Bell, croyant apparemment que Brass cherchait une nouvelle fois à le tester, haussa les épaules et dit :

— Je ne sais pas. Disons… dix ou onze ans.

Puis il chercha confirmation dans le regard de Paquette.

Qui hocha la tête avant de préciser :

— Onze ans. Quand ça a commencé.

— Ce qui, dans cette ville, n'équivaut à rien d'autre qu'à une histoire ancienne, remarqua Bell. Est-ce que c'est un point de référence ?

Pendant que trois serveuses étaient en train de chanter *My Boyfriend's Back*, Brass se remit à siroter son café, ses yeux allant sans cesse de Bell à Paquette.

— On s'est toujours demandé pourquoi il a cessé de commettre ses crimes. Est-ce qu'il est mort dans un accident de voiture ? Est-ce qu'il a bougé et continue d'agir ailleurs ?

— Vous savez que cette dernière éventualité est impossible. Même maintenant, je continue de surveiller ce qui se passe au niveau national, attendant que ce *modus operandi* se reproduise quelque part. Et, dans ce cas, il ne peut pas être plus précis qu'il ne l'est déjà.

— Et pas difficile à reconnaître, admit Brass. Et que diriez-vous si ce *modus operandi* avait réapparu, justement ?

— J'aimerais savoir où, répondit Bell. Dans quel Etat ? Dans quelle ville ? Dans quel pays ?

— Dans le Nevada, articula Grissom. Dans le quartier nord de Las Vegas. Aux Etats-Unis.

— Nom de..., commença Bell en reculant légèrement. C'est une plaisanterie ?

— Vous trouvez qu'on plaisante depuis qu'on a entamé cette discussion ? demanda Brass.

— Le même *modus operandi*... ce matin... à Las Vegas..., soupira Bell d'un air consterné.

— On vient de quitter la scène de crime, dit l'inspecteur avec un signe de tête en direction de Grissom. Ça ressemble à s'y méprendre au coup de patte de CASt.

— Ça ne fait pas un pli, renchérit Grissom.

Brower, qui n'avait encore rien dit, se pencha en avant comme l'avaient fait Bell et Paquette. Le regard rivé sur celui de Brass, ils attendaient la suite, tels des coyotes reniflant l'odeur du sang.

— Si on s'est adressés à vous, reprit le capitaine, c'est parce que personne ne connaît mieux que vous cette affaire, ces meurtres... Et, sans vouloir vous froisser, Mark, c'est pour ça que votre présence ici me chiffonne.

— Sans rancune, répondit ce dernier.

Ce qui n'empêcha pas Bell de se hérisser.

— Voilà pourquoi vous me traitez comme un suspect ! Parce que j'en suis un. Mais, enfin, Brass, vous en saviez plus que Dave et moi réunis. Vous et Vince Champlain, vous étiez notre principale source de renseignements !

— C'est juste, approuva Paquette.

— Messieurs, intervint Grissom, arrêtons-nous là avant qu'on commence à suspecter la police elle-même.

— Qu'est-ce que j'entends ?! s'exclama Bell. Le grand Gil Grissom fait une *hypothèse* ! Je croyais que vous étiez monsieur Suivez-les-indices-là-où-ils-vous-mènent ! A moins qu'en l'occurrence, ils ne conduisent directement à votre copain Brass…

Fort heureusement, Grissom garda son calme. La presse l'agaçait au plus haut point, sa place se situant selon lui juste en dessous des politiques et des politiciens.

— Vous avez raison, rétorqua néanmoins Brass. Vince Champlain en savait plus que quiconque sur cette affaire.

Paquette reprit alors :

— Les milliers de personnes qui ont lu notre livre connaissaient aussi cette affaire sous toutes ses coutures. Quant à Mark, ils nous a tellement entendu en discuter devant une bière qu'il devrait lui aussi être sur la liste des suspects, j'imagine. Et peut-être aussi ce producteur de Hollywood qui a choisi notre livre…

— Le meurtrier, coupa Brass, en sait plus que ce qu'il y avait dans votre bouquin. Il était au courant des quelques détails que vous avez accepté de ne pas divulguer au public.

— Mais… combien en savait ce tueur ? demanda Bell d'une voix étranglée.

— Il connaissait jusqu'au moindre détail. Et, quant au fait d'ajouter M. Brower sur notre liste de suspects, je ne demande pas mieux. Vous lui avez dit beaucoup de choses ?

— Dites donc, Jim, fit alors Brower. Si vous voulez savoir ce que je sais, demandez-le-moi !

Paquette intervint en tendant vers lui une main apaisante.

— Attendez, Mark en sait peut-être plus que ce

qu'il y avait dans le livre, mais il ne sait pas tout pour autant. Tout ce que nous avons décidé de ne pas dévoiler tant que le tueur ne serait pas coincé, nous ne le lui avons pas dit ! Nous ne l'avons dit à personne.

Brass considéra le rédacteur pendant quelques instants puis tourna les yeux vers Bell qui hochait la tête comme pour confirmer ce que Paquette venait de dire.

— Est-ce qu'il aurait… ?

Mais Brass l'arrêta d'un regard appuyé, et Bell comprit le message.

— Mark est mon assistant de recherche, se plaignit-il alors.

Secouant la tête, Brass dit :

— Vous ne pouvez parler à personne des deux détails que vous avez dissimulés jusque-là. Même aujourd'hui…, spécialement aujourd'hui.

Les deux détails en question étant le sperme sur le dos de la victime et le doigt sectionné (et retrouvé). Et, bien sûr, Brass et Grissom les connaissaient. Paquette aussi. Le but était de garder le cercle aussi restreint que possible, ce qui excluait donc Mark Brower.

— Je sais, admit Bell non sans frustration. Je sais…

— Alors, insista Brass, aucun d'entre vous n'a partagé un de ces « détails » avec quiconque ?

— Non, répondit Paquette. De toute façon, personne ne nous a posé de question sur cette affaire depuis des années. C'est de l'histoire ancienne.

— Moi, en revanche, reconnut alors Bell, j'ai parlé de cette affaire à des groupes de presse. Pas plus tard que cette année. Il se trouve que mon bouquin vient d'être réédité. J'en ai plusieurs boîtes dans mon coffre, vous pouvez aussi en acheter sur Amazon, et…

Ce journaliste essayant de vendre ses propres tirages semblait tout à fait pathétique aux yeux de Brass. Mais comment ranimer une flamme qui, de toute façon, n'avait jamais brûlé très fort ?

— Mais, bien évidemment, continua Bell, je n'ai jamais parlé à personne des choses que nous avions tenues secrètes.

— Ce livre, c'est une édition revue ? demanda Grissom.

— J'ai écrit une nouvelle introduction, mais, pour le reste, on a fait une copie de l'original. Je n'ai rien retouché.

Brass sentait une migraine s'insinuer au plus profond de son crâne. Ces maux de têtes qui revenaient régulièrement l'accompagnaient depuis des années. Ils avaient commencé à l'époque des agissements de CASt…

L'air grave, il déclara :

— Soit quelqu'un a partagé l'information, soit CASt est de retour, et sa manière d'opérer est la même.

Il étudia leurs visages l'un après l'autre. Paquette semblait intégrer l'information alors que Bell paraissait choqué. Brower quant à lui se montrait impassible, son expression sérieuse demeurant à peu près constante. Tous, néanmoins, restèrent muets pendant un long moment.

Ce fut Paquette qui, finalement, rompit le silence :

— Vous avez parlé à votre vieil ami Vince ? Peut-être qu'il aurait lâché quelque chose…

— Ce serait une idée, articula Browser.

Mais la réponse de Brass fut sèche et sans détour :

— Là, Mark, je vous arrête tout de suite : Vince a pris sa retraite bien avant que vous ne commenciez à travailler au *Banner*. Dave, vous le savez très bien, Vince a toujours été un bon flic. Il n'a jamais rien fait pour mettre une enquête en danger. Dans aucune affaire !

— Mais, bien sûr, ajouta Grissom, on a l'intention d'aller lui parler, à lui aussi. Vous avez tout à fait raison de le mettre également sur la liste des suspects.

Interloqué, Brass se tourna vivement vers lui.

— C'est une enquête criminelle comme une autre, poursuivit le responsable du CSI comme si de rien n'était. Nous allons parler à tous ceux qui seront susceptibles de nous aider. Par exemple, il y a facilement une demi-douzaine d'autres personnes à la police qui ont pu avoir accès aux informations tenues secrètes sur les *modus operandi* de CASt.

— Exactement ! s'exclama Paquette en claquant des doigts. Mais, au fait, Jim, à qui en avez-vous parlé, vous et Champlain ?

— Au shérif, à l'époque. Qui est aujourd'hui décédé.

— Et Conrad Ecklie ? demanda Bell. C'était le responsable de l'équipe de jour. Il savait aussi, lui !

— On va lui parler, lui assura Grissom.

Sachant l'affection que ce dernier portait à Ecklie, Brass songea que, si quelqu'un devait parler à Conrad, ce ne serait certainement pas Gil.

— Fouillez dans vos souvenirs, les gars, leur suggéra-t-il alors. Je me suis confié à Grissom, qui n'avait fait qu'effleurer la première affaire. Peut-être vous êtes-vous confiés à quelqu'un, vous aussi, et que ça vous aura échappé ensuite. Enfin, essayez de vous rappeler…

Les journalistes restèrent muets.

— Je peux vous assurer, leur dit Brass, que nous allons retourner jusqu'au moindre centimètre de terre.

Comme ils le regardaient d'un air méfiant, il ajouta :

— Je voulais dire que nous allons tout faire pour mettre la main sur ce tueur. Et vite. Si c'est CASt qui a agi, nous savons tous ce dont il est capable. S'il a décidé de répéter son cycle meurtrier, on peut s'attendre à quatre victimes de plus.

— Seigneur…, lâcha Brower.

— Si c'est un nouveau venu avec le même *modus operandi*… on ne veut pas en arriver là. Mais, d'une façon ou d'une autre, il faudra coincer ce type, et le plus rapidement possible. Ecoutez, je sais qu'il s'agit d'une affaire importante mais il nous faut absolument la garder sous contrôle.

Bell regarda ses deux acolytes, qui lui répondirent par un léger signe de tête.

Puis il déclara :

— Si vous avez besoin de quoi que ce soit, Jim, faites-le-nous savoir. On fera tout pour vous aider.

— Merci.

— Mais, ajouta Paquette en agitant un index devant lui, on garde cette avance de vingt-quatre heures sur les autres, rappelez-vous.

Brass hocha la tête et Grissom reprit :

— On vous doit bien ça.

Le chanteur déguisé en Elvis chantait *Jailhouse Rock* lorsque Brass et Grissom se levèrent pour partir.

***

Vince Champlain et sa seconde femme occupaient un appartement dans la maison de retraite de Sunny Day, à Henderson.

Un garde arrêta Brass et Grissom à l'entrée du centre, vérifia leur identité et inscrivit leurs noms sur son bloc-notes. Les deux hommes connaissaient bien Sunny Day depuis que Catherine et Warrick avaient récemment travaillé sur une affaire concernant plusieurs patients assassinés dans l'une des ailes du complexe.

Non loin de Lake Mead Drive, Sunny Day mettait à la disposition de ses patients des appartements indépendants, dans un long bâtiment situé à la gauche de la propriété, et proposait toute une série de soins dans un immeuble nettement plus imposant, situé dans la partie droite de l'infrastructure.

Au volant de sa Taurus, Brass trouva une place de parking non loin de l'entrée. Ayant été prévenus de leur arrivée par l'inspecteur, les Champlain qui habitaient au deuxième, attendaient leur venue. En fait, dès l'instant où Grissom et Brass émergèrent de l'ascenseur avant de s'engager dans le corridor, une petite femme blonde émergea d'une porte entrouverte et leur fit signe avec vivacité.

— Jimmy ! s'écria-t-elle sur un ton joyeux.

Le regardant d'un air à la fois étonné et amusé, Grissom répéta :

— Jimmy… ?

— Gardez ça pour vous, je vous en prie.

— Hum… c'est beaucoup me demander, Jim.

— Ne me forcez pas à vous supplier, fit-il en souriant à la femme qui l'attendait, les bras tendus.

— Margie, articula-t-il avant de se laisser embrasser avec force.

Petite et menue, Margie Champlain n'avait pratiquement pas changé depuis que Brass l'avait vue pour la dernière fois. Il lui avait toujours connu les cheveux teints en blond, et elle s'était offert un lifting du visage – qu'elle avait certainement fait suivre par un autre depuis son arrivée à Sunny Day.

Brass avait fait sa connaissance peu de temps avant que son mari ne prenne sa retraite. Serveuse dans un bar sur Fremont Street, Margie était à l'époque une de ces femmes à qui aucun homme – et certainement pas Vince Champlain – ne pouvait résister. Leur liaison avait ainsi brisé le mariage de Vince, mais lui et Sheila, son ex-épouse, ne se sentaient que mieux, depuis leur séparation. Lui vivait une véritable histoire d'amour avec Margie, et elle avait fini par épouser un ancien directeur du casino Golden Nugget. Brass s'était d'ailleurs laissé dire que les deux couples sortaient même parfois ensemble pour dîner.

— Tu nous laisses tomber, Jimmy ? lui reprocha gentiment Margie en reculant sans pour autant le libérer de son étreinte.

— Je travaille de nuit, tu sais. Je n'ai plus de vie. Tu as de la chance d'avoir connu Vince aussi près de la retraite, tu sais.

— Oui, je n'ai pas connu l'amusement d'être une femme de flic, c'est ça ?

Se décidant enfin à lâcher Brass, elle remarqua tout à coup la présence de Grissom à ses côtés.

— Oh, je vous ai vu à la télé. Vous êtes celui qui finit toujours par coincer les sales types !

Brass observa Grissom, qui paraissait hésiter entre la perplexité et l'embarras.

— Oui, c'est mon « petit aide » rétorqua l'inspecteur. Je vous présente Gil Grissom, notre réponse de la police scientifique à Sherlock Holmes.

Fronçant les sourcils, Grissom répliqua :

— J'ignorais que Sherlock Holmes était une question.

Margie partit d'un rire léger puis demanda :

— Il plaisante ?

— Impossible à dire, admit Brass.

Elle lui tendit alors une main que Grissom accepta sans enthousiasme.

— Il n'est pas mignon ? lança-t-elle d'une voix chantante.

Grissom eut un sourire nerveux et considéra sa main comme un animal pris au piège se demandant s'il aurait à se ronger la patte afin de pouvoir s'échapper.

— Est-ce que Vince est rentré ? interrogea Brass.

— Désolée, non, fit-elle en se décidant enfin à lâcher la paume de Grissom. Je vous l'ai dit au téléphone, il est parti très tôt ce matin.

— Mais il devrait revenir sans tarder, non ?

— D'une minute à l'autre. Entrez donc, tous les deux, pour l'attendre à l'intérieur. Je vous fais un déca.

Margie avait précisé au bout de fil que Vince serait rentré lorsque Brass et Grissom arriveraient à leur appartement. Mais le capitaine, qui savait à quel point le temps pouvait devenir abstrait pour les gens âgés, se demandait s'ils devaient entrer et risquer de perdre de précieuses minutes, les premières heures dans une affaire de meurtre étant toujours cruciales.

Certain que Grissom pensait la même chose, Brass se tourna vers lui et le vit hausser les épaules d'un air fataliste.

Mais, avant qu'il puisse décider de quoi que ce fût, il vit une silhouette mince et athlétique se profiler au bout du couloir.

Bronzé, les cheveux poivre et sel, Vince Champlain portait un pantalon de jogging gris pâle, un polo rayé de gris et de bleu marine et des tennis de cuir blanc. Il s'avança vers eux d'une démarche alerte, sans montrer le moindre signe de fatigue pour son âge.

Ses lèvres surmontées d'une épaisse moustache argentée s'étirèrent en un large sourire, dévoilant des dents un peu trop blanches, un peu trop régulières pour être l'œuvre de la seule nature.

— Jim, mon salaud !

Mais Margie le fit taire aussitôt.

— Vince ! S'il te plaît, les voisins…

Puis elle souffla à l'oreille de Brass et de Grissom :

— Ce sont des vrais bonnets de nuit, à côté de nous. Et Vince, avec son foutu langage de flic !

Grissom haussa des sourcils surpris et Brass ne put que sourire. Margie avait longtemps, très longtemps, été serveuse dans un bar…

Champlain tapota l'épaule du capitaine puis fit un petit signe de tête à Grissom avant de dire :

— On voit régulièrement votre nom dans les journaux et votre visage à la télé, Gilbert. Ça marque, vous savez.

Le CSI lui répondit par un vague sourire.

— Entrons, déclara Champlain en leur indiquant la porte ouverte. Là, je pourrai dire « mon salaud » sans que Margie ne me fasse une crise cardiaque.

— Vincent ! s'exclama celle-ci avant de sourire.

Elle entra la première, suivie de son mari. Derrière eux, Brass s'écarta du seuil et dit :

— Après vous… Gilbert.

— Non, non, vous d'abord… Jimmy.

Tous deux échangèrent un sourire puis entrèrent à la suite de leurs hôtes. Champlain referma la porte derrière eux et les introduisit dans le salon. Petite mais agréablement meublée, la pièce était accueillante avec son canapé fleuri, son fauteuil relax et sa table basse qui faisait face à un énorme écran de télévision.

Vince leur ayant fait signe de s'asseoir, Brass et Grissom s'installèrent sur le divan pendant que lui-même prenait place dans son fauteuil favori.

— Une bière ? leur proposa-t-il.

— Non, merci, répondit Brass. Nous sommes en service.

— Vous n'êtes pas de l'équipe de nuit, au fait ? Il fait jour…

— L'équipe de jour est de tribunal, ce matin, expliqua Grissom d'une voix neutre.

— Ce qui nous oblige à mettre les bouchées doubles, enchaîna l'inspecteur avec aigreur.

— Plaignez-vous, tous les deux, répliqua Champlain qui n'avait jamais attendu avec hâte son dernier jour de travail. Je vous envie… même si la retraite a ses bons côtés.

— Qui veut du déca ? lança alors Margie sur le pas de la porte.

— Je veux bien, oui, accepta Brass.

— Moi aussi, merci, ajouta Grissom.

— Une bouteille d'eau, chérie, lui dit Vince.

Après un petit signe de tête, elle disparut dans la cuisine.

— Deux sous le par, aujourd'hui, annonça Champlain avec une légère trace de fierté dans la voix. Le golf, c'est un des bons côtés dont je vous parlais.

— Où ça ? interrogea Brass.

— A Rio Secco, répondit-il comme si cela devait leur dire quelque chose.

Brass hocha la tête d'un air entendu, et Grissom eut l'air de penser que Champlain parlait en esperanto.

— Bon, souffla celui-ci avec un regard prudent vers la cuisine, vous n'êtes pas venus tous les deux pour m'entendre radoter sur mes exploits au golf, je suppose. Qu'est-ce qui vous amène ?

— Un... fantôme, je crois, déclara l'inspecteur.

— Le passé secoue ses chaînes ? demanda-t-il en s'asseyant en avant. Un vieux copain qui referait surface ?

Margie revint au salon avec un plateau où trônaient trois tasses de café et une bouteille d'eau minérale. De nouveau, elle hésita, se demandant clairement si elle devait se joindre à eux. Mais sa présence était-elle désirée ?

— A quoi devons-nous le plaisir de votre visite ? hasarda-t-elle.

— Les affaires, ma chérie, les affaires... lui dit doucement son mari.

— Oh... lâcha-t-elle, manifestement déçue, je me rappelle justement que j'avais quelque chose à faire dans la chambre.

— Merci, ma poupée.

Dès que sa femme eut tourné les talons, Champlain reporta toute son attention sur Brass et Grissom.

— Ce matin, expliqua l'inspecteur, Gil a reçu un

appel radio pour homicide, dans le nord de Vegas. Et la manière d'opérer était flagrante, Vince : c'était purement et simplement la signature de CASt.

Bien que bronzé par la vie au grand air, le visage de Champlain blêmit subitement.

— Tu te moques de moi…

Brass se contenta de secouer la tête.

— OK, Jim, je t'écoute, articula Vince après un profond soupir.

Brass lui raconta tout dans le moindre détail puis évoqua l'éventualité d'un copieur.

— Mais, si ce meurtre porte la signature du vrai CASt, comment un copieur a-t-il pu prendre connaissance de son *modus operandi* ? On a tout gardé secret, en principe.

— Certains aspects de cette scène suggèrent un crime longuement préparé, expliqua Grissom. Ce qui va à l'encontre de la spontanéité qui qualifie en général la façon d'agir de notre premier tueur. Mais on ne peut juger de rien encore. Pas plus qu'on ne peut assurer que « notre » CASt est de retour.

— Qu'est-ce qu'un vieux retraité comme moi peut faire pour vous aider ? interrogea Champlain.

Un « vieux retraité » qui paraissait, à vrai dire, plus en forme que Brass lui-même.

— As-tu parlé à quelqu'un de l'affaire CASt ? lui demanda l'inspecteur.

— Pas depuis que les journaux ont cessé d'en parler. Et tu sais combien on était prudents, à l'époque. Seul le shérif – Dieu ait son âme – et le responsable de l'équipe de jour du CSI savaient ce qu'on cachait à la presse.

— Et plus récemment ? insista Brass. Tu as sans doute de nouveaux amis, ici ; tu dois avoir des tas d'anecdotes à leur raconter sur ta carrière.

— Allons, Jim, tu le sais très bien… et vous aussi,

Gil : on ne se vante pas devant tout le monde de nos échecs. Et CASt en a été un cuisant pour moi, croyez-moi.

— Et Margie ?

— Non. Elle a l'air costaud, comme ça, mais les côtés un peu rudes de mon métier, ça l'a toujours impressionnée. Et je ne me rappelle pas avoir parlé de cette affaire à Sheila, non plus. Bien sûr, ça date de longtemps, mais… Les gars, j'ai bien peur de n'avoir rien à vous offrir. Et Dieu sait si j'aimerais vous aider. CASt était le gros poisson qui s'est échappé.

— Je sais ce que tu ressens, Vince, lui dit Brass. On est juste venus s'assurer qu'il n'y ait pas un petit détail qui te revienne…

— Pour être franc avec vous, je fais tout pour ne pas repenser à cette fichue affaire. On était tellement près de pincer ce salaud ! Tellement près… Jim. J'étais toujours le premier à oublier mon boulot, une fois rentré à la maison. Mais, cette affaire…, ces pauvres types qu'on a humiliés avant de les étrangler…, l'image de ces scènes de crime… tard dans la nuit…

Champlain frissonna malgré lui.

Grissom et Brass se levèrent alors.

— Si c'est lui, assena le capitaine, on le coincera. Ne t'en fais pas, Vince.

— Et si ce n'est pas lui ?

— Si ce n'est pas lui, si c'est un autre cinglé qui a agi, on le coincera aussi. D'une façon ou d'une autre, on mettra la main sur le meurtrier.

Champlain se leva à son tour et les accompagna à la porte. Une main sur l'épaule de Brass, il déclara :

— C'est sûr que tu n'es plus le jeune gars qui a pris ma place quand je suis parti.

— Ta place était trop importante, Vince. Et puis, je ne me rappelle pas avoir été jeune.

— Tu te le rappelleras un jour, crois-moi.

— Beaucoup d'eau a passé sous les ponts, depuis. Beaucoup d'eau… charriant beaucoup de morts, aussi.

— Si Dieu a donné sa liberté à l'homme, c'est à condition pour lui de garder une éternelle vigilance, laissa soudain tomber Grissom.

— Qui a dit ça ? demanda Brass.

— Le juge John Philpot Curran, répondit Champlain.

Impressionné, Grissom pencha la tête en avant et sourit au flic retraité.

— Mais, ajouta Vince, je doute que ce juge parlait de la police de Las Vegas.

Avec un léger haussement d'épaules, Grissom reprit :

— Il y a toujours ce vieux dicton, Vince.

— Qui dit ?

— Si la chaussure va…

3

Toutes les chaises de cuir noir qui entouraient la longue table de la salle de conférences du CSI étaient occupées, excepté une, à l'extrémité, qui restait encore vacante. Le tableau blanc et le panneau lumineux destiné aux radios étaient vides. L'éclairage fluorescent de la salle donnait à l'assemblée une pâleur mortelle. Tous étaient assis, comme les membres d'une même famille réunis pour entendre la lecture du testament d'un patriarche fortuné.

Les bras croisés, calée contre son dossier, Catherine Willows observait discrètement les personnes qui l'entouraient. Sur sa gauche, Warrick Brown étudiait quelques documents, les yeux mi-clos, le visage fermé. A côté de lui, Nick Stokes affalé sur son siège, étrangement morose, les lèvres inhabituellement serrées, fixait un point invisible devant lui. Facc à Catherine, l'air détendue, les yeux dans le vague, Sara Sidle jouait avec un stylo en le faisant tourner devant elle comme une toupie.

L'équipe de nuit du CSI – qui pouvait se targuer d'avoir non seulement de l'expérience, de l'énergie, mais aussi beaucoup de patience – semblait abattue par une semaine éprouvante de recherches sans résultats.

A la gauche de Sara, Greg Sanders, le jeune technicien de génie, fidèle à ses cheveux hérissés de gel, se balançait d'avant en arrière en laissant sa tête osciller au rythme de la musique qu'il se jouait mentalement tout en lisant un rapport. Il était sans doute le seul ici à être heureux de se retrouver dans cette enquête. Peut-être était-ce dû à Grissom qui, tout récemment, venait d'accéder à sa requête de quitter le labo pour partir sur le terrain, même si son statut d'apprenti enquêteur ne l'occupait qu'à temps partiel.

Face à Greg, à la droite de Catherine, se trouvait le Dr Al Robbins, sa canne appuyée contre la table, les yeux rivés sur des photos d'autopsie étalées devant lui. Sa barbe poivre et sel n'avait pratiquement plus aujourd'hui que la couleur du sel, et son regard d'habitude enjoué semblait s'assombrir davantage à chaque cliché qu'il contemplait. Ses apparitions dans cette salle de conférences étant plus que rares, la présence ici du médecin légiste témoignant à elle seule de la gravité de la situation.

A la gauche de Catherine, à l'extrémité de la table, se tenait Brass. Lui aussi avait le regard dans le vide, comme s'il cherchait à savoir s'il devait rester agacé ou se laisser aller au désespoir. Il avait été le dernier à entrer dans la pièce, portant avec lui une grande boîte de carton qu'il avait posée par terre à côté de lui.

Gil Grissom, qui avait organisé cette réunion, n'était pas encore arrivé, et ses troupes démoralisées se sentaient à la limite de l'impatience. Cela faisait une semaine qu'ils travaillaient sur l'affaire Marvin Sandred, et, mis à part son nom, ils ne savaient encore rien de lui. La seule chose positive était encore la couverture médiatique : personne, jusqu'à maintenant, n'avait fait le rapprochement entre la victime et CASt.

Si Grissom avait consciencieusement noté ce que chacun avait fait, cette réunion allait être la première concernant l'affaire Sandred où ils présenteraient et compareraient tout ce qu'ils avaient pu apprendre, et où ils commenteraient les résultats de labo qui venaient d'arriver.

Grissom entra précipitamment dans la salle, l'air aussi grave que ses coéquipiers, mais, contrairement à eux, dépourvu de tout signe de frustration. Catherine admirait beaucoup de choses chez Gil, et, parmi elles, sa capacité à rester objectif et professionnel malgré ce qui, parfois, leur tombait dessus. Bien sûr, il y avait des exceptions. Leur chef avait ses faiblesses. La violence contre les enfants, par exemple, le remuait jusqu'au plus profond de lui-même. Mais, le plus souvent, il gardait un détachement hautement scientifique que Catherine savait estimer sans vraiment s'y forcer.

Elle, en revanche, suivait le processus inverse : elle avait besoin de toute sa sensibilité pour avancer. Une façon différente de voir les choses.

Grissom portait une blouse bleu pâle sur ses habituels vêtements sombres. Ses lunettes sur les yeux, il laissa tomber sur la table une pile de dossiers avec un sourire crispé, ce qui traduisait chez lui un sérieux agacement.

Se redressant sur son siège, Catherine déclara :

— Laissez-moi deviner... : il y a quelqu'un qui nous déteste.

— Parfaite déduction, Catherine, rétorqua-t-il entre ses dents.

— Atwater ? hasarda Nick.

— Atwater, effectivement, affirma-t-il en prononçant le nom du shérif du bout des lèvres. Il commence à recevoir des appels... sur CASt.

— Ah, mince ! fit Warrick en balançant une main rageuse devant lui.

— Notre cher shérif, continua Gil, voulait l'assurance que personne au CSI ne lâche quoi que ce soit à la presse.

— Qui peut bien embêter Atwater ? interrogea Brass d'une voix étranglée. Notre copain Perry Bell ?

— Non, répondit Grissom. Cela viendrait d'une chaîne de télévision locale.

Catherine resta songeuse un instant puis demanda :

— Est-ce qu'on peut faire confiance à nos frères du quartier nord, Bill Damon et Henry Logan ? Vous n'y êtes pas allé de main morte avec Logan, Gil.

— Vraiment ?

Il semblait sincèrement ne pas savoir de quoi parlait la jeune femme.

— Je serais plus enclin à penser que c'est un des « amis » du *Banner*, dit Brass. Il chercherait à fourguer des infos à la chaîne de télé que ça ne m'étonnerait pas. L'échange de tuyaux est monnaie courante dans les médias.

— Dès que l'aspect CASt sera devenu publique, déclara Nick, tous les accords que vous avez pu établir avec le *Banner* deviendront caduques. Ils les ignoreront purement et simplement.

— Si ces clowns nous trahissent, reprit Brass d'une voix dure, ils n'obtiendront plus jamais aucune coopération de notre part. Gil, vous savez de quel reporter télé il s'agit ?

Le haussement d'épaules par lequel il répondit signifiait que, pour lui, ces journalistes restaient interchangeables.

— Jill Ganine, laissa-t-il pourtant tomber.

— Peut-être qu'on devrait avoir une petite conversation avec elle, suggéra l'inspecteur.

— Je n'ai pas l'intention de perdre mon temps avec la presse, figurez-vous, rétorqua Grissom. Si on a été trahis par le *Banner*, trouver celui par qui le mal est arrivé ne nous rapprochera pas de notre meurtrier.

— Oui… grimaça Brass. Vous avez raison.

— Nous venons d'avoir une semaine sans aucune

pression des médias, et ce luxe nous a aidés à bien démarrer notre enquête.

Warrick regarda Grissom comme si son boss confectionnait des avions en papier, mais il préféra ne rien dire.

— Maintenant, ajouta ce dernier avant de s'asseoir enfin, on se penche sur notre affaire et on s'occupe de la presse pendant nos moments de loisir. Et, si l'un d'entre vous a effectivement des moments de loisir, qu'il me le fasse savoir. Alors… qu'est-ce qu'on a ?

Il balaya d'un regard l'assemblée réunie autour de la table, mais personne ne se proposa pour lancer les débats.

Mauvais signe, songea Catherine. Mais elle non plus ne se sentait pas prête à lever la main pour parler.

Grissom se tourna vers Greg, assis à sa droite. Apparemment, le responsable du CSI sentait chez lui la seule attitude positive de la pièce et il en profita.

— Greg, je suis sûr que tu as quelque chose à me dire.

— Tout le sang trouvé dans le salon appartient à la victime.

— Autre chose ? demanda-t-il sans paraître plus heureux.

— Le sperme retrouvé sur son dos n'appartient pas à la victime. Le CODIS cherche toujours à trouver une concordance.

Même si ce système de recherche ADN continuait de faire ses preuves et de progresser, Catherine savait que la chose ne serait pas aisée.

— Catherine, dit Grissom en tournant vers elle un visage d'où avait à présent disparu toute trace d'agacement, que sait-on de la victime ?

Sans baisser les yeux sur le rapport qu'elle avait devant elle, la jeune femme répondit :

— Marvin Sandred, quarante-sept ans, habitait Las

Vegas depuis un peu plus d'un an. Il travaillait pour une société de soudage, où il était entré six mois plus tôt.

Son regard se posa alors sur Brass afin qu'il prenne le relais.

— J'ai parlé au boss de Sandred, annonça-t-il, ainsi qu'à une demi-douzaine de ses collègues. Personne n'avait quoi que ce soit à dire contre lui, ni en bien ni en mal. Il était encore vu comme le petit nouveau, qui ne s'était jamais vraiment intégré aux autres. Ils le considéraient comme quelqu'un de triste et terne, bizarrement « ailleurs », comme s'il accomplissait son travail dans la seule idée de revenir le plus vite possible à ce qui l'intéressait réellement.

Reprenant la parole, Catherine déclara :

— Il était originaire d'Eau Claire, dans le Wisconsin. Son ex-femme est toujours là-bas. Elle s'appelle Andrea Dean – Annie pour les intimes – et elle s'est remariée après le départ de Marvin pour Las Vegas.

— Comment avez-vous trouvé ça ? interrogea Grissom, les sourcils froncés.

Mais ce fut Brass qui expliqua :

— J'ai demandé à Catherine d'appeler pour moi. Je sais que ce n'est pas vraiment le travail d'un expert, mais je sentais que d'une femme à une autre le courant passerait peut-être mieux.

— Elle s'est réellement effondrée quand je lui ai appris le décès de Marvin, enchaîna Catherine. Elle pleurait tant qu'elle m'a demandé de la rappeler cinq minutes plus tard. Ce que j'ai fait, bien sûr. A ce moment, elle s'était un peu ressaisie et a pu répondre à toutes mes questions. Mais elle n'a pas pu m'aider beaucoup.

— Etait-elle restée en contact avec son ex ? demanda Grissom. Est-ce qu'elle est venue lui rendre visite ici ?

— Ils se sont parlé plusieurs fois au téléphone. Ils

formaient un couple sans enfants, qui avait rompu de façon assez aigre à cause du fait que Marvin allait utiliser toute sa retraite pour venir s'installer ici… et pouvoir s'adonner à son activité préférée : le jeu.

— C'était donc ça qui lui occupait tant l'esprit pendant les heures de boulot, commenta Warrick.

Catherine et Brass hochèrent la tête en même temps.

— Au fait, dit alors l'inspecteur, le ratissage du quartier n'a rien donné. Le peu de gens qui se trouvaient chez eux n'ont rien remarqué de spécial dans le coin, et encore moins un tueur en train d'entrer dans la maison.

— Pas de bavardage, donc, marmonna Grissom. Et les indices ?

— L'empreinte partielle vient d'une chaussure de running Stasis M658, annonça Warrick. Il n'y en avait aucune de cette marque dans le placard de Sandred, ni nulle part ailleurs chez lui. Et sa voisine la plus proche n'en possède pas non plus. Elle pourrait donc appartenir au meurtrier.

— Bien, Warrick.

— Vous voulez des nouvelles des empreintes partielles sur le bouton de la sonnette et sur la poignée de la porte ? demanda Sara. Elles n'appartiennent pas à Sandred.

— Est-ce qu'on sait à qui elles sont ?

— Je les ai soumises au fichier AFIS, dit Nick, mais ça n'a rien donné.

Sara reprit alors la parole :

— Je suis allée voir du côté de la Commission des Jeux d'argent, chez les militaires… rien non plus.

— Aucune trace ?

— Aucune, répondit Nick, à part ces fils noirs que vous avez trouvés. Du polyester.

Grissom se tourna vers le médecin légiste, qui lui dit :

— La victime est morte d'une asphyxie due à la ligature faite autour de sa gorge. Il y a eu un peu de lutte. J'ai bien peur de ne pas avoir plus à vous offrir, Gil.

— Vous êtes revenu sur les premiers dossiers de CASt ?

— Oui. Cette mort est quasiment la même que les autres.

Grissom hocha la tête et le Dr Robbins fit de même avant de se lever, de saisir sa canne et de partir vers la porte. Mais il s'arrêta sur le seuil, sa série de photos sous le bras, et lança :

— Ce n'était pas une jolie mort. Ce serait bien de ne pas avoir à rajouter de photos à ma collection.

— On va essayer, Doc, lui répondit Catherine.

Robbins hocha sombrement la tête puis disparut dans le corridor.

— Un détraqué, ça vous retourne un coroner, commenta Nick sans sourire.

Se tournant vers lui, Grissom lui dit :

— Vous avez travaillé sur le rouge à lèvres…

— Oui. Celui-là s'appelle Bright Rose. Il est fabriqué par Ile De France. Sans être le même, il est similaire au Limerick Rose, le favori de CASt, il y a quelques années.

— Le Limerick Rose était aussi fabriqué par Ile De France, précisa Catherine.

— Demandez à l'expert…, fit Nick avec un petit sourire. Le problème avec le Bright Rose, c'est qu'il est vendu partout, dans les galeries marchandes comme dans les parfumeries de luxe. On a peut-être autant de chances que si on recherchait une bouteille de soda.

— Vous voulez des infos sur la corde ? demanda Warrick. Même chose : elle est vendue dans à peu près toutes les quincailleries de la ville. Mais j'ai pu obtenir des cellules épidermiques des deux côtés et des deux extrémités de la corde.

— Je continue de les examiner, enchaîna Greg. J'essaie de voir quelles sont celles de la victime et quelles sont celles du tueur. Là où la corde se trouvait autour du cou de Sandred, c'était facile. Mais, pour le reste, le problème est de savoir où l'homme s'est débattu avec, et à quel endroit l'agresseur l'a tenue pour tirer dessus. Alors seulement, on pourra déterminer quelles cellules appartiennent à qui.

— Une question de temps ? interrogea Grissom en penchant la tête de côté.

— Une question de temps… Ce ne sera pas très long, en fait.

— Parfait, Greg. Tiens-moi au courant.

— Je n'y manquerai pas, dit-il en se levant. A plus tard, tout le monde.

— Bien, fit Grissom après son départ. Voilà ce que nous allons faire, maintenant.

— Vous allez me dire *à moi* ce que je vais faire, Gil ? s'étonna Brass.

— Exactement.

— Bon… d'accord.

— Il faudrait que vous parliez à cette journaliste, Jim. Mais, d'abord, allez vous installer avec Catherine et Nick, s'il vous plaît.

— Bien…

— Cath, je voudrais que vous et Nick vous repreniez les anciens dossiers des cinq meurtres, que vous retrouviez tous les suspects de l'époque, que vous fassiez toutes les vérifications et les comparaisons possibles et que vous restiez vigilants. Travaillez avec Jim, cherchez si nos suspects sont encore en ville, s'ils ont déménagé, trouvez tout ce que vous pourrez savoir sur eux. Essayez de trouver une théorie selon laquelle l'un d'entre eux aurait pu reprendre du service avec un *modus operandi* similaire.

— Une théorie ? répéta Catherine en se demandant si elle avait bien entendu.

— Exactement. Pas une devinette.

— OK.

— Quant à Warrick, Sara et moi, nous continuerons d'étudier les indices découverts dans la maison de Sandred et essayerons de voir si quelque chose nous a échappé. Ce n'est peut-être qu'une théorie mais je pense que cet homme n'en est qu'à ses débuts.

Ce n'était pas qu'une intuition, Catherine le savait. Tous reconnaissaient la signature d'un tueur en série quand ils la voyaient, et cela ne faisait aucun doute : cette ordure n'en était qu'au début de son œuvre.

— Il y a un autre aspect troublant, poursuivit Grissom. Si nous avons affaire à un copieur qui suit un modèle original, on peut n'avoir qu'un nombre limité de victimes – cinq, dans ce cas –, après quoi notre artiste imitateur s'arrêtera et s'évanouira dans la nature.

— Comme Jack l'Eventreur, dit Nick.

— Comme CASt, tout simplement, corrigea Warrick.

Grissom, Warrick et Sara abandonnèrent la salle de conférences à Brass, Nick et Catherine, qui se réunirent au bout de la table pendant que l'inspecteur tirait à lui le grand carton qu'il avait apporté.

D'un geste cérémonieux, il en sortit le premier dossier et annonça :

— La première victime date de novembre 1994. L'homme s'appelait Todd Henry. Il vivait dans un appartement en ville, n'avait ni famille ni ami. Il était mort depuis près d'une semaine quand on a été avertis.

— Qui l'a trouvé ? demanda Nick.

— L'odeur était si forte qu'un des voisins a appelé pour se plaindre de nuisances publiques, et on est entrés chez lui. Le gars était dans le salon, une corde passée autour du cou.

— Est-ce que le tueur avait déjà alors établi sa façon d'opérer ? interrogea Catherine. Rouge à lèvres, sperme, nœud coulant ?

— Oui. Soit le meurtrier avait tout préparé depuis longtemps… et fantasmé là-dessus peut-être, soit il avait déjà commencé ailleurs. Quoi qu'il en soit, lorsque les tueries ont débuté à Las Vegas, le *modus operandi* était au point et n'a jamais changé ensuite.

— Vous et Vince avez manifestement enquêté dans d'autres juridictions, lui dit Nick.

— Dans le pays entier, si vous voulez savoir, mais rien n'a jamais concordé. On est allés au Canada, aussi, et même en Europe. Enfin, après Todd Henry, c'est un certain John Jarvis qui a trouvé la mort un mois plus tard. Exactement de la même manière.

— Ce Jarvis avait-il un lien quelconque avec Henry ? interrogea Catherine.

— Mis à part une vague ressemblance physique, non. Henry était venu s'installer à Vegas, Jarvis y vivait depuis toujours. Henry avait des boulots bizarres, Jarvis était comptable. Henry vivait seul, Jarvis avait une femme et un fils. Il habitait une jolie maison de Boulder City, alors qu'Henry vivait dans ce trou à rat au cœur de la ville. La seule chose qu'ils avaient en commun était l'apparence : tous deux avaient la cinquantaine, était blancs, de sexe masculin, et en surpoids.

— Et les autres ?

— George Kim, la troisième victime, était à demi asiatique. Mais tous les cinq – Henry, Jarvis, Kim, Clyde Gibson et Vincent Drake – étaient blancs, en surpoids et tournaient autour de la cinquantaine. Bien que chacun ait quelque chose en commun avec l'un ou l'autre, rien à part l'apparence physique ne pouvait être considéré comme dénominateur commun.

— *Rien* ? demanda Nick avec scepticisme.

Haussant les épaules, Brass répondit :

— Kim travaillait au Lucky Seven, Drake était responsable du plus grand garage de la ville et Gibson était le seul employé de sa fabrique de meubles. Certains d'entre eux avaient des enfants, d'autres non. Certains étaient mariés, d'autres ne l'étaient pas. La seule chose qui a pu différer était la fréquence de ces meurtres. Il s'est écoulé un mois entre les deux premiers, et à peine une semaine entre les deux derniers. L'homme se pressait, visiblement. Puis… il a stoppé net.

— D'accord, dit Catherine en absorbant tout ce qu'elle venait d'entendre. Et les suspects ?

— Ils étaient des centaines, au début, presque tous dénoncés par des voisins qui disaient les avoir vu montrer une attitude louche. Quand on a fini par faire le tri, il ne nous en restait plus que trois : un paumé du nom de Dallas Hanson, une ordure appelée Phillip Carlson, et un psychopathe fini, Jerome Dayton.

— Racontez-nous, demanda la jeune femme.

— Quand je dis que Dayton était un psychopathe, je ne veux pas dire excentrique, je veux dire… cliniquement. Son père, Thomas Dayton, était un gros entrepreneur qui a construit un grand nombre d'immeubles et de casinos au début des années quatre-vingt-dix. Vous vous souvenez de lui ?

— Oh, oui, affirma Catherine pendant que Nick hochait affirmativement la tête.

— Jerome, son fils, était mon candidat favori pour ces meurtres, continua Brass. Seulement, il a atterri dans un hôpital privé où il se trouve depuis fin 1995. J'aurais parié un an de salaire que c'était lui le tueur, mais Drake est mort *après* l'entrée de Dayton à l'hôpital.

L'air songeur, Catherine questionna :

— Et les autres ?

— Vince aimait ce bon à rien qu'était Dallas Hanson. C'était un cow-boy de l'Oklahoma. Lui et sa prétendue femme avaient acheté un vieux *mobile home*. Quand elle a compris que Dallas la trompait à tour de bras, elle l'a fichu dehors. Il s'est alors trouvé un appartement dans l'immeuble où vivait Todd Henry. Puis on l'a vu apparaître sur une vidéo surveillance du magasin Lucky Seven, là où travaillait George Kim.

— Intéressant, commenta Nick.

— Quel indices physiques aviez-vous sur Hanson ? interrogea Catherine.

— La seule chose qu'on avait était une empreinte retrouvée sur une tasse, dans l'appartement d'Henry. Hanson a simplement prétendu qu'il avait prit un verre en voisin avec lui le jour de la disparition de celui-ci.

— Il n'avait pas d'alibi ? demanda Nick.

— Il a prétendu être tombé ivre mort dans sa chambre après son verre avec Henry. Sans aucun témoin pour confirmer la chose, bien sûr.

— Il avait un passé, avant ça ?

— Léger, répondit Brass à la jeune femme. Il s'était fait coincer pour des bagarres dans des bars de l'Oklahoma et avait fait un peu de tôle ici pour des délits mineurs… mais tout ça n'avait rien à voir avec les petites manies de CASt.

— Et des indices ADN ? insista Nick. Vous aviez trouvé du sperme sur la scène de crime…

— On n'a trouvé aucune concordance. Mais notre méthodologie à l'époque n'était pas celle d'aujourd'hui.

— Et Phillip Carlson ? interrogea Catherine.

— Ce type était un vrai tordu, un homo refoulé qui se prostituait. Quand il se retrouvait seul avec un micheton, il se jetait sur lui, le battait et le volait.

— Charmant…, fit Nick.

— Oui… On aurait tellement aimé que ce soit lui

notre meurtrier. Il avait même avoué ! Mais il s'est avéré que c'était chronique chez lui, tout au moins quand il s'agissait de meurtres qui avaient des connotations gay. Les psys disaient que Carlson était homo ou bisexuel, qu'il essayait de réprimer ses tendances, et que celui qu'il haïssait plus que tous les homos qu'il agressait c'était lui-même.

— Ça fait de lui un excellent candidat, non ? commenta Catherine.

— Bien sûr, seulement il n'était jamais au bon endroit au bon moment… ou, devrais-je dire, au mauvais moment. Lui aussi s'est fait enregistrer par la caméra du Lucky Seven. L'ennui, c'est qu'il a été filmé dans l'heure où a eu lieu le meurtre de George Kim, ce qui ne lui laissait pas assez de temps pour rejoindre l'appartement de ce dernier, qui vivait au diable, de l'autre côté de la ville, à l'opposé du Lucky Seven. Sans être impossible, c'était hautement improbable.

— Et Carlson n'a jamais été suspecté pour les autres meurtres ? interrogea Nick.

— Il s'est passé la même chose pour le meurtre d'Henry, lâcha l'inspecteur sur un ton à la fois accablé et résigné. On l'avait vu en ville ce jour-là, mais pas du tout au moment où celui-ci a été tué. Et, à l'heure du meurtre, Carlson se trouvait au Lake Mead avec des témoins.

— De bons témoins ? hasarda Catherine.

Brass eut un petit rire.

— Vous n'allez pas le croire : une bande de *bikers*.

— Hum… soupira Nick avec un sourire froid, pas vraiment de bons témoins. Aussi muets que des carpes, j'imagine.

— Vous imaginez bien, Nick. Aucun n'a bronché.

— D'accord, fit Catherine en plaquant les mains sur ses cuisses. On reprend l'enquête du début.

— On avait enquêté à fond, Vince et moi, lui assura

l'inspecteur. Je n'arrive pas à croire que quelque chose ait pu nous échapper.

— Je sais que vous avez fait de votre mieux. Mais les temps et la technologie ont changé... Est-ce que vous auriez pas hasard gardé des échantillons du sperme retrouvé ?

— Mais oui ! J'avais oublié. Je veux dire... ça fait longtemps...

— Dites-nous tout, l'encouragea Nick.

Soudain revigoré, il répondit :

— Vince, prévoyant, l'avait congelé, au cas où. On en était au tout début de l'ADN et on espérait que la science progresserait. Vince pensait qu'il valait mieux s'y préparer, car chaque meurtre non résolu reste un dossier ouvert.

— Bien, dit Catherine. Très bien.

Brass souriait, à présent.

— Vous savez, je n'avais plus pensé à ça depuis..., je ne sais pas, dix ans, peut-être. Oui, bien sûr, le congélateur à indices ! Ça doit être là quelque part.

Ils s'apprêtaient à quitter la salle de conférences sur une note optimiste lorsque l'inspecteur Bill Damon y entra, l'air particulièrement renfrogné.

— Qu'est-ce qui se passe ? lança-t-il à l'adresse de Brass.

— Qu'est-ce qui se passe... quoi, Bill ?

Damon s'avança vers le capitaine, se pencha sur lui et lâcha :

— Atwater pense que moi et mes hommes on laisse filtrer des infos du côté de la presse !

Se levant lentement, Brass garda son calme et déclara :

— Non, Bill, d'après ce que je comprends, notre shérif ne sait pas d'où vient la fuite. Il sait seulement qu'il y en a une.

Avec un sourire méprisant, Damon indiqua Catherine et Nick avant de lâcher :

— Eh bien, moi je dis que ça vient d'ici. Et d'ici même !

— Et moi je dis que vous vous trompez, Bill, intervint Nick sur un ton glacial. Peut-être que le shérif a raison.

Brass tourna vers lui un regard dur par lequel il lui signifiait qu'il prenait l'affaire en main.

— Ecoutez, Bill, lui dit-il sur un ton tranquille, le shérif n'accuse ni vous ni vos hommes d'être à l'origine de la fuite. Il veut seulement savoir qui en est le responsable. Pourquoi l'en blâmer ? Et, personnellement, je ne pense pas que ça vienne de vous.

Vaguement rassuré, l'inspecteur parut se calmer.

De son côté, Catherine se garda bien de préciser qu'elle avait été la première à suspecter Damon et Logan, ce matin. Les deux policiers avaient en effet paru ne pas apprécier que Brass leur souffle leur enquête.

Vexé de s'être mis dans un état pareil, Damon était encore assez en colère pour dire :

— Et ces renseignements qu'on devait se communiquer ? Je n'ai pas eu une seule nouvelle de vous tous depuis… combien de temps ? Trois jours !

— J'allais vous appeler, lui répliqua Brass en ouvrant les mains. Les résultats commencent à arriver du labo, et on a enfin des infos.

Hochant doucement la tête, enfin satisfait, Damon déclara :

— Bon… bien… parfait. Alors, racontez-moi.

— Je vais tout vous dire, mais dans la voiture.

Surpris, le jeune inspecteur répéta :

— Dans la voiture ?

— Oui, on va avoir une petite conversation avec la journaliste télé qui a appelé le shérif Atwater à propos de CASt.

— Quelle journaliste ? demanda Damon qui, visiblement, se sentait mieux.

— Jill Ganine.

Les esprits semblaient s'être apaisés. Damon et Nick échangèrent un sourire embarrassé puis des excuses, et Brass et l'inspecteur se dirigeaient vers la porte quand Grissom fit son entrée, Greg Sanders et son petit air enjoué à sa suite.

Le responsable du CSI, quant à lui, ne paraissait pas spécialement gai : son expression était grave, ennuyée même, tandis qu'il regardait un papier qu'il tenait à la main.

— Qui est mort ? demanda Catherine.

D'une voix plate, il répondit :

— Le CODIS a trouvé la concordance avec le sperme provenant du dos de Marvin Sandred.

— C'est une bonne nouvelle, non ?

— Normalement, je devrais dire oui. Mais le CODIS dit que l'ADN appartient à un gars nommé Rudy Orloff.

Brass se tourna vers Damon et lui déclara :

— Ce nom me dit quelque chose. Pas à vous ?

Damon lui répondit en secouant négativement la tête.

— Je connais ce nom, répéta le capitaine.

— On dit ici qu'Orloff aurait un passé de prostitué.

— Oh, oui, reprit Brass, je me souviens de lui ! On l'a interrogé à propos de l'affaire Pierce, vous vous rappelez, Gil ? Ce petit maigrichon n'a pas les tripes pour tuer qui que ce soit, sans parler de…

— De toute évidence, coupa Grissom, il a eu les tripes qu'il fallait il y a un an, à Reno. Il a poignardé un client, en manquant de le tuer. Depuis, il s'est vu offrir une perpétuité à Ely, avec une chance d'obtenir une conditionnelle pour tentative d'homicide.

Catherine crut recevoir un coup de poing en plein ventre.

— Notre meilleur suspect se trouve dans une prison de haute surveillance ? Depuis l'année dernière ?

Grissom agita la feuille de papier devant lui.

— Depuis deux mois, en fait. Les flics de Reno ne l'ont pas coincé tout de suite. Puis il y a eu le procès, un appel assez bref et, enfin, il a été transféré à Ely. Où il se trouvait probablement quand Marvin Sandred s'est fait assassiner.

Un silence pesant s'installa pendant quelques secondes. Si leur principal suspect se trouvait en prison, comment son sperme avait-il atterri sur le dos d'un homme tué dans le quartier nord de Las Vegas ?

Sans doute pas la plus belle des trajectoires, songea Catherine.

— Et maintenant ? interrogea Brass sur un ton exaspéré. Qu'est-ce qu'on fait, maintenant ?

Une vague expression d'espoir sur le visage, Greg répondit :

— Peut-être que les cellules épidermiques nous aideront. Et si je retournais travailler dessus ?

— Bonne idée, Greg, lui dit Grissom.

Le jeune homme parti, Brass secoua la tête d'un air totalement désemparé.

— C'est vraiment dur de se coltiner la pire malchance de tout Vegas, se lamenta-t-il. Si le sperme sur la scène de crime vient d'un type qui est en prison, les cellules de peau sur la corde vont probablement nous mener à Bugsy Siegel…

Catherine allait lui répliquer par un commentaire aussi cynique lorsque son portable eut le bon sens de sonner. Comme elle le sortait de sa poche, ceux de Nick, de Grissom, de Brass et de Damon se mirent à piailler tous en même temps, comme une minichorale technologique.

Se retrouvant cernée par six meurtres non résolus en l'espace de dix ans, Catherine Willows n'avait qu'une idée en tête quand elle appuya sur le bouton de son téléphone et le porte à son oreille. Ce ne fut cependant pas sa voix qui résonna en réponse, mais celle de Brass, qui articula ces mots :

— Qu'est-ce qui se passe encore ?

4

Le deuxième meurtre ne requérant pas l'attention de toute l'équipe, Catherine et Nick restèrent au QG du CSI afin de se plonger dans les anciens dossiers. Grissom, Sara et Warrick, quant à eux, partirent pour la banlieue de Coronado Ranch.

Cette fois, Warrick Brown eut pour mission d'examiner l'intérieur de la maison, à la différence de chez Marvin Sandred, où il avait dû inspecter le jardin de devant. La villa, située sur Buried Treasure Court, appartenait à feu Enrique Diaz, le brillant producteur d'une chaîne de télévision destinée aux voyages, et dont le siège se trouvait à Las Vegas.

Sans être ostentatoire, l'endroit était assez luxueux et traduisait aisément le succès que connaissait son propriétaire. Avec sa façade de stuc et son toit de tuiles rouges, la longue bâtisse était agrémentée d'une pelouse impeccablement verte malgré les restrictions d'eau.

Pendant que Brass et Damon partaient faire le tour du voisinage, Grissom, Sara et Warrick se chargèrent de la propriété elle-même. Sara prit l'extérieur et Grissom se réserva l'intérieur, tout en laissant à Warrick le soin de s'occuper du salon dans lequel avait eu lieu le meurtre.

Même s'il n'avait travaillé que dehors chez Sandred, Warrick avait vu la scène de crime et connaissait parfaitement toutes les photos qui la décrivaient. Aussi vit-il tout de suite que ce meurtre avait une étrange similitude avec le premier – la seule différence étant peut-être le côté hautement résidentiel de ce quartier.

La pièce, qui faisait au moins deux fois salon de Sandred, avait un aspect typiquement mexicain avec ses bandes de toile rouges, vertes et jaunes négligemment jetées sur les meubles. Un cactus prenait le soleil dans un coin du salon. Des photos de famille décoraient aussi bien les murs que les multiples tables basses disséminées çà et là. Un crucifix en fer forgé pendu au-dessus de l'arche d'entrée avait un effet plus décoratif que religieux. Et, partout, le sol était recouvert d'un carrelage ocre et mat, autrement plus esthétique que la moquette contre laquelle avait frotté à plusieurs reprises le front de Sandred.

Le mur donnant au sud n'était pratiquement composé que de baies vitrées, ce qui, de la façon la plus paradoxale, procurait à cette sombre scène de crime un air lumineux. Face à un écran plasma géant trônait un énorme canapé de cuir pâle, flanqué de deux fauteuils assortis, aux pieds desquels était affalé le cadavre de Diaz.

Obèse, ses cheveux bruns et frisés tenus en place par ce qui semblait être du gel, il gisait nu sur le ventre, la main droite tendue sur le côté, l'index sectionné, l'autre main glissée sous son corps. L'arme du crime, une corde qui, selon Warrick, mesurait environ quarante-cinq centimètres, serrait fortement le cou de la victime en un nœud coulant en huit inversé.

Là aussi, le meurtrier avait laissé une petite flaque de sperme dans le creux des reins de la victime. Le producteur avait les yeux exorbités, sa langue pendait de sa bouche entrouverte et ses lèvres étaient peintes d'un rouge criard.

Et, une fois encore, l'absence de sang près de la

main de Diaz laissait croire que son doigt n'avait été sectionné qu'après que son cœur eut cessé de battre.

Connu pour son objectivité légendaire, Warrick ne put cette fois réprimer un sourire de dégoût. Il avait travaillé sur bon nombre de scènes de crime mais la façon étrange dont certaines personnes trouvaient la mort était loin d'être aussi surprenante que la façon dont les tueurs choisissaient de vivre…

Tout Hispanique qu'il était, Diaz avait la peau claire et aurait pu facilement passer pour un Blanc, même si la décoration de sa maison traduisait la fierté qu'il tirait de ses origines mexicaines. CASt avait montré jusqu'à maintenant une prédilection pour les victimes blanches, et Sandred correspondait parfaitement à ses goûts. En revanche, il restait à prouver que Diaz ait pu être pris pour un Blanc ou y ait ressemblé d'assez près, aux yeux du meurtrier.

Peut-être s'agissait-il alors d'un copieur qui n'avait pas saisi les caractéristiques des premiers meurtres, et qui ignorait que la plupart des tueurs en série se cantonnaient le plus souvent à un groupe ethnique, habituellement le leur…

Bien sûr, ce n'était pas une règle ; les criminels maniaques se fabriquaient leurs propres règles et les réécrivaient au gré de leurs caprices. Toutefois, des actes aussi structurés que les meurtres de CASt, qui semblaient obéir à un rituel malsain, indiquaient un désir particulier du détail qui devait tôt ou tard fournir une aide précieuse aux analystes de scènes de crime.

Les similarités entre ce meurtre et celui de Sandred étaient frappantes, et Warrick avait le très net sentiment qu'ils avaient affaire au même tueur – que ce soit CASt ou un nouveau venu dans le monde du crime.

Et, même si Grissom venait de leur annoncer qu'il avait l'intuition que le tueur n'en était qu'à ses débuts,

Warrick savait que son boss ne tolérerait aucune hypothèse, même dans une situation comme celle-ci. Il se contenterait donc de suivre les indices là où ils le mèneraient. Point.

Sortant son appareil photo, il entreprit de mitrailler le cadavre et la pièce qui l'entourait. Mais il avait à peine pris quelques clichés que Grissom apparaissait à ses côtés.

— A première vue, le reste de la maison paraît nickel, lui annonça ce dernier.

— Rien ne vous a sauté aux yeux ?

— Rien, excepté l'ordre impeccable de cet endroit et la similitude flagrante de cette scène de crime avec celle de Sandred.

— C'est vrai.

— Je vais y jeter un regard plus approfondi mais je crois pouvoir dire que le meurtrier n'est entré dans aucune des autres pièces.

— Vous *croyez pouvoir dire*, Griss ? Serait-ce une... hypothèse ? Qu'est-ce que vous nous réservez, après ?

— Une vision, Warrick. Je vois un troisième corps, gros comme une maison, si on ne rend pas un meilleur travail que celui qu'on a fait jusqu'à maintenant.

— Message compris, dit-il avant de prendre une nouvelle photo du corps. Ce type est définitivement spécial. Il n'a rien volé, rien emporté. Vous imaginez le prix de cet écran plasma ?

— Parfois, la pathologie d'un tueur l'empêche de voler, même s'il a perpétré un meurtre. D'une certaine façon, cela désacraliserait l'acte qu'il vient de commettre.

— Oui, je comprends, reprit Warrick, mais il faut être vraiment dingue pour laisser derrière soi un objet d'une telle valeur.

Ils échangèrent un sourire puis se remirent chacun à leur travail.

Après avoir terminé sa série de photos, Warrick préleva un échantillon du sperme gisant dans le creux des reins de la victime. Puis, lentement, il ôta la corde de son cou et retourna le corps.

C'est alors qu'il aperçut un objet coincé entre les doigts raidis.

— Hé, Griss ! lança-t-il. Vous devriez venir voir ça !

Un instant plus tard, accroupi à côté de Warrick, Grissom regardait la main du mort.

— Vous avez pris une photo ?

— Pas encore.

Le corps devenait lourd entre ses bras mais il le garda ainsi tandis que le responsable du CSI saisissait son appareil. Il prit deux ou trois clichés puis lâcha :

— Allez-y, mettez-le sur le dos.

Warrick fit rouler sur le sol le corps recroquevillé, alla prendre un forceps dans sa mallette et se pencha sur la victime. Les yeux rivés sur la main crispée, il vit que l'objet était une clé magnétique, de celles qu'utilisaient pratiquement tous les hôtels de la ville ainsi que certaines sociétés. Celle-là comportait en plus une bande magnétique à sa base.

Maniant son outil avec précaution, Warrick pinça la carte par un de ses bords, en s'efforçant de n'altérer aucune empreinte. Une fois qu'il l'eut extirpée d'entre les doigts de la victime, il la retourna. Cinq mots étaient écrits en lettres bleues sur le plastique blanc : *Propriété du* Las Vegas Banner.

— Ça ne nous dit pas grand-chose, déclara-t-il en se redressant. D'habitude j'aime bien découvrir des indice précis, pas vous ?

Muet, Grissom se contenta de hocher la tête.

Warrick, qui s'attendait à un commentaire sec de son chef, n'obtint que ceci :

— On ferait mieux de faire venir Brass au plus vite.

*
* *

A la recherche de Catherine Willows, Nick Stokes arpentait les couloirs bleu-vert des locaux du CSI. L'éclairage ténu de l'endroit n'aidait pas toujours l'équipe de nuit car il poussait au sommeil. Mais, étant donné la dureté de ce à quoi ils se trouvaient le plus souvent confrontés, Nick ne détestait pas cette atmosphère apaisante.

Lorsqu'ils avaient commencé à se plonger dans les anciens dossiers de l'affaire CASt, le premier problème qu'ils avaient rencontré était de ne pas retrouver les adresses de deux des suspects (ceux qui n'avaient pas atterri dans un hôpital psychiatrique). Enfin, après des heures de recherche, Nick avait enfin obtenu une adresse… mais, à présent, c'était sa partenaire qui semblait avoir disparu de la planète.

Il venait de sortir son portable de sa ceinture lorsque Catherine émergea des toilettes, un lourd dossier sous le bras. Avec un sourire en coin, elle expliqua :

— Je n'ai pas trouvé de meilleur endroit pour lire en toute tranquillité.

— C'est sûr que ça doit être plus calme chez vous, répliqua-t-il en songeant aux effectifs masculins du bâtiment autrement plus nombreux que les femmes.

— Tu as trouvé quelque chose ? lui demanda-t-elle.

— L'adresse de Phillip Carlson, ça te branche ?

— Notre petit homo ? Où ça ?

— Sur Baltimore, près de la Sphère.

— Qu'est-ce qu'on attend ?

— Que Brass et Damon reviennent, peut-être ? Tu sais, les inspecteurs n'adorent pas voir les membres du CSI se balader tout seuls en dehors du labo.

Catherine resta un instant songeuse puis déclara :

— Grissom nous a mis sur ces anciennes affaires,

on va potasser ces anciennes affaires, mais tu sais très bien qu'il n'est pas à cheval là-dessus. De toute façon, avec le boulot qu'il y a en ce moment, tu te vois en train d'arracher un inspecteur à une affaire en cours pour mettre son nez dans une ancienne ?

— Qui est-ce que tu essaies de convaincre ? Toi ou moi ?

— Je ne sais pas, répondit-elle en haussant les épaules. Mais je suis convaincue.

— Moi aussi, sourit-il. Mais appelons quand même l'un ou l'autre de ces messieurs pour qu'on se donne rendez-vous là-bas.

L'appartement de Carlson se trouvait dans un immeuble qui faisait penser à ces motels des années cinquante dont l'aspect était resté le même depuis quarante ou cinquante ans.

— On peut dire qu'il s'est déniché un joli coin douillet, commenta Nick, installé au volant.

Il venait de garer la Tahoe le long du trottoir, en espérant qu'elle serait encore là à leur retour. Arrivés devant le bâtiment, les deux CSI grimpèrent l'escalier extérieur et s'engagèrent dans la galerie au sol cimenté qui longeait le premier étage.

Quelque part dans le voisinage, quelqu'un avait mis les basses de sa radio à fond, et, même si Nick se faisait fort de connaître tous les genre de musique, la distorsion l'empêchait totalement d'identifier le rappeur qui s'égosillait devant le micro.

Catherine frappa à la porte de l'appartement 2E et ils attendirent une réponse qui ne vint pas.

Nick colla son oreille au battant dont la peinture orange s'écaillait gravement, mais, là encore, aucun son ne lui parvint. Il recula, attendit, regarda Catherine puis frappa à son tour, nettement plus fort, cette fois.

De nouveau, ils attendirent.

Nick en était à sa troisième tentative quand la porte voisine s'ouvrit et qu'une silhouette se montra dans l'entrebâillement.

— Qu'est-ce que vous voulez ? les interrogea d'une voix hargneuse un homme vêtu d'un T-shirt blanc et d'un jean délavé qui menaçait à tout instant de descendre le long de son frêle squelette.

La cinquantaine, il faisait penser à ces éternels adolescents des années soixante, avec ses cheveux grisonnants et broussailleux et son regard vert embrumé. S'il s'était rasé au cours du mois, ce n'était sûrement pas la semaine passée.

Comme ils s'approchaient de l'appartement 2D, l'arôme de la marijuana leur heurta les narines.

On le surprend en pleine fumette, le pauvre, songea Nick malgré lui.

Avec un sourire poli, il s'identifia puis annonça :

— Je suis Nick Stokes, et voici Catherine Willows, de la police scientifique.

Le regard embrumé parut s'éveiller vaguement.

— Il se passe quelque chose ? Je n'ai rien entendu…

— Pouvez-vous sortir ? lui demanda poliment la jeune femme.

L'homme squelettique fit un pas hors de chez lui et Nick se plaça de telle façon qu'il se trouvait à présent entre lui et Catherine.

Lentement, il referma le battant derrière lui, espérant sans doute que les deux enquêteurs ne remarqueraient rien.

— Nous cherchons Phillip Carlson, déclara la jeune femme d'une voix neutre.

L'homme recula légèrement.

— Vous l'avez trouvé. Qu'est-ce que je peux faire pour aider la police de Vegas ? Vous protégez, et, moi, je sers…

— En répondant à quelques questions, répliqua simplement Catherine.

Se tournant vers elle, Carlson la considéra avec un mélange d'amusement et de confusion, comme s'il ne parvenait pas à imaginer comment une jolie femme comme elle pouvait être flic.

— J'ai rien à cacher, la belle. Allez-y.

— Mon nom c'est Willows. Est-ce qu'on pourrait parler dans un endroit plus tranquille ?

Avec un coup d'œil gêné vers son appartement vide, il lâcha :

— Ça se pourrait, oui…

Mais, comme il restait sans bouger, Nick indiqua la porte du 2D et dit :

— Ici, on ne peut pas ? C'est privé ?

— C'est pas chez moi, s'empressa-t-il de répondre en secouant vivement la tête.

— Et… chez qui est-ce ?

— Ma copine. Elle… elle est pas visible pour l'instant.

Bien sûr…

D'un doigt noueux, Carlson indiqua l'autre appartement.

— Vous étiez à la bonne porte, tout à l'heure. Venez, on va chez moi.

Ils reculèrent contre la rambarde à demi rouillée pour permettre à Carlson de passer devant eux pendant que Nick jetait à Catherine un regard à la fois amusé et sceptique.

— Désolé, fit-il en ouvrant le battant devant eux, c'est le jour de congé de la bonne…

Suivi des deux enquêteurs, il pénétra alors chez lui.

Les rideaux étant tirés, l'endroit était plongé dans l'obscurité. Carlson appuya sur l'interrupteur de l'entrée et un plafonnier chargé d'insectes morts s'alluma au-dessus d'eux, éclairant le salon d'une lumière blafarde.

Au vu du désordre qui les entourait, Nick songea que les lieux n'avaient pas dû être nettoyés depuis… la naissance de Las Vegas, au moins, et il résista difficilement à l'envie de passer ses gants de latex.

L'ameublement était constitué d'un divan miteux, d'une caisse en bois servant de table basse, et d'un poste de télévision posé à même le sol. Les murs étaient nus et l'ensemble faisait penser à un site d'enfouissement de déchets qui aurait subi une explosion. Des sachets de fast-food et des gobelets de plastique traînaient un peu partout sur des plateaux, sur la télé ou par terre. Au-delà du salon, dans ce qui avait un jour servi de salle à manger, Nick aperçut une petite table ronde remplie de restes de nourriture, et deux chaises métalliques.

Sur sa gauche partait un petit couloir qui devait conduire à une ou deux chambres à coucher. Le plus étonnant était encore l'impressionnante pile de journaux qui s'appuyait contre un des murs et envahissait presque tout le sol.

Mon Dieu, pria Nick, *faites que ce ne soit pas une scène de crime…*

— Asseyez-vous là où vous pourrez, leur dit Carlson avant de se laisser tomber sur le divan encombré de sachets de papier gras.

Nick et Catherine, qui n'avaient pas vraiment le choix, préférèrent rester debout.

L'appartement empestait l'urine, la dope et le vomi, et Nick se surprit à songer que ses yeux le piquaient moins lorsqu'il se trouvait devant un corps en décomposition.

S'efforçant de se ressaisir, il demanda :

— Monsieur Carlson, connaissez-vous un homme du nom de Marvin Sandred ?

Il lui jeta un regard aussi vide que les murs de son salon avant de répondre :

— Non… je vois pas. C'est tout ? C'était pas trop compliqué !

— Et Enrique Diaz ? interrogea Catherine.

La trace d'une pensée sembla secouer son esprit embrumé.

— Ecoutez, euh… je veux bien coopérer…, je veux bien vous aider, mais… est-ce que je peux savoir ce qui se passe ?

— C'est pour une enquête en cours, expliqua Nick d'une voix neutre. Ce n'est pas une question piège, monsieur Carlson. Est-ce que vous connaissez une personne du nom d'Enrique Diaz ?

— Pour moi, c'est du chinois… même si ça a l'air espagnol.

Carlson sourit, savourant son humour comme l'autre avait dû savourer ce qu'avaient contenu ses sachets de fast-food.

— Mais…, continua-t-il, quel genre d'enquête ?

— Homicide, répliqua Catherine.

— Waouh ! s'exclama-t-il en levant les mains devant lui. J'ai tué personne, moi !

— Ce n'est pas ce que vous avez dit à la police, ces dernières années, reprit Nick. Vous avez avoué… combien ? Une vingtaine de meurtres ?

— Hé, j'allais pas bien quand j'étais môme, mais je me suis soigné ! J'ai pris des médocs.

— Des médocs ? répéta Catherine en souriant. Comme ceux qu'on a cru sentir dans l'autre appartement ?

Carlson porta les mains à ses yeux puis les laissa redescendre lentement le long de son visage en se tirant la peau d'un air las.

— Je suis clean, je le jure. C'était de l'encens, pas de l'herbe.

Un seul coup d'œil aux pupilles dilatées de l'homme suffisait à penser le contraire.

— A mon avis, lui dit Nick, la dernière fois que vous avez été clean, c'était avant la séparation des Beatles.

Leur interlocuteur se leva brusquement de son divan, les main crispées en avant, le regard de plus en plus sauvage.

Nick et Catherine reculèrent de surprise devant ce geste soudain. Mais, l'instant d'après, l'enquêteur s'était ressaisi et repoussait Carlson d'une ferme pression sur l'épaule.

— Asseyez-vous, Charlie Manson, lâcha-t-il d'une voix glacée. Et calmez-vous.

Ses mains s'abaissèrent, ses paupières se fermèrent à demi et il prit un air de chien battu.

— Vous… vous m'avez frappé. C'est humiliant…

— Alors, je vous fais toutes mes excuses. Maintenant, rasseyez-vous et calmez-vous.

Après un lourd soupir, Carlson s'exécuta. De nouveau, il se laissa tomber sur le divan, et, les coudes sur les genoux, la tête entre les mains, il déclara :

— Je…, j'essayais de vous dire…, je suis plus le même. Ça me fout en l'air quand les gens me disent…, pensent ça. J'ai fait des efforts dingues pour me sortir de cette merde.

— Bien, reprit Catherine, puisque vous n'êtes plus le même, vous ne verrez pas d'inconvénient à ce qu'on jette un coup d'œil chez vous.

Après un bref regard en direction du couloir, il dit :

— Euh… ça serait pas un peu abuser ? J'ai peut-être mon mot à dire, non ?

— Cath, intervint doucement Nick, je reste avec lui pendant que tu vas chercher un mandat de perquisition.

L'air choqué, Carlson leva les mains.

— Hé… du calme ! C'est pas ce que vous croyez.

— Qu'est-ce qui n'est pas ce qu'on croit ? demanda la jeune femme d'un air suspicieux.

— Rien…

De nouveau, il regarda vers le corridor puis sourit nerveusement avant de lâcher :

— Je… je viens d'avoir une diarrhée de la bouche. Ça se soigne pas, ça.

Nick fit un petit signe à Catherine qui hocha la tête en silence.

Pendant qu'elle restait au salon avec Carlson, il se dirigea vers le couloir, son arme dans une main, sa lampe de poche dans l'autre, avec laquelle il balaya le sol et les murs.

Trois portes. Une sur la droite, une sur la gauche, et une autre au fond, fermée.

Nick jeta un coup d'œil rapide dans les deux premières pièces : une salle de bains à gauche, une chambre à droite ; toutes les deux crasseuses et sans personne dedans. La dernière porte, elle, était verrouillée.

— Vous auriez une clé à nous donner, monsieur Carlson ? lança Nick. Histoire d'éviter de détruire la porte…

Ce fut la voix de Catherine qui lui répondit à l'entrée du couloir :

— Oui, il a une clé ! Et il veut bien te la passer !

Retournant la prendre au salon, Nick regarda Carlson et lui demanda :

— Pourquoi ne pas me l'avoir donnée tout de suite ? En agissant ainsi, vous n'arrangez pas votre cas.

Les yeux baissés, la bouche ouverte, Carlson ne répondit rien.

Devant la porte de la deuxième chambre située au fond du corridor, ne sachant pas ce qui l'attendait de l'autre côté, Nick coinça sa lampe entre son index et son majeur, et, à l'aide du pouce, fit tourner le pêne de la serrure. Son arme bien serrée dans sa main droite, il poussa le battant du bout du pied et entra dans la pièce obscure.

De sa main armée, il appuya sur l'interrupteur et un plafonnier à l'abat-jour lui aussi bourré d'insectes morts éclaira la chambre d'une lumière fade. Glissant son pistolet dans l'étui fixé à sa hanche, Nick balaya l'endroit d'un regard prudent.

D'épais rideaux couvraient la fenêtre, sur sa gauche, tandis que les murs étaient parsemés de photos, de coupures de journaux et de dessins, tous sur le même thème, comme dans la chambre d'une adolescente recouverte des posters de son chanteur favori. Seulement, il n'y avait pas de lit, ici, et ce n'était pas une chapelle dédiée à une vedette de la chanson ou du cinéma.

C'était un sanctuaire dédié à CASt…

Une petite table de bois brun placée au centre servait d'autel consacré au livre saint, *Le Danger CASt*, le best-seller de Perry Bell et de David Paquette. Plusieurs volumes étaient empilés sur le meuble, et des cordes avec un nœud coulant en huit inversé pendaient au plafond à des hauteurs différentes.

Lorsque Nick retourna vers le salon, il trouva Catherine debout près de l'entrée, qui semblait attendre son rapport avec impatience. Ses yeux écarquillés lui en dirent long.

Carlson était assis sur le divan, avec l'air penaud d'un ado dont les parents auraient découvert sa planque de revues pornos.

— Alors, monsieur Carlson, lui lança Nick d'un air enjoué, l'effort que vous avez fait pour reprendre une vie normale… c'était avant ou après avoir créé ce musée du tueur en série ?

Bondissant debout, Carlson se rua vers la porte d'entrée.

Catherine se retourna d'un bond et Nick réagit sans attendre… mais trop tard. Leur hôte venait de leur fausser compagnie et avait réussi à filer dehors.

Catherine lui emboîtant le pas, Nick se précipita dans la galerie à la poursuite du hippie sans chemise. La maigre silhouette dévala l'escalier mais, le temps d'arriver en bas, Nick était déjà sur ses talons. Il avait beau prendre de la vitesse, son souffle de fumeur de cannabis ne l'aidait pas et le puissant athlète qui le suivait se rapprochait sans problème.

Il venait de traverser le parking quand Nick le plaqua littéralement au sol.

Les deux hommes roulèrent ensemble sur le trottoir de Baltimore Avenue, sans prêter attention au revêtement rugueux qui leur brûlait les mains et les coudes.

Catherine, qui venait des les rejoindre, se tenait prête à stopper la circulation quand elle vit les deux hommes atterrir dans le caniveau.

— Aaaah…, gémit alors Carlson, le visage en sang, coincé sous le corps pesant de Nick. C'est pas *cool*, mec ! C'est pas *cool*…

— Refuser de se laisser arrêter, ce n'est pas *cool* non plus, mon vieux ! lui rétorqua Nick, le souffle court.

— Vous… vous êtes pas en train de m'arrêter ?!

— Oh, que si !

Percevant soudain le bruit d'une sirène, il comprit que sa partenaire avait déjà appelé du renfort à l'aide de son portable. Par chance, une voiture de police patrouillait dans le quartier et eut tôt fait d'arriver sur les lieux. L'instant d'après, deux hommes menottaient Carlson et l'embarquaient.

— Voilà ce que j'obtiens en priant, commenta Nick avec un sourire amusé.

— Comment ça ? interrogea Catherine sans comprendre.

— J'ai demandé à l'Etre Suprême de faire en sorte que cet appartement ne s'avère pas être une scène du crime. Maintenant, pendant que Carlson se rafraîchit le cerveau dans une cellule climatisée, il ne nous reste plus qu'à passer ce trou à rat au peigne fin.

— Peut-être que Dieu a le sens de l'humour, lui répondit-elle avec un rire léger.

Ensemble, ils retournèrent vers l'immeuble.

— Bien sûr qu'il a le sens de l'humour, repartit Nick. L'ennui, c'est que ça a l'air d'être le même que celui de Grissom…

De nouveau, ils pénétrèrent dans l'appartement pour prendre des photos, passer les lieux au crible et démanteler l'autel dédié à CASt… non sans essayer de savoir si c'était pour lui-même que Carlson avait érigé ce temple.

Sara Sidle frappa à la porte du bureau de Grissom.

Assis à son bureau, ses lunettes sur le nez, le criminaliste étudiait la page d'un dossier. Levant les yeux, il lui lança :

— Salut.

— Salut, répondit-elle en s'approchant.

Elle déposa devant lui un sachet contenant la clé magnétique du *Las Vegas Banner*, et se lassa tomber dans le fauteuil en face de lui.

— Des empreintes ? demanda-t-il.

— Plusieurs, partielles, mais rien qui ne ressort sur le fichier AFIS.

Le Système d'Identification Automatique des Empreintes les avait bien aidés au cours de nombreuses affaires, mais il ne contenait que celles des criminels qui s'étaient fait coincer.

— Et… ça nous étonne ?

— Non. Qu'est-ce qu'on fait, maintenant ?

— Je peux appeler Brass. On pourra peut-être identifier cette clé en allant voir au journal lui-même.

— Vous pensez que les boss du *Banner* vont demander à ceux de leurs employés qui ont une la même clé de nous la montrer ?

Grissom réfléchit un instant puis déclara :

— S'il ne s'agissait pas du *Banner* ou d'un gros journal du même genre, peut-être. J'imagine qu'ils ne feront rien sans avoir parlé d'abord à leurs avocats.

— Et leurs avocats diront… ?

— Que ça relève du Quatrième Amendement, même si ce n'est pas vraiment ça.

— Qu'ils aillent tous au diable, ces avocats !

— En fait, reprit Grissom, la phrase est toujours citée hors de son contexte. Dans *Henry VI*, Shakespeare laissait en réalité entendre que les avocats n'ont de valeur que…

— D'accord, OK… coupa Sara. Mais les avocats du *Banner* ne voudront pas coopérer.

— Non.

— Mais on essaiera quand même.

— Oui.

Une heure plus tard, assis face à James Holowell, le patron du *Banner*, Grissom, Sara et le capitaine Brass l'entendirent leur opposer les mêmes arguments, la réflexion sur Shakespeare en moins.

Une grande baie vitrée dominait la salle où bourdonnait un essaim de journalistes. La pièce où travaillait Holowell était frugalement meublé, un grand bureau d'acajou, recouvert de quelques dossiers et d'un ordinateur, occupant presque tout l'espace. Le sachet contenant la clé magnétique trônait au milieu de la table.

Grissom, Brass et Sara étaient assis sur trois chaises face au patron du *Banner*, un noir à l'allure athlétique, au crâne chauve ou rasé, et aux lunettes cerclées d'écaille. Il portait une chemise gris pâle aux manches relevées jusqu'aux coudes, agrémentée d'une cravate dans les tons bleu acier.

Jusqu'à présent, il s'était montré agréable, professionnel mais pas franchement serviable.

— Combien d'employés possèdent une clé comme celle-ci ? interrogea Brass en indiquant le sachet de papier.

— Je ne sais pas vraiment, répondit Holowell avec un haussement d'épaules.

— Qui pourrait le savoir ? s'enquit Grissom.

— Je ne sais pas non plus.

— Pourriez-vous vous arranger pour le savoir ?

— Je crois que oui.

— Et le ferez-vous ? insista le capitaine.

— Pas immédiatement mais, bien sûr, oui. Je suis prêt à vous aider… dans la mesure de mes possibilités et des responsabilités que j'ai dans ce journal.

En d'autres termes, non, songea Sara.

Grissom, qui ne le quittait pas des yeux, demanda :

— Combien existe-t-il de ces clés magnétiques, approximativement ?

— Peut-être vingt, peut-être trente…

Ce chiffre semblait bien bas à Sara. Le *Banner* – le troisième plus grand journal de la ville – employait environ deux cents personnes, dont dix pour cent étaient pour le moment de possibles suspects.

— Seulement vingt ou trente ? s'étonna Brass. D'après vous, à qui sont-elles plutôt distribuées ?

— A moi-même, bien sûr, et à tous les rédacteurs et les journalistes, répondit Holowell. Et aussi à quelques responsables de la salle de presse.

Ils remercièrent le patron du Banner et se levèrent. Des poignées de main avaient déjà été échangées à l'entrée, aussi ne répétèrent-ils pas ce geste en sortant.

Grissom récupéra le sachet contenant la clé et le

glissa dans sa poche, puis tous les trois ressortirent dans la salle de rédaction.

— Et pourquoi pas : « Au diable les journalistes » ? suggéra Sara à voix basse à l'oreille de Grissom.

— Shakespeare est resté silencieux à ce sujet, lui souffla-t-il en retour.

— Est-ce qu'on est plus avancés maintenant qu'avant notre entretien avec Holowell ? hasarda la jeune femme à l'adresse de l'inspecteur.

— Hé bien, pour tout vous dire, je n'en sais rien.

— Bien sûr que oui, intervint Grissom. Deux pas en avant, un pas en arrière, c'est toujours un pas en avant. En arrivant, on avait deux cents suspects qui pouvaient posséder une clé comme celle-ci. Maintenant, à en croire notre éditeur, on n'en est plus qu'à trente, ou peut-être moins. Et on pourra même peut-être obtenir une liste de noms.

— Mais cette carte a pu être volée…, suggéra Sara avec une grimace.

— Si, dans ce cas, on peut découvrir à qui elle a été volée, on a un petit avantage. Un point de départ, au moins.

— D'accord.

— Ce qu'on sait, dit Brass, c'est que – toujours à en croire Holowell – environ quatre-vingt-cinq ou quatre-vingt-dix pour cent des employés n'ont pas de clé.

— Exactement, Jim, sourit Grissom. Sara, les informations ce sont notre compte en banque, vous le savez. Il grossit petit à petit ; lentement, peut-être mais sûrement.

— Comme mon plan épargne, commenta Brass avec un sourire acide.

Ils n'avaient pas fait dix pas que David Paquette émergea d'un bureau latéral qui donnait sur la salle de rédaction. Il portait une chemise bleue et une cravate rayée marine et or, avait les manches roulées jusqu'aux coudes et paraissait nettement moins tranquille et calme que son patron.

— Qu'est-ce qui amène la police de Las Vegas en camp ennemi ? plaisanta-t-il nerveusement.

— Un rendez-vous avec M. Holowell, déclara Grissom.

Paquette leur fit signe de le suivre dans son antre, sans doute trois fois plus petit que celui de son boss et dont le bureau n'était qu'une table métallique recouverte d'une multitude de dossiers et d'un ordinateur.

Après avoir fermé la porte, il ne les invita pas à s'asseoir et tous les quatre restèrent debout dans un coin de la pièce.

— Pourquoi êtes-vous venus voir James ? leur demanda-t-il sur le ton de celui qui se sentait trahi.

— D'après vous ? répondit Brass. Pour des histoires de police.

— Vous croyez que je ne suis pas au courant ? Je sais qu'il y a eu un autre meurtre ! s'exclama-t-il en levant vers eux un doigt accusateur. Et quel écho j'en ai eu de vous ? Rien ! Vous ne nous lâchez rien, ni à moi, ni à Bell, ni à Bower ! On avait conclu un marché, pourtant.

Le front tendu – sa version des sourcils froncés –, Grissom lui répliqua :

— Qu'est-ce qui vous fait penser qu'il y a eu un autre meurtre « à la CASt » ?

— Je ne vous ai pas dit que je *pensais* qu'il y avait eu un autre meurtre, je vous ai dit que je *savais* qu'il y en avait eu un, grogna-t-il. Si vous vous imaginez que je n'ai pas d'autres sources à la police, vous vous faites des illusions.

Avec ce que Paquette prit pour un total manque de logique, Gil l'interrogea :

— David, avez-vous votre carte sur vous ?

— Quoi ?

— Votre clé magnétique.

Fourrant une main dans la poche de son pantalon, le journaliste en sortit effectivement une carte qu'il lui tendit en demandant :

— Pour quoi faire ?

Grissom lui montra alors le sachet de papier mais prit soin de ne pas l'ouvrir.

— Si je vous laisse voir cet indice, il faut que vous me fassiez une promesse.

— Quel genre de promesse ?

— La promesse que notre arrangement est toujours en vigueur. Vous n'écrivez rien dans le *Banner* tant qu'on ne vous en a pas donné le feu vert.

— Après m'avoir caché tout ça ? Vous vous fichez du…

— Ecoutez-moi bien, coupa Grissom en continuant de tenir bien fermé le sachet dans sa main, j'ai ici quelque chose dont seul mon labo connaît l'existence, dont je ne parlerai à personne de la presse… mais qui est d'une importance toute particulière pour votre journal.

La curiosité de journaliste de Paquette prit aussitôt le dessus quand il répliqua :

— Je suis toute ouïe.

— Et notre marché tient toujours, n'est-ce pas ?

— Bien sûr.

Laissant le sachet se dérouler comme un drapeau, Grissom lui dévoila la clé magnétique où apparaissait nettement la mention *Las Vegas Banner* puis déclara :

— Comme vous le savez, il y a bien eu un meurtre. Mais ce que vous et tout le monde ici ignore, c'est que la victime tenait cet objet bien serré dans sa main.

— Ça alors ! s'exclama Paquette. A qui est-ce ?

— On ne sait pas encore, répondit Brass.

— C'est de ça que vous êtes venus parler à mon boss ?!

— On ne peut pas révéler nos sources.

— Allez vous faire foutre, Grissom ! s'écria-t-il d'une voix tremblante de colère. Ça, ça ne veut pas dire que quelqu'un du *Banner* est responsable de ces meurtres… Elle a pu être volée, et déposée ensuite sur les lieux du crime.

— Ah, merci, reprit Brass. Qu'est-ce qu'on ferait sans un écrivain criminologue comme vous pour nous développer d'astucieuses théories ?

— Allez vous faire foutre aussi, Brass.

S'approchant du journaliste, l'inspecteur lui articula sous le nez :

— Vous et votre copain Perry étiez plus proches de l'affaire CASt que n'importe qui d'autre à la police ou que les victimes elles-mêmes. Vous pensez que cette carte retrouvée dans la petite main raidie du cadavre n'est qu'une pure coïncidence ?

Paquette voulut répondre mais se ravisa.

— Où est Perry ? interrogea le capitaine.

Les yeux du journaliste se posèrent sur le sachet que tenait Grissom, se demandant sans doute si son collègue était devenu un meurtrier.

— Il… s'est absenté pour quelques jours. Il voulait voir Patty avant que ses études ne reprennent.

— Patty ? répéta Grissom.

— Sa fille, répondirent en même temps Brass et Paquette.

— Elle est en deuxième année à l'UCLA, ajouta ce dernier. Elle va bientôt reprendre ses cours et, voilà… c'est son père…, il voulait passer un peu de temps avec elle avant qu'elle ne soit trop occupée.

— Quand avez-vous vu Perry pour la dernière fois ? lui demanda Brass.

— Avant hier.

Avant le meurtre de Diaz, songea Sara. Peut-être n'avaient-ils pas autant de suspects qu'ils croyaient, après tout…

— Comment pourrions-nous contacter M. Bell ? interrogea Grissom.

— Par son portable, j'imagine, répondit Paquette.

— J'ai son numéro, précisa Brass.

— Ecoutez, jamais il n'aura pu faire une chose pareille. Ce… ce n'est pas dans sa nature.

Brass eut un sourire railleur et secoua la tête.

— Vous savez aussi bien que moi que si Perry Bell travaille encore aujourd'hui au journal, c'est parce que vous culpabilisez sur le succès qu'a connu votre livre ensemble. Vous en avez tiré tous les profits alors que lui continue de patauger. Il n'est resté qu'un petit écrivain jouissant à peine de la renommée que lui a laissée votre ancien projet… qui se trouve traiter précisément de l'affaire CASt.

Paquette parut plus embarrassé qu'intimidé par la diatribe de Brass.

Au bout d'un moment, il finit par dire :

— En supposant que Perry ait du boulot grâce à moi, comment diable est-ce que ça ferait de lui un… un meurtrier ?

— Ça ne fait par forcément de lui un meurtrier, mais c'est ce Brower qui fait la plus grande partie du boulot, maintenant, et Perry doit sentir son souffle dans son cou. Au bout d'un certain temps à accomplir le même job, on doit se prendre pour un dinosaure. Et quel est le meilleur moyen de redonner un petit coup de jeune à sa carrière ? Ressusciter l'affaire CASt. Le tueur qui lui offert ses quinze minutes de gloire.

Mais le journaliste ne marchait pas dans la combine.

— Perry, un copieur qui tuerait de sang-froid ? Jim, ça ferait de lui un salaud encore plus malade que CASt lui-même ! Ecoutez, je le connais bien, il a un cœur d'or. Vous le connaissez, vous aussi. Pendant des années vous avez coopéré avec lui, et lui avec vous. C'est un gars bien, un type honnête. Je vous le répète, ce n'est lui. Ce n'est pas son genre, voilà tout.

— Parfait. Alors, où était-il quand Sandred est mort ?

— Qu'est-ce que j'en sais ? répondit Paquette en haussant les épaules.

— Vous êtes son supérieur immédiat, au journal.

— Il n'était pas dans les bureaux…

— L'autre meurtre s'est passé hier matin. Savez-vous où il était alors ?

— Je vous l'ai dit ! Il rendait visite à sa fille. Il se comportait comme un père, comme un être humain honnête. Vous et Grissom devriez en prendre de la graine… Bon, maintenant, j'ai du boulot.

Sur ces paroles, il les poussa dehors.

La porte se referma derrière lui, et tous trois se retrouvèrent de nouveau dans la salle de rédaction.

— Qu'est-ce que vous pensez de tout ça, Gil ? demanda Brass avec un petit sourire.

— Je pense que, nous aussi, on a du boulot.

5

Un peu de sommeil, une douche et des vêtements propres n'avaient rien fait pour améliorer l'humeur de Gil Grissom. L'attitude condescendante et pseudo amicale du shérif Atwater lui mettait la pression avec ce tueur qu'il fallait absolument coincer avant que la panique ne s'empare de la ville et ne fasse fuir les touristes.

Le concept était d'ailleurs intéressant : Atwater voulait que Grissom se « bouge les fesses » et se débrouille pour faire avancer cette affaire au plus vite, mais il semblait penser en même temps que le responsable du CSI n'avait rien de mieux à faire qu'à l'écouter débiter au téléphone un sermon aussi prévisible qu'irritant.

Grissom raccrocha enfin puis regarda l'appareil d'un air furibond.

Les chaînes de télévision ressortaient déjà leurs archives sur les anciens meurtres de CASt, et Grissom savait que les journaux du matin raconteraient tous la même histoire. Le meurtre d'Enrique Diaz avait été bien évidemment dévoilé, et il se demandait si leurs deux petites conversations au *Banner* ne s'étaient pas d'une certaine manière transformées en une énorme fuite.

Gil abhorrait les médias – non pas la conception abstraite des médias elles-mêmes, car il croyait en l'idée d'une presse libre, mais leur réalité, qu'il trouvait ennuyeuse. Et, de la même façon, il détestait les politiques – non pas le gouvernement ni même un quelconque parti politique – mais l'autosuffisance de ceux qui, comme les médias précisément, prétendaient s'intéresser à son travail d'enquêteur alors qu'ils ne faisaient qu'en entraver la marche.

Apparaissant sur le seuil, Brass entra et déposa trois journaux sur le bureau de Grissom.

CASt faisait les gros titres du *Sun* et du *Journal-Review*, qui affichaient chacun en couverture un article sur les nouveaux crimes, avec en prime à l'intérieur le rappel des anciens meurtres. Le *Banner*, lui, ne parlait que des assassinats récents, en se contentant d'évoquer sommairement les premiers méfaits de CASt. Ce dont Grissom ne pouvait leur tenir rigueur car ils avaient malgré tout un devoir envers leurs lecteurs.

— On dirait que le *Banner* fait de son mieux pour respecter notre marché, constata-t-il.

— Oui, pour ce que ça nous fait, avec tous ces titres et ces articles sur CASt..., marmonna l'inspecteur. Sans parler de ce que doivent raconter les infos à la télé. Et ce Dave Paquette qui m'appelle pratiquement toutes les demi-heures depuis qu'on a quitté son bureau, hier...

— Pourquoi ?

— Si je le savais... Peut-être pour savoir si on a découvert quelque chose qui pourrait sauver son job.

— Il faut qu'on ait quelque chose. Quelque chose à partager.

Se laissant tomber dans le fauteuil face à Grissom, Brass déclara :

— Dans ces articles ? Impossible de localiser Bell. J'ai tenté plusieurs fois d'appeler sa fille étudiante à qui il est censé rendre visite, mais je tombe régulièrement sur le répondeur ; et la bande est pleine.

— La technologie a ses limites, Jim.

— D'une façon ou d'une autre, je contacterai la fille aujourd'hui, et je verrai si par elle je peux arriver jusqu'à Perry.

— D'accord. En même temps, ne vous installez pas trop dans ce fauteuil…

— Gil, je ne me suis jamais assis dans un fauteuil aussi dur. On dirait que vous n'avez pas envie de recevoir de visiteurs…

Avec un petit sourire, Grissom répondit :

— Alors, debout. Allons voir comment le reste du monde se comporte.

Brass se leva, grimaçant comme si chacun de ses muscles, chacune de ses articulations le faisaient souffrir.

— Oui… allons-y.

Ils trouvèrent Catherine et Nick dans la salle de repos, qui semblaient avoir additionné à eux deux tout au plus six heures de sommeil en quelques jours. Appuyé au comptoir, Nick attendait la sonnerie du micro-ondes. Catherine, elle, était assise devant un café, un journal à la main, et avait le regard plongé dans le liquide sombre comme si elle y cherchait un avenir plus heureux.

— Vous avez du nouveau ? demanda Grissom.

— Oui et non, répondit la jeune femme en approchant le gobelet de ses lèvres pour en souffler la vapeur.

— J'aurais espéré un peu plus de détails, soupira Brass.

— Que dites-vous de celui-ci ? Phillip Carlson est un cinglé de première.

— Cinglé… dans quel sens, Nick ?

— Dans le sens où il s'est construit un autel dédié à un tueur en série qui s'amuse à sectionner les doigts et à semer son sperme un peu partout.

Grissom et Brass s'assirent à la table de Catherine,

et Nick les y rejoignit, une tasse de café dans une main et un sandwich réchauffé dans l'autre.

Quand ils eurent entendu leur histoire, les deux hommes se regardèrent puis Grissom lâcha :

— Ah, ce genre de cinglé…

— Oui, reprit Catherine. Mais qui, malheureusement, n'a rien à voir avec le « vrai » cinglé…

Brass n'aimait pas ce qu'il entendait.

— Moi je crois qu'il couvre ses murs avec des coupures de journaux qui le concernent, oui !

— Ce n'est pas ça qui l'intéresse, Jim, lui dit Nick. Pas les nouveaux meurtres.

— Parce que ? interrogea Grissom.

— Parce que son ADN ne concorde pas avec celui retrouvé sur les deux scènes de crime.

— Son ADN ne correspond pas non plus avec celui des scènes de crime de CASt, précisa Catherine.

— Et on avait un sacré paquet d'échantillons à vérifier, suggéra Nick en posant sa tasse.

— Comment ça ?

— On a passé l'ultraviolet sur la moquette de l'autel de Carlson dédié à CASt, dit Catherine, et on a vu fleurir une multitude de petites taches blanches… si vous voyez ce que je veux dire.

— Il se masturbait devant cet autel ? articula Grissom avec une grimace.

— Bon sang, fit Brass en secouant la tête, ça explique tout ! Il s'identifie avec ce salaud à moitié fou.

— Mais il n'est pas ce salaud, reprit Nick.

— Pas celui qu'on cherche, en tout cas, ajouta Catherine.

— Tous les indices ont-il été analysés ? interrogea Grissom.

— Non, répondit la jeune femme. On attend encore des résultats d'autres labos. Mais, Gil, ce n'est pas une intuition quand je dis que Carlson ne nous mènera nulle part.

— On va continuer à fouiller du côté des deux autres suspects, déclara Nick : Dallas Hanson et Jerome Dayton.

— Oui, c'est très bien.

Greg Sanders entra alors, se servit une tasse de café et se planta devant Grissom en souriant.

— Tu as quelque chose, lui dit ce dernier d'une voix neutre.

— Notre tueur… c'est un copieur.

— Tu le sais ou tu le supposes ?

— Je le sais.

— Comment ?

— Grâce à l'inspecteur Champlain – aujourd'hui à la retraite mais encore vedette de notre équipe –, j'ai pu retrouver les indices ADN provenant des anciennes scènes de crime…, les échantillons de sperme, donc. Mais aucun d'eux ne correspond à l'ADN de celui laissé par Rudy Orloff sur le dos de Marvin Sandred, ni à l'ADN provenant des cellules épidermiques prélevées sur la corde.

— Rudy Orloff…, soupira Brass. Bon sang, je l'avais presque oublié, lui, avec tout ce barouf autour du meurtre de Diaz.

— Le barouf, ça peut distraire, c'est vrai, commenta le jeune homme.

Ce qui entraîna aussitôt un rappel à l'ordre de la part de Grissom.

— Greg…

— Désolé.

— Greg ?

— Oui ?

— Bon travail.

Ravi du compliment, il saisit son gobelet de café et reparti vers son labo sans demander son reste.

— Bon, déclara le responsable du CSI à son équipe, maintenant on décide de ce qu'on fait.

— Je prends Orloff, annonça Brass. Et je m'arrange pour que Damon se sente important en l'emmenant avec moi. Je peux peut-être m'arrêter en chemin et parler à la journaliste Jill Ganine. Avec un peu de chance, on pourra colmater la fuite.

S'efforçant de ne pas rire, Catherine suggéra :

— C'est vous qui devriez lui parler, Gil. Elle vous aime bien.

— Je l'appellerai, répliqua-t-il en prenant un air de martyr. Juste un coup de fil. Si un entretien doit suivre, alors…

— J'apprécie, Gil, lui dit aussitôt Brass.

— Nick et moi allons essayer de nous renseigner sur Hanson et Dayton.

— Très bien. Qu'est-ce que vous avez fait de Carlson ?

— On l'a fait coffrer, sourit Nick. Même s'il n'y en avait pas assez pour en faire du trafic, on a trouvé de l'herbe dans l'appartement voisin, qui lui appartenait. Et puis, il a tenté de nous filer entre les pattes.

— Hum… essayez de le garder au moins jusqu'à ce qu'on reçoive les résultats du labo et que vous vous soyez assurés qu'il est clean. On ne voudrait pas remettre en liberté un tueur en série.

— Si Carlson est sous les verrous pendant qu'un autre meurtre a lieu, on pourra sans remords l'ôter de la liste des suspects, commenta Brass.

Comme ils posaient sur lui un regard lourd de sens, il ajouta :

— J'ai dit ça, moi ? S'il vous plaît, dites-moi que je n'ai pas assumé qu'un autre meurtre aurait lieu avant qu'on n'arrête ce type…

— Je n'ai rien entendu, fit Catherine.

— Entendu quoi ? repartit Nick en grignotant son sandwich.

— Est-ce que vous avez pu localiser ce Perry Bell ? hasarda la jeune femme pour changer de sujet.

— J'ai essayé jusqu'à minuit. Il ne répond jamais à son portable. Mais j'ai obtenu le numéro de sa fille à l'UCLA.

— Essayez de tirer tout ce que vous pourrez de cet Orloff, lui dit Grissom. Moi, je vais essayer de mettre la main sur Bell et sa fille.

— Et Paquette ?

Sans laisser à Grissom le temps de répondre, le téléphone de l'inspecteur se mit soudain à sonner.

— Quant on parle du loup..., lâcha-t-il avant de s'annoncer. Brass... Qu'est-ce qu'il y a, David ?

Alors qu'il écoutait parler le journaliste, le visage de l'inspecteur s'allongea de façon démesurée, ses traits se creusèrent et ses yeux parurent sonner l'alarme.

Enfin, il put répondre à son interlocuteur :

— Je vous envoie quelqu'un d'ici dix minutes. Ne touchez à rien, surtout... Je sais que vous savez ! Et empêchez de partir tout ceux qui ont approché les lieux ; gardez-les au chaud dans une pièce, on aura besoin de relever leurs empreintes.

Il écouta encore, sous le regard consterné des membres du CSI.

— Dix minutes, promit Brass. Et, encore une petite chose, Dave... merci.

Puis il raccrocha.

Ses yeux rencontrèrent ceux de Grissom.

— Il a une lettre et un paquet provenant de CASt.

— Ou peut-être du copieur, intervint Nick.

— Je ne crois pas. Les gens du *Banner* ont déjà lu la lettre parce qu'ils n'ont pas vu tout de suite de quoi il s'agissait. Mais, l'essentiel, c'est que le véritable auteur de ces crimes n'a pas l'air ravi de l'imitation qu'on fait de lui.

Devant le soupir de Catherine, Brass ajouta :

— Paquette a vu les lettres originales d'il y a onze ans, celles qui ont abouti au *Banner*. Et il a l'air d'être certain qu'il ne s'agit pas d'un faux.

— Chacun continue ce qu'il est en train de faire, intervint alors Grissom. J'envoie immédiatement Warrick et Sara au journal.

— Je préférerais que Dave se trompe, vous savez, lui dit Brass. On a déjà assez d'ennuis avec ce copieur, et la dernière chose qu'on souhaite c'est que ce malade sorte de sa retraite.

— Et qu'il essaie de surpasser ce copieur ? suggéra Nick avec un demi-sourire.

Une remarque lancée à la légère, mais qui les fit tous frémir.

Même Gil Grissom.

En pénétrant dans le lobby du *Banner* à la suite de Sara, Warrick Brown se dit que les visages qu'il découvrait devaient être les mêmes que ceux qui avaient accueilli les enquêteurs dans ces lieux lors de la psychose qui avait suivi l'envoi de lettres à l'anthrax peu après les attentats du 11 septembre.

Les employés qu'il croisait dans l'escalier lui jetaient des regards plus préoccupés qu'apeurés. Mais il était clair que la rumeur s'était étendue à tout le bâtiment : le fameux CASt avait une fois de plus choisi le *Banner* pour véhiculer ses messages personnels.

Et, lorsque Warrick et Sara passèrent devant la porte close de l'éditeur James Holowell, qui semblait s'être tout bonnement cloîtré dans son antre, les journalistes les regardèrent comme s'ils voyaient arriver deux fantômes.

Un petit groupe s'était formé devant le bureau de

Paquette, tous autant fascinés par la mort qui rôdait. Ce n'était pas un cadavre, mais quelque chose de plus excitant encore : la promesse de la mort…

Une mort donnée par un tueur en série devenu superstar.

Sara, qui suivait à présent Warrick, se rapprocha inconsciemment de lui. Tous deux avaient avec eux leur mallette métallique et portaient leur pièces d'identité au bout d'une chaînette pendant à leur cou. Derrière lui, Warrick sentait que Sara vibrait de ce frisson qui les saisissaient chaque fois qu'ils arrivaient sur une scène de crime.

— Le bureau de Paquette est le premier sur la droite, lui souffla-t-elle.

Avait-elle prononcé ces mots pour entendre le son rassurant de sa propre voix au milieu du silence glacial qui les entourait ?

Sans chercher à répondre à cette question, Warrick frappa à la porte qui s'entrouvrit devant lui. Il avait rencontré David Paquette une fois ou deux, et les quelques centimètres du visage qu'il aperçut lui en dirent assez.

— Vous… vous êtes Warrick Brown ?

— Nous sommes deux, monsieur Paquette. Sara Sidle et moi-même.

Le battant s'ouvrit plus grand mais Paquette continuait de leur barrer le chemin. Avec un froncement de sourcils, il demanda :

— Où est Jim Brass ?

— C'est le travail de la police scientifique… Si vous permettez ?

Reculant enfin, Paquette les laissa entrer mais sans jamais ouvrir complètement la porte. Et, dès qu'ils furent à l'intérieur, il la referma et s'y appuya comme pour empêcher la foule derrière de se précipiter dans la pièce.

Ce tueur en série n'avait-il pas remplacé les monstres et les mythes des films ? Etait-ce dû à la nature unique de cette ville – cette oasis de soleil et d'amusement qui attirait les visiteurs et les nouveaux résidents de tous les coins des Etats-Unis – si la police de Las Vegas avait dû affronter plus de ces monstres modernes que chacun des commissariats du pays ?

Cela restait néanmoins un petit nombre, mais même Warrick Brown – le moins vulnérable de tous les membres du CSI, excepté peut-être Grissom lui-même – ne parvenait pas à s'habituer à ce carnage en gros, à ces actes extrémistes qu'on avait un jour qualifiés de diaboliques et qui, aujourd'hui, semblaient devenir une pathologie.

Deux autres hommes se trouvaient dans le bureau de Paquette. L'un d'eux paraissait à peine plus âgé qu'un gamin, avec ses cheveux blonds et filasse et ses immenses yeux bleus. Il portait un T-shirt noir et un jean dans les poches duquel ses mains étaient entièrement enfoncées. L'autre était Mark Brower, l'assistant de Perry Bell. Il était vêtu d'une chemise blanche à fines rayures, d'une cravate rayée de rouge et de bleu et d'un pantalon bleu marine.

— Je crois que vous connaissez Mark, dit Paquette à Warrick.

— Nous nous sommes rencontrés, en effet, acquiesça ce dernier en lui tendant la main.

— Et Sara est une vieille amie, précisa Brower avant de serrer la sienne également.

A l'expression de la jeune femme, cette réflexion parut quelque peu exagérée. Mais c'était l'atmosphère, étrangement tendue, forcée…

Estimant enfin que les employés ne représentaient pas une menace, le rédacteur décida de quitter son poste à la porte et rejoignit son bureau en indiquant le jeune blond.

— C'est Jimmy qui a trouvé la lettre, annonça-t-il. Jimmy Mydalson… Il travaille au courrier.

Le gamin hocha la tête mais laissa ses mains dans ses poches et garda les yeux rivés sur l'enveloppe comme s'il craignait qu'un serpent venimeux n'en surgisse et lui saute dessus.

— C'est le courrier qui est arrivé ? demanda Sara en s'approchant de la table.

— En partie, oui.

— Et, où se trouve… le reste ?

Paquette eut un sourire grotesque avant de lâcher :

— Ce qui est dans l'enveloppe n'est que… hum… qu'une partie du… du paquet. Et nous n'y avons pas touché.

— D'accord, murmura Sara.

— La lettre se trouve sous l'enveloppe. Nous y avons touché tous les trois, et, bien sûr, à l'enveloppe elle-même.

— Attendez, attendez, fit Warrick. Dites-nous d'abord ce qui s'est passé. En prenant votre temps.

Paquette et Brower se tournèrent vers Mydalson.

Le gamin semblait prêt à détaler, à vomir, ou à faire les deux. Pour finir, il prit une longue inspiration, pointa un doigt tremblant vers le paquet et déclara :

— La lettre est arrivée au courrier ce matin. Je l'ai ouverte, je l'ai lue et j'ai couru avertir M. Brower. Comme un dératé…

— Mark n'est pas journaliste, objecta Sara. Pourquoi n'êtes-vous pas allé voir l'un des rédacteurs, ou quelqu'un de plus haut placé dans la pyramide ?

— Je fais confiance à Mark, expliqua le blondinet en haussant les épaules. Il est toujours très amical.

— OK, dit Warrick. A vous, maintenant, Mark.

Le garçon laissa échapper un soupir de soulagement puis se tourna vers Brower pour l'écouter reprendre le récit.

— Jimmy m'a donc apporté la lettre, enchaîna celui-ci. Je l'ai lue, et nous avons tous les deux foncé ici… pour que David puisse la voir.

— Pourquoi ne pas l'avoir portée tout de suite à votre patron, Mark ? interrogea Sara. Vous êtes bien l'assistant de Perry Bell, n'est-ce pas ?

— Perry est parti rendre visite à sa fille, en Californie. C'est à David qu'il rend des comptes, ce qui fait que celui-ci devient mon boss direct en son absence. Voilà pourquoi je lui a apporté le paquet.

— Est-ce que quelqu'un d'autre à touché à cette lettre, en dehors de vous trois ? demanda Warrick.

Trois têtes se secouèrent en même temps.

— Bon… personne ne panique, mais nous allons devoir prendre vos empreintes. Pour vous éliminer de la liste des suspects, vous comprenez. D'accord ?

Tous trois hochèrent la tête dans un même ensemble.

Les deux agents du CSI enfilèrent leurs gants de caoutchouc. Pendant que Warrick s'occupait de prendre les empreintes de Paquette puis de Mydalson, Sara saisit l'enveloppe, l'ouvrit précautionneusement pour ne pas en abîmer les indices. Le papier était plié en deux et l'on y découvrait une écriture à l'encre bleue, précise et parfaitement alignée.

Elle lut la lettre une fois, en silence, puis à haute voix afin que Warrick entende :

— *Capitaine Brass, tant d'années ont passé, et vous n'avez pas avancé d'un pouce. C'est comme si vous vous étiez figé dans le temps en restant inchangé. En ceci nous nous ressemblons : moi aussi je suis le même. Moi aussi je suis figé dans le temps.*

Pendant ce temps, Warrick en avait fini avec Mydalson et s'apprêtait à prendre les empreintes de Brower.

— C'est vraiment nécessaire ? interrogea celui-ci. J'ai à peine touché ce papier, et j'ai un boulot monstre.

Warrick lui sourit.

— Détendez-vous, Mark, ça ne prendra que quelques secondes. Et ça nous aidera à aboutir aux empreintes de notre homme.

Résigné, il tendit sa main pendant que Sara reprenait sa lecture :

— *On dit que l'imitation est la forme de flatterie la plus sincère. Mais je ne suis pas flatté. Je me sens violé, c'est pourquoi je me tourne vers vous, capitaine, pour trouver justice. Je voudrais que vous sachiez, capitaine James Brass, que je n'ai rien à voir avec ces crimes téméraires et stupides. Comme garant de ma sincérité, je me sépare d'un souvenir vénéré.*

Pensive, Sara s'arrêta de lire et porta son attention sur l'enveloppe elle-même, qui faisait une vingtaine de centimètres sur trente et contenait manifestement un objet épais et carré.

Warrick acheva de prendre les empreintes de Brower et s'approcha de Sara.

Se penchant pour regarder à l'intérieur de l'enveloppe, il découvrit une boîte blanche qui devait faire douze centimètres de côté et était ceinte d'un petit ruban rouge.

Sara jeta un coup d'œil entendu à Warrick. De sa main gantée, celui-ci sortit la boîte de l'enveloppe et l'examina. Puis il en prit quelques photos ainsi que de la lettre elle-même, saupoudra le ruban pour y relever d'éventuelles empreintes, n'en trouva aucune, et, enfin, le coupa.

Alors, lentement, il souleva le couvercle.

A l'intérieur de la boîte, gisait, sur un lit de coton, un doigt humain momifié.

Paquette et Brower firent un bond en arrière, et Mydalson, l'employé au courrier, se plaqua une main sur la bouche avant de courir vers la porte. L'ouvrant à toutes forces, il se rua dans le corridor sous le regard interloqué de ceux qui attendaient dehors.

Donne chance à toi, songea Warrick.

L'index blanchi était si desséché qu'il se demanda s'ils parviendraient à en faire ressortir une empreinte.

Pendant qu'il prenait d'autres photos, Sara acheva la lecture de la lettre :

— *Vous découvrirez que je suis celui que je dis être – que je suis le vrai, le seul, l'unique, et non pas une vulgaire imitation – une fois que vous aurez déterminé mon domaine d'activité. En aucune manière je n'ai pris part aux deux meurtres commis récemment dans notre ville. Celui qui se cache derrière ces actes est un triste imposteur qui essaie de se donner de l'importance à travers mon pouvoir. Je ne permettrai pas cela. Ma réputation est en jeu et doit être préservée. Si vous ne pouvez pas protéger mon nom, je le ferai.* Et c'est signé, *Capture, Avilissement, Strangulation.*

Warrick secoua la tête puis échangea un regard avec Sara, tous deux se demandant comment CASt avait l'intention de « protéger » son nom.

— C'est un maniaque égotiste, commenta Paquette d'une voix étranglée.

Avec un fin sourire, Warrick lui répondit :

— Jamais cette expression n'aura été aussi appropriée, monsieur Paquette.

La conversation avec Jill Ganine se déroula exactement comme Grissom l'avait pressenti.

— Mademoiselle Ganine, lui dit-il au téléphone en se rappelant non sans plaisir l'agréable visage de la présentatrice, avec une affaire de meurtre telle que celle-ci, lorsqu'une information confidentielle parvient à atteindre les médias, nous avons de multiples raisons de nous inquiéter.

— L'une d'entre elles étant de savoir en qui vous pouvez avoir confiance, Gil ? Pour l'amour de Dieu, appelez-moi Jill ! Combien de fois vous ai-je interviewé ?

Ai-je jamais déformé ce que vous m'avez dit jusque-là ? Ai-je jamais révélé une de vos confidences ?

— Non, Jill, jamais, et je respecte cela.

— Bien. Dans ce cas, vous respecterez le fait que je ne veuille pas divulguer une source.

Grissom soupira mais ne laissa pas le téléphone le trahir.

— Vous êtes en train de compromettre une affaire qui implique un tueur sadique, qui se balade encore en liberté…

— Vous voulez dire CASt, ou vous parlez peut-être d'un copieur ?

— Jill, la ou les personnes qui vous fournissent des informations peuvent très bien être elles-mêmes suspectées !

— Intéressant. Puis-je vous citer ?

— Cette conversation ne va pas aller en s'améliorant, j'ai l'impression.

— Effectivement, Gil… je ne crois pas.

— Et, supposez que j'obtienne un ordre du juge ?

— Pour améliorer notre conversation ou pour essayer de me soutirer le nom de mes sources ? Pensez-vous réellement que l'un ou l'autre puisse marcher ?

— Non, admit-il.

— Mais, écoutez, Gil : vous pouvez toujours dire à Jim Brass que vous avez essayé, non ?

— Au revoir, Jill.

Perry Bell ne se décidait pas à répondre à son portable, et Grissom avait le plus grand mal à localiser la fille du journaliste. Il parvint enfin à joindre le foyer où elle vivait, mais seulement pour apprendre par l'ancienne camarade de chambre de Patty que la jeune fille avait pris un appartement depuis quelques mois. Il lui demanda alors son numéro de téléphone, mais elle lui répondit qu'elle ne l'avait pas.

— On ne s'entendait pas à merveille, avoua-t-elle.

Elle était folle de rage contre moi parce que j'avais gerbé sur son tapis. Comme si c'était de ma faute !

— Vomir sur son tapis n'était pas votre faute ?

— Pas du tout ! J'était pintée !

Devinant que cette conversation ne le mènerait nulle part, Grissom la remercia et raccrocha.

Au bout du compte, il contacta Tavo Alvarez, le vieux copain du sergent O'Riley, qui le rappela une demi-heure plus tard pour lui révéler ce qu'il avait appris. Il semblait que Patty utilisait le nom de jeune fille de sa mère, Lang, dans ses dossiers d'inscription à l'université. A partir de là, il fut aisé de retrouver son numéro de téléphone.

Il essaya d'abord son appartement mais elle ne répondit pas. Il appela alors sur son portable, et elle décrocha à la troisième sonnerie.

— Allô ?

Elle avait une voix douce qui semblait sourire. Des bruits de circulation derrière elle disaient qu'elle devait être en voiture.

— Patty Lang ?

— Oui. Qui est à l'appareil ? Je ne reconnais pas la voix…

Après s'être identifié, il lui expliqua qu'il tentait de joindre son père.

— J'aurais bien aimé vous aider, monsieur Grissom, mais mon père m'a appelée avant-hier… pour me dire qu'il ne viendrait pas me voir, finalement.

Son intonation légère et saccadée lui rappelait celle de Sara, et, pour une raison totalement subjective, cela fut loin de lui déplaire…

— Vous a-t-il dit pourquoi il annulait cette visite chez vous ? interrogea-t-il.

— Oui. Il m'a dit qu'il préparait un scoop. Un scoop géant sur CASt, qui le remettrait sur les rails.

— Vous a-t-il dit de quoi il s'agissait, exactement ?

Elle se mit à rire puis lâcha :

— Vous connaissez bien mon père, monsieur Grissom ?

— Assez, oui.

— Vous a-t-il jamais parlé d'un article avant qu'il ne sorte de l'imprimerie ?

— Non. Vous marquez un point, Patty.

Sur un ton soudain sérieux, elle demanda :

— Vous craignez quelque chose à propos de mon père ? Vous pensez qu'il serait en danger ?

Avec un père qui travaillait sur des affaires criminelles, il semblait naturel à Grissom que Patty ait ce genre de réaction.

— Non. Nous voudrions simplement discuter avec lui d'une enquête en cours. Tout le monde semble penser qu'il se trouvait à Los Angeles avec vous.

— C'était ce que nous projetions, en effet. Mais, quand un scoop se profile à l'horizon… pour mon père ça peut être un vrai régal !

Le petit rire qui s'échappa de sa gorge arracha un sourire à Grissom, qui devina néanmoins une trace d'inquiétude dans sa voix.

— En quoi d'autre puis-je vous être utile, monsieur Grissom ?

— En rien du tout, merci, Patty.

— Heu… juste une petite chose, encore.

— Oui ?

— Quand vous verrez mon père, dites-lui de m'appeler. Ce que vous me dites m'inquiète un peu…

— Désolé, ce n'était nullement mon intention.

— Mais c'est le monde dans lequel on vit, n'est-ce pas, monsieur Grissom ?

— Oui, Patty. Merci encore. Au revoir.

— Au revoir.

Il raccrocha et se cala contre le dossier de son siège.

Si Bell ne se trouvait pas à Los Angeles, s'il préparait

un « scoop géant », ici, à Vegas, pourquoi n'était-il pas dans son bureau depuis deux jours ?

Ou alors ce scoop était-il une pure invention de sa part pour pouvoir tuer tranquillement Enrique Diaz pendant que tout le monde le croyait parti de Las Vegas ? Mais, si Perry avait essayé de se fabriquer un alibi, pourquoi, lui qui connaissait si bien les affaires criminelles, lui aurait-il donné si peu de consistance ? Un simple coup de fil à sa fille, et pouf ! Ce bel alibi s'envolait en poussière.

Moins on parvenait à localiser Perry, plus les questions à son sujet se faisaient pressantes. Etant l'une des rares personnes sur cette planète à pouvoir effectivement profiter de la résurgence de ce tueur en série, Bell ne possédait aucun alibi pour le premier meurtre et avait complètement disparu juste avant le deuxième.

D'autre part, une clé magnétique provenant du journal où travaillait Bell apparaissait dans la main de la seconde victime. Celle-ci avait-elle réussi à la lui arracher dans l'espoir d'apporter un indice à sa mort brutale ?

Normalement, Grissom rejetait ce genre d'explication, bien trop commode à son goût, et digne des romans d'Agatha Christie ou d'Ellery Queen. Il gardait en tête le cliché des vieux films : *c'est calme, ici..., bien trop calme*.

Perry Bell avait tout pour faire un bon suspect.

Trop bon.

Le trajet par Delamar Mountains s'avéra encore plus ennuyeux que Brass ne l'aurait cru.

Les paysages de montagnes n'étaient pas ce qu'il préférait. La fascination des gens pour les formations rocheuses lui restait totalement étrangère. Quant à la compagnie de Damon, elle ne valait guère mieux. L'inspecteur de police des quartiers nord de Las Vegas n'avait que deux sujets de conversation : le shopping et le catch. Ce qui faisait à Brass autant d'effet qu'une tisane.

Après ce qui lui parut une éternité, ils stoppèrent devant la porte principale d'Ely State, le pénitencier d'Etat. Huit bâtiments, divisés en quatre paires reliées ensemble constituaient le corps de cette prison de haute surveillance. Une enceinte de près de 4 mètres de haut surmontée de barbelés clôturait le périmètre marqué à chacun de ses quatre coins par un mirador en béton.

Un bloc-notes à la main, un garde sortit de sa cabine climatisée et, d'une démarche à la fois autoritaire et indifférente, s'approcha de la voiture. Il portait des lunettes noires et un chapeau à large bord qui lui descendait bas sur le front.

A Brass qui abaissait sa vitre, il demanda :

— Vous désirez ?

A la mine qu'il affichait, sa question aurait pu aussi bien être : *Pourquoi me faites-vous sortir par une telle chaleur* ?

Brass et Damon lui montrèrent leurs papiers d'identité.

— Nous sommes venus voir un prisonnier, déclara ce dernier.

— On est sur la liste, précisa Brass.

— Oui, vous y êtes, répondit le garde en vérifiant sur son bloc-notes. Vous connaissez la procédure ?

— Je la connais, affirma Brass.

— Et, qu'est-ce que c'est la procédure ? questionna Damon une fois que l'homme fut reparti vers sa cabine.

— Eh bien, ça commence par… se dépêcher et attendre.

Ils bouillirent au soleil pendant près de cinq minutes avant que le garde ne ressorte une nouvelle fois et leur fasse signe d'avancer. Au même instant, la grille d'entrée s'ouvrit comme par magie et Brass fit pénétrer la voiture à l'intérieur.

Une demi-heure plus tard, après toute une série de vérifications et de contrôles, les deux inspecteurs se retrouvèrent assis devant une table métallique, au centre d'une petite pièce cubique en béton. Leurs armes enfermées dans un tiroir près du bureau du gardien, ils attendirent patiemment leur hôte.

Au bout d'un moment, une clé tourna dans la serrure et la porte s'ouvrit. Le jeune homme qui entra, suivi par un garde, n'avait pas la tête d'un tueur. Mais Brass le savait bien, les tueurs pouvaient afficher des allures bien différentes.

Celui-ci était un blondinet aux grands yeux bleus, au visage plus joli que beau. Sa combinaison orange était parfaitement repassée et, malgré ses mains menottées, Rudy Orloff se mouvait avec la grâce d'un danseur et semblait flotter dans les airs.

Sans qu'on l'y invite, il s'assit face aux deux hommes, de l'autre côté de la table métallique.

Le sourire qui lui écarta les coins de la bouche découvrit de belles dents blanches.

— Je me souviens de vous, dit-il à Brass, mais j'ai oublié votre nom. Vous et ceux du CSI, vous m'avez mis un meurtre sur le dos, il y a quelques années.

Puis, jetant à Damon un regard insolent, il ajouta :

— Vous êtes mignon, mais je ne vous connais pas. Ce n'est pas juste parce que vous, vous savez qui je suis.

Brass et Damon lui montrèrent alors leur carte.

— Ça doit être important, pour quitter Vegas et venir à Ely, continua Orloff. Même pour un après-midi… Vous avez dû remarquer que cet endroit était un véritable trou à rats.

— Rudy, l'informa alors Brass, si nous avons fait tout ce chemin, c'est pour vous voir. Pour vous parler.

— Un sacré honneur que vous me faites là ! Et... vous venez m'accuser de quel meurtre, maintenant ?

— On a trouvé votre ADN sur les lieux de deux meurtres, lui annonça Damon.

— Mon ADN ? Lequel ? Des cheveux ? De la peau ?

— Du sperme, répondit Brass.

Avec un sourire mauvais, Orloff rétorqua :

— Vous êtes vraiment tordus, vous savez.

— Votre foutre a été retrouvé sur le corps de deux hommes assassinés à Las Vegas... la semaine dernière ! lui assena Brass en le fixant.

Le prisonnier recula sur sa chaise. Son sourire était plus confus qu'insolent, cette fois.

— Vous avez dit quoi ?

Tranquillement Brass répéta ce qu'il venait de lui dire.

Orloff semblait amusé, à présent.

— Et vous expliquez ça comment, alors que je suis en taule ici depuis près d'un an ? J'aurais envoyé un fax de la bibliothèque de la prison ?

— On a vérifié, reprit Brass, vous n'avez pas été relâché pour un enterrement, du travail à l'extérieur ou quelque chose de ce genre. Vous n'êtes pas sorti du périmètre de la prison.

— C'est vous l'inspecteur, capitaine Brass. D'après vous, comment ça a pu se produire ?

Il demeura silencieux un instant avant de répondre :

— Nous espérions que vous pourriez nous éclairer.

— En quel honneur je vous aiderais ?

— Je vais parler au directeur et écrire un rapport qui devrait mettre l'accent sur votre bonne conduite.

— Ah... C'est un début...

— Le gars que nous recherchons est un véritable démon, déclara Damon.

Orloff se cala contre le dossier de sa chaise et leva les deux mains devant lui.

— Un démon ? Waouh ! Ça ne fait pas un peu vieillot, votre expression ?

— Il s'agit d'un tueur en série, reprit Brass. Vous vous souvenez de CASt ?

— Il fait son *comeback* ? Et moi qui espérait une petite réunion à la *Seinfeld*…

— *Votre comeback*, corrigea le capitaine sur un ton glacial. Comment expliquez-vous ça ?

Orloff haussa les épaules.

— Tout ce que je sais, c'est que je n'ai pas tué vos deux macchabées. A part ça… je me contenterais de spéculer.

— Allez-y, je vous en prie.

Cette remarque paraissant lui faire l'effet d'un compliment, le prisonnier se pencha en avant, plia les mains ensemble et, sur le ton de la conspiration, demanda :

— Vous êtes sûrs que c'est mon ADN ?

— Le fichier CODIS l'a formellement reconnu.

— Quelqu'un l'aurait congelé, alors.

— Diable, on n'avait pas pensé à ça. Vous avez vendu votre sperme à une clinique ?

— Non. Pas plus que mon sang, même si j'ai essayé plusieurs fois. Vous savez, on vous fait pisser dans un gobelet… moi, je n'y arrive pas.

— Voilà donc la question qu'on vous pose, répliqua Brass. Qui trouverait rigolo de congeler le sperme de Rudy Orloff ?

De nouveau il se cala contre son dossier et resta songeur.

— Ecoutez, lui dit alors Brass, on sait que vous êtes bouclé ici depuis un bout de temps. Ce qu'on ne sait pas, en revanche, c'est quand vous êtes allé à Vegas pour la dernière fois.

— Il y a dix-huit mois, environ. Quelque chose comme ça.

— Et… vous n'auriez pas joué quelques petits tours pervers, par exemple ?

Un rire sec s'échappa de sa gorge.

— Des types qui paient d'autre types pour du sexe ? Je ne vois pas quelle perversité il y aurait à ça.

— Quelqu'un qui… paierait pour… en emporter un peu ?

Orloff sourit et croisa les bras.

— Vous voulez dire… un collectionneur ?

— Ça existe, ça ?

De nouveau, il s'assit en avant, et son sourire fut loin d'être aussi joli que son visage.

— Vous dites ce que vous voulez, il y a toujours quelqu'un pour accepter.

— Je veux bien vous croire. Revenons-en à Vegas.

Il retrouva sa position en arrière et répondit :

— J'ai rencontré pas mal de fêtards, là-bas. Mais ma mémoire me fait un peu défaut. Peut-être que, s'il y avait un petit quelque chose pour moi, la lumière pourrait revenir.

Tapotant l'épaule de Damon, Brass se leva brusquement.

— Quoi ? s'étonna Orloff.

— On sort d'ici, lâcha platement le capitaine.

— Vous ne voulez pas discuter ? grimaça-t-il avec une moue de dépit. Je pensais que vous étiez venus jouer un peu !

— On est venus travailler. Mais, finalement, je ne crois pas que vous ayez grand-chose à nous dire.

— Asseyez-vous, asseyez-vous donc, ne prenez pas la mouche ! Si je vous donne quelque chose, est-ce que ça me vaudra une petite récompense en retour ?

Les deux inspecteurs reprirent leur place sur leur chaise, puis Brass demanda :

— Quel genre de récompense ?

— Un isolement cellulaire.

— Vous voulez le mitard ? s'étonna Damon.

— Ecoutez, j'essaie de me racheter une bonne conduite. Je suis là pour tentative d'homicide, pas pour homicide, les gars. Il y a de la lumière au bout de ce tunnel, et le fait de vous aider ça donne du poids à mon dossier, dans le bon sens. Mais on a la télé, ici, on a les journaux. Si ces types se rendent compte que je vous ai aidés..., même si c'est pour coincer un tueur en série, ils vont se ruer sur moi. Je n'y survivrai pas.

— Vous me donnez quelque chose de consistant, et je vous obtiens l'isolement, lui rétorqua Brass.

— Et pendant que je suis au mitard, vous me faites transférer d'ici, aussi.

Brass fit un bond en arrière.

— Rudy, je ne crois pas que je peux vous obtenir ça.

— Il y a plein d'endroits plus peinards qu'ici. J'ai du mal à respirer cet air raréfié de la montagne.

Brass se demanda si Orloff s'était fait ici des ennemis auxquels il tentait de se soustraire. Peut-être cela pourrait-il les aider, après tout.

— Je ferai ce que je pourrai, promit-il.

Le prisonnier l'étudia longuement puis laissa tomber :

— Je vous crois. Je choisis de vous croire. Mais, n'oubliez pas, si vous avez besoin de moi en tant que témoin, j'ai intérêt à être en vie ! Un macchabée, ça ne cause pas beaucoup dans un tribunal.

— Compris.

— D'accord, d'accord... il y avait deux gars. Je ne sais pas leurs noms.

— Ça, c'est un bon début, Rudy, ironisa Brass.

— Hé, on n'était pas dans le genre d'endroit où on se dit nos petits noms ; du moins pas les vrais. Ou alors, vous préférez que je vous donne des noms bidon ? Enfin… il y avait ces deux mecs. L'un plus âgé que l'autre.

— Agé de combien ?

— Cinquante et des poussières, répondit-il avec un haussement d'épaules.

— A quoi ressemblait-il ?

— Chauve, des lunettes, habillé comme s'il ne s'était pas acheté de fringues depuis *La Fièvre du samedi soir*.

— Chauve ?

— Oui. Il avait… vous voyez, quelques touffes filasse, mais c'était tout. Il portait beaucoup de polyester. Vous savez… la belle veste chic.

— D'accord, fit Brass. C'était un… collectionneur ?

— Oui. Il adorait me regarder étrangler les poulets. Il me tenait le gobelet pour je fasse dedans et… il l'emportait chez lui. Ce qu'il en faisait après, ça n'était pas mon affaire. Quant à l'autre gars, il faisait la même chose, seulement il… s'impliquait un peu plus, disons. Il m'aidait.

— Parlez-moi un peu de lui, lui dit Brass.

— Il avait la trentaine, les cheveux foncés. Il me plaisait, il était bien balancé, il avait un chouette regard.

— Ses yeux… de quelle couleur ?

— Bruns, je crois. D'un brun doré, si transparents qu'on pouvait presque s'y noyer… et s'y perdre.

— Des cicatrices, des tatouages ?

— Pas que je sache. Ni lui ni l'autre ne se montraient à poil ; on jouait plutôt le voyeurisme, la plupart du temps. Je frappe, tu mates, tu me files le gobelet et l'affaire est emballée.

— Ces hommes, demanda Damon, ils n'étaient pas… ensemble ?

— Non. Ils avaient seulement la même perversité. C'est plutôt inhabituel, mais ça arrive.

Il y a autre chose qui vous viendrait à l'esprit, Rudy ? interrogea Brass.

— Deux fêtards, ça vous suffit pas ?

Le capitaine se leva, fit signe au garde puis déclara à Orloff :

— Je m'occupe de votre cas : vous serez à l'isolement d'ici à vingt-quatre heures. Merci, Rudy, ça va nous être utile.

— Merci. Je peux savoir ce que je vous ai dit qui va vous être utile ?

— Non.

De retour à la voiture, Damon finit par demander :

— Alors, qu'est-ce qu'il a dit ?

Brass mit le moteur en route et sortit en marche arrière avant de répondre :

— Les deux qu'il nous a décrits pourraient être absolument n'importe qui.

— C'est vrai.

— Ou… le plus âgé pourrait être Perry Bell, le postiche en moins.

— Le quoi ? fit Damon avant de comprendre. Bon sang ! C'est vrai que je n'ai jamais vu Perry sans son toupet. J'avais oublié qu'il était chauve en dessous !

— Oui, et il pourrait bien être aussi un tueur, en dessous. J'appelle tout de suite Vegas pour qu'on nous faxe une photo de Bell à montrer à notre ami Rudy Orloff. S'il reconnaît Perry Bell, on a notre homme… ou, du moins, notre copieur.

6

Catherine Willows et Nick Stokes avaient travaillé la nuit entière pour retrouver la trace de Dallas Hanson, allant d'une adresse à une autre, jusqu'à finalement tomber, aux premières lueurs du jour, sur un foyer situé au nord de Las Vegas.

Conduite par Nick, la Tahoe était plus ou moins coincée dans le trafic intense du petit matin. Etouffant un bâillement, Catherine laissa tomber :

— C'est bizarre, non ?

— Qu'est-ce qui est bizarre ? demanda-t-il en tenant à la main le gobelet de café qu'il avait acheté à la va-vite dans un fast-food.

— La façon dont ce job mêle le banal et l'extraordinaire.

— Tu es fatiguée, Cath…

— Non, pas vraiment. Mais je me demande si on se dirige encore droit vers une impasse, comme avec Carlson. Ou vers une confrontation avec un maniaque criminel.

— Je vois ce que tu veux dire, mais, cela dit, je n'ai pas trouvé cet autel dédié à un tueur en série… particulièrement banal.

— Alors, c'est peut-être moi qui suis un peu déviée, sourit-elle.

Les yeux sur la route, Nick avala une gorgée de café et demanda d'une voix douce :

— C'est dur de savoir que ta fille est en train de se préparer pour l'école et que tu n'es pas avec elle ?

— Pour un célibataire, je te trouve bien sensible, monsieur Stokes. Profond, même.

Il la gratifia d'un sourire à la Jack Nicholson et lâcha :

— Merci. Merci beaucoup.

— Pour répondre à ta question, la réponse est oui.

A la dernière minute, elle avait dû faire appel à une baby-sitter pour s'occuper de Lindsay.

— Un de ces jours, je vais bien devoir me retrouver avec l'équipe de jour.

Ils poursuivirent le trajet en silence, jusqu'à ce que Nick demande :

— Tu penses vraiment qu'on va trouver un tueur en série dans un foyer pour sans-abri ?

— C'est vrai que ça fait un peu paradoxal, reconnut-elle.

— Maintenant, si ses victimes étaient elles-mêmes des sans-abri, des personnes de passage, ce serait différent.

— Comme Jack l'Eventreur, ou le Boucher fou de Cleveland…

— Mais CASt s'en prend plus généralement à des hommes blancs, issus de la classe moyenne, voire de la haute.

— Je sais, je sais. Mais on va quand même vérifier du côté de celui-ci… sans prendre aucun risque.

— D'accord, Catherine.

Tous deux savaient que beaucoup de tueurs en série préféraient la tranquillité de leur chez-soi pour leurs petites activités spéciales. Et Dallas Hanson ne jouissait d'aucune sorte d'intimité dans le foyer où il avait trouvé refuge.

En revanche, CASt n'était pas comme tous les autres tueurs en série. Il opérait chez ses victimes. Il ne prenait pas d'auto-stoppeur comme le faisait Bundy, ou ne séduisait pas de jeunes hommes chez lui, à la manière de Gacy. Le fait que Hanson vivait dans un refuge ne voulait donc pas dire qu'il ne fallait pas le considérer comme un suspect.

En fait, se cacher parmi les malheureux anonymes d'une ville avait une signification d'imminence… du point de vue d'un dément.

Catherine espérait que le reste de l'équipe – elle ne pensait pas seulement à ses collègues du CSI mais à Brass, à Doc Robbins et même à Damon et aux autres inspecteurs qui les aidaient dans leur tâche – progressait de façon sensible dans leurs recherches. Car cette enquête commençait à partir en vrille, et Rory Atwater – une bête politique encore plus futée que l'ancien shérif Brian Mobley – était prêt à leur briser le cou en cas de ratage.

Malgré tout le respect qu'elle lui portait, la jeune femme ne parvenait pas à l'aimer – ce qui pouvait changer, bien sûr, mais ses façons d'agir la désarçonnaient le plus souvent. Il était plus habile politicien que Mobley, qui avait salement gâché sa campagne de maire. Catherine avait ainsi toutes les raisons de croire que le nouveau shérif n'hésiterait pas à laisser le CSI, Brass et les autres croupir dans un coin s'il le fallait afin de servir sa carrière.

— Tu penses qu'on devrait aller tout droit vers le troisième gars ? l'interrogea Nick.

— Non, ne nous précipitons pas. Mais, si Hanson ne donne rien, on pourrait peut-être aller voir Dayton. On a droit aux heures sup sur cette affaire. Tu es d'accord ?

— Pas de problème.

— C'est incroyable ce qu'une tasse de café peut faire sur un costaud comme toi.

Nick se contenta de sourire. Mais, très vite, il retrouva son sérieux pour demander :

— Tu crois vraiment que ça vaut le coup d'essayer de résoudre des meurtres en série qui datent d'il y a dix ou onze ans et dont on accuse CASt ?

Elle réfléchit un instant puis lâcha :

— Oui, je crois que ça vaut la peine. On est mieux équipés que ne l'étaient Brass et Champlain, à l'époque.

— Oui, et beaucoup de vieilles affaires resurgissent et son résolues grâce aux nouvelles technologies. Mais, Cath, à part ces échantillons d'ADN que Champlain a été assez malin pour conserver au frais, on n'a rien qu'une très, très mince piste.

— C'est vrai mais, rappelle-toi, Nick, d'un autre côté… on est très, très bons !

— Oui…, j'avais oublié, répliqua-t-il en laissant échapper un petit rire.

Sur Miller Avenue, Nick gara la Tahoe devant un long bâtiment de plain-pied enduit de crépi blanc, la Mission Salvation and Shelter, dont l'aile ouest comportait un étage aux allures de clocher et orné d'une image du Christ qui aurait aussi bien pu être peinte par un des locataires du foyer.

Vaguement émue par ce sincère témoignage de foi, Catherine s'avança à la suite de Nick vers la porte d'entrée pour pénétrer dans ce qui ressemblait au lobby d'un hôtel désaffecté. Des livres et des magazines traînaient sur des tables basses face à des fauteuils et des canapés plus ou moins défoncés, et, sur la droite, un large escalier de chêne grimpait vers l'étage de l'aile ouest.

Un homme d'une soixantaine d'années au corps noueux, à la barbe naissante et aux cheveux argentés était affalé dans un fauteuil râpé. Plongé dans la page sport du journal du matin, il portait un jean et un

T-shirt et n'avait manifestement pas remarqué leur arrivée. Derrière un comptoir qui avait tout de celui d'un hôtel, une mince jeune femme à la chevelure brune et terne et aux lunettes cerclées de noir leva les yeux d'une revue religieuse. Son visage ovale, qui ne laissait voir aucune trace de maquillage, n'était pas dénué de grâce. Elle était vêtue d'une chemise blanche et d'un pantalon noir, avait des manières tout à fait professionnelles, et la croix d'or qui pendait à son cou en disait long.

— En quoi puis-je vous être utile ? demanda-t-elle sur un ton aimable.

Catherine lui montra ses papiers d'identité qui, eux aussi, pendaient au bout d'une chaîne et articula d'une voix neutre mais polie :

— Catherine Willows, Nick Stokes.

— Oh, la police scientifique. Eh bien, pour tout vous dire, nous n'avons pas eu de crime ici depuis longtemps. On ne nous a rien rapporté de… fâcheux.

— Normalement, ce serait à un inspecteur de venir, lui expliqua Catherine, mais nous manquons un peu de personnel en ce moment, et nous sommes sur une affaire très importante.

— Je vois, répondit la jeune femme dont les mains étaient réunies comme en prière. En fait, la politique de la mission est double. Nous aidons bien sûr les autorités du mieux que nous pouvons. Mais nous respectons aussi l'intimité et la dignité de nos hôtes.

— Nous ne sommes pas ici pour arrêter qui que ce soit, la rassura Catherine. Nous faisons simplement un travail d'enquête, à propos d'une ancienne affaire qui pourrait avoir un lien avec une nouvelle.

Souriant, Nick enchaîna :

— Nous voulons seulement bavarder avec l'un de vos hôtes, histoire de combler quelques trous.

Grâce au savoir-faire de Catherine et au charme de Nick, ils eurent assez vite gain de cause.

— Avec qui voudriez-vous parler ?

— Avec Dallas Hanson, répondit Catherine.

Les yeux de la femme se tournèrent vers l'endroit où le vieil homme était plongé dans sa lecture mais, lorsque Catherine regarda à son tour de ce côté, elle vit qu'il avait disparu.

— Etait-ce Dallas Hanson ? demanda-t-elle aussitôt.

— Certain de nos résidents ont…

— … droit à un minimum d'intimité et de dignité, je sais, coupa-t-elle. Mais il s'agit d'une enquête criminelle, je vous le rappelle. Etait-ce lui ou pas ?

La femme inspira longuement et se redressa sur son siège, comme pour montrer à Catherine l'autorité dont elle jouissait en ces lieux. Mais, au bout de trois secondes, elle parut se flétrir et lâcha :

— Non, non, ce n'était pas lui.

— File dehors, lança alors Catherine à Nick en lui indiquant la porte. Si notre gars est parti avertir quelqu'un, on risque bien d'avoir droit à un départ précipité… par une des fenêtres.

— Et les escaliers ?

— Je m'en charge.

L'expression de Nick montra clairement qu'il n'aimait pas le plan de Catherine. Mais c'était elle le chef d'équipe, et il se résigna donc à sortir comme elle le lui avait demandé.

La jeune femme se rua vers l'escalier dont elle grimpa les marches deux à deux. Arrivée au premier, elle inspecta d'un rapide coup d'œil les deux côtés du couloir.

Rien.

Rien mais une porte entrouverte, sur la gauche, là où les chambres pouvaient avoir une fenêtre donnant sur l'allée de derrière. Supposant qu'il s'agissait de la bonne pièce, Catherine espéra sans trop se faire d'illusions que Nick avait déjà pu contourner une partie du bâtiment.

Elle abaissa la main jusqu'à atteindre la crosse de son pistolet, se rassurant ainsi par sa présence. Puis elle démarra dans le corridor où flottait une puissante odeur de désinfectant.

Arrivée devant la porte entrouverte, elle passa la tête dans l'entrebâillement et découvrit le vieux bonhomme aux cheveux argentés penché sur un autre homme, lui-même allongé sur un lit le long du mur. Une petite table de bois et deux chaises de cuisine dépareillées se trouvaient près de la fenêtre de la minuscule chambre, et un bureau occupait la plus grande partie du mur d'en face. Le vieil homme disait à l'autre :

— C'est vraiment ça que tu veux, Dal ?

Cloué sur son lit, il avait dû répondre par l'affirmative, car son interlocuteur haussa les épaules et lui répliqua :

— Comme tu veux, mon vieux.

Puis il s'écarta.

Ce qui donna à Catherine un premier aperçu de l'épouvantail aux joues creuses qui se tenait sur la couche. Il avait le crâne grisonnant et avait l'air de s'être rasé peu de temps auparavant. Mais sa peau paraissait aussi grise que ses cheveux, et dans ses yeux luisait un regard suppliant.

— Dallas Hanson ? demanda soudain Catherine.

L'homme sur le lit hocha la tête avec effort.

— J'aimerais vous parler.

Il avait le visage émacié, des pommettes saillantes et un front proéminent sur lequel sa peau semblait tendue à l'extrême.

— Une jolie créature comme vous ? plaisanta-t-il d'une voix étonnamment profonde. Avec plaisir. C'est sûr que ça m'arrive pas souvent d'avoir la compagnie d'une femme de votre… calibre.

Il semblait petit et osseux sous les couvertures.

Sortant sa radio, elle appuya sur un bouton et dit :

— Nick, notre homme n'est pas en fuite. On est…

Elle se tourna vers la porte et ajouta :

— … dans la chambre 218.

Nick lui répondit qu'il arrivait.

Elle regarda l'homme aux cheveux argentés, qui avait l'air embarrassé.

— Vous alliez aider votre ami à prendre le large, je me trompe ?

— C'est pas interdit de rendre visite à son pote, rétorqua-t-il d'une voix tremblotante. Ou alors, on serait déjà dans un Etat fasciste ?

— C'est une enquête criminelle. Pensez-vous vraiment que c'est une bonne idée d'entraver nos investigations ?

Sans répondre, il baissa la tête et se dirigea vers la porte d'un pas lent mais déterminé.

Comme il passait devant elle, Catherine lui lança :

— Beaucoup de gens auraient pu être blessés à cause de vous.

L'homme s'arrêta puis posa sur elle un regard chassieux avant de lui dire :

— Tout le monde ici est déjà blessé, ma petite dame. Vous avez un badge et de beaux habits. Nous, on a des potes à qui se confier.

Catherine allait répondre quelque chose quand elle se ravisa en songeant à ce que lui avait dit la femme à l'entrée au sujet de l'intimité et de la dignité de ses « hôtes ». Elle laissa donc le vieil homme sortir sans rien lui répliquer.

— Il ne faut pas en vouloir à Bruce, s'excusa alors Hanson.

Dressé sur ses coudes, il avait un faible sourire quand il ajouta :

— On a tous eu ici des histoires avec la justice, à un moment ou à un autre, alors on s'entraide un peu.

— Je comprends.

— Vraiment ?

— Oui, je comprends. Voulez-vous vous asseoir ?

— J'aimerais bien, oui…

Comme il rejetait ses couvertures, Catherine put découvrir les fils de fer qui lui servaient de jambes.

— … mais, avec ce cancer qui m'ôte toutes mes forces, j'y arrive pas.

Elle était en train de l'aider lorsque Nick entra et découvrit à son tour leur suspect.

— Voici mon associé, déclara la jeune femme en montrant son badge à Hanson qui était assis, maintenant, le dos bien calé contre un oreiller. Je m'appelle Catherine, et lui, c'est Nick. Nous sommes de la police scientifique. Nous voudrions vous parler au sujet de…

— CASt, coupa-t-il.

— Vous savez ? s'étonna Nick, les mains sur les hanches.

— Le cancer est peut-être en train de me bouffer le corps mais pas le cerveau. Je lis toujours les journaux et on a quelques télés dans cette boîte à bon Dieu. Maintenant que quelqu'un a ressuscité ce bon vieux CASt, je me disais bien que la crime allait venir renifler par ici.

— Quand êtes-vous sorti de ce lit pour la dernière fois ? demanda Catherine.

— A part pour becqueter et aller aux petits coins ? Je crois que c'était pour ma dernière chimio. Il y a trois semaines, à peu près.

— Comment allez-vous à la chimio ?

— C'est Lori – la fille qui est en bas – qui m'y emmène. Voyez, ça fait six mois que je peux plus rien faire tout seul, et il m'en reste six à vivre… avec un peu de chance. J'ai pas le temps ni l'énergie pour aller m'amuser à tuer des gens.

— Et, il y a onze ans ?

Hanson secoua la tête avant de répondre :

— J'étais innocent, à l'époque, et je suis encore innocent aujourd'hui. Ce flic, Champlain, il en avait après moi. Mais il n'avait rien contre moi excepté quelques petites conneries ici ou là. Je n'ai pas tué Todd Henry ni aucun des autres. Ce foutu flic voulait juste épingler quelqu'un, sans doute parce qu'au-dessus on lui mettait la pression, et il s'imaginait qu'il pouvait me livrer tout cuit.

— Monsieur Hanson, lui dit Nick, si vous lisez les journaux, vous savez qu'on pense que les nouveaux meurtres de CASt sont l'œuvre d'un copieur.

— Oh… Alors je suis toujours suspecté pour les crimes *originaux* ? Quelle connerie !

Un coton tige à la main, Catherine lui demanda :

— Ça vous dirait de ne pas l'être ?

— Comment ça ? interrogea-t-il en considérant le bâtonnet avec scepticisme.

— On a besoin de votre ADN.

— Vous voulez m'innocenter ou me piéger ? fit-il avec sarcasme.

Plongeant son regard dans le sien, Catherine répondit :

— Je ne veux rien faire d'autre que découvrir la vérité.

— Je ne sais pas…

— Franchement, monsieur, intervint Nick, avec cette maladie… vous devriez songer à coopérer.

— Et pourquoi ça ?

— Parce votre destin, pour le moment, c'est d'être suspecté d'être un tristement célèbre tueur en série. Il vaudrait mieux ne pas laisser cette tâche ternir votre souvenir.

— Hum… grommela-t-il, là vous marquez un point. J'ai des enfants quelque part dehors, peut-être même des petits-enfants, et j'ai pas envie que mes descendants pensent que j'étais un criminel à demi taré. D'accord, vendu… Qu'est-ce que je dois faire ?

— Ouvrir votre bouche, lui dit Catherine. Vous n'avez même pas à dire aaah…

Gil Grissom était encore à son bureau quand son portable sonna.

— Grissom…, souffla-t-il.

— C'est moi, lui dit Brass.

— Où êtes-vous ?

— Je repartais vers la ville.

Grissom entendait le ronronnement de la voiture. Il n'y avait pas de sirène mais l'inspecteur ne prenait manifestement pas son temps.

— Vous avez appris quelque chose ?

— Il y a de bonne chances que Perry Bell soit notre copieur.

— Dites-moi pourquoi.

Brass lui exposa sa théorie, non sans lui raconter l'interrogatoire d'Orloff.

— Tout est fort bien, dit Grissom, mais a-t-on une preuve ?

— Je pensais que c'était votre job de trouver des preuves, sourit Brass.

— Non, c'est le vôtre. Moi, je les analyse.

— Désolé…

— Pas de problème. J'ai retrouvé la trace de la fille de Bell.

— Génial ! Vous voyez que vous aussi vous trouvez des preuves !

— D'une certaine manière. J'ai obtenu des informations intéressantes.

Grissom renseigna Brass sur ce qu'il avait appris de Patty Lang.

— Est-ce qu'on en a assez pour obtenir un mandat de perquisition ? demanda le capitaine.

— Limite. Mais je vais m'employer à retrouver Bell avant votre retour.

— Votre esprit-qui-analyse-les-preuves va faire des merveilles, je le sens !

— Je vais voir où sont tous les autres, à présent. J'ai mis Sara et Warrick sur le cas *Banner* ; Catherine et Nick sont sur le terrain, à la poursuite des suspects originels. Le temps que vous arriviez, on en sera peut-être au stade du mandat.

Grissom passa les deux heures suivantes à retrouver la trace de Perry Bell.

Il appela les amis et les collègues du journaliste, lança un avis de recherche sur son véhicule et envoya une voiture de police à son domicile. Un policier en tenue sonna à sa porte, n'obtint aucune réponse, trouva les rideaux tirés aux fenêtres, s'assura par une des lucarnes de la porte du garage que l'auto de Bell ne s'y trouvait pas et, après avoir fait un rapport à Grissom, resta posté devant la maison jusqu'à nouvel ordre.

Il n'y avait aucune raison de pénétrer de force chez lui. Si Bell était à l'intérieur, on devrait attendre qu'il sorte pour lui mettre la main dessus. Quoi qu'il en soit, s'il était effectivement le copieur de CASt, la menace d'un nouveau meurtre était minime – le tueur avait déjà frappé deux fois, mais cela s'était toujours passé dans la maison de la victime.

Si Bell était à l'extérieur de chez lui, le problème était entièrement différent. Le journaliste pouvait se trouver n'importe où, faisant n'importe quoi, et Grissom et son équipe n'auraient alors aucune idée de ses intentions jusqu'à ce que…, jusqu'à ce que les membres du CSI ne soient appelés sur une nouvelle scène de crime.

Une troisième possibilité – assez troublante, celle-ci – vint à l'esprit de Grissom : Bell pouvait être innocent. Le chroniqueur pouvait, comme il l'avait dit à sa fille, être sur un scoop important, qui ne concernait peut-être même pas CASt. Mais, dans ce cas, où était-il ? Pourquoi personne ne parvenait-il à le localiser ?

Décidant qu'il avait fait de son bureau tout le travail de recherche possible, Grissom en sortit et son premier arrêt fut à la morgue, où le Dr Robbins achevait d'autopsier Enrique Diaz.

Etonné, Gil demanda :

— Deux jours pour « faire » Diaz ?

— Je sais que vous ne pensez qu'à votre tueur mais, pendant ces deux jours, à part feu M. Diaz, près de deux douzaines de personnes sont mortes dans cette ville dans des circonstances inexpliquées.

— Hum… oui, et vous avez trouvé quelque chose ?

— Diaz est mort de strangulation causée par la ligature que vous avez trouvée autour de son cou. Tout le reste concorde avec le meurtre de Sandred…, sans tapis brûlé, cependant. Sinon, la manière d'opérer est identique.

— Rien de nouveau ?

Al Robbins saisit une petite enveloppe sur une table métallique à côté du billard.

— J'ai trouvé ceci.

Grissom la prit entre ses mains et l'ouvrit soigneusement. Des sortes de fils bruns gisaient au fond, mais il ne sut dire de quoi il s'agissait. Il demanda alors :

— Qu'est-ce que c'est ?

— Des cheveux synthétiques. Qui viennent selon moi d'une mauvaise perruque.

— Mauvaise ?

— Bon marché, si vous préférez. Mais Greg saura vous en dire plus que moi là-dessus.

Son intérêt piqué au vif, Grissom demanda :

— Des cheveux synthétiques qui viendraient du tueur ?

— Possible.

— Vous avez des doutes.

Le légiste haussa les épaules.

— Disons que ce seraient plutôt des craintes.

— Locard dit que deux objets ne peuvent pas entrer en contact sans un genre d'échange.

Robbins s'écarta du corps et balaya la salle du regard, comme pour s'assurer que lui et Grissom étaient seuls.

— Gil, nous connaissons tous les deux Perry Bell, souffla-t-il presque à voix basse. C'est un type bien, sans doute le plus honnête et le plus généreux des journalistes que nous ayons eu à rencontrer dans notre métier. Certainement inoffensif.

— Je ne vous contredirai pas là-dessus.

— Des cheveux synthétiques vont vous pousser à le suspecter.

— Oui. On regarde déjà dans cette direction, Al.

Secouant la tête, celui-ci reprit :

— Imiter un tueur en série pour aider à relancer sa carrière ? Pour ça, il faut être à la fois un génie et un sociopathe. Honnêtement, Gil, est-ce que ça ressemble à Perry, d'après vous ?

— Non. Mais je reste un étudiant en psychologie humaine, pas un expert. Et en ce moment ce qui me préoccupe c'est de savoir si les indices nous mènent à Perry Bell. Ce qui est le cas. Ensuite, je voudrais m'assurer que personne d'autre ne court de danger.

Posant une main sur le bras de Grissom, Robbins lui dit :

— Je comprends, Gil. Mais n'écoutez pas que votre

tête. Vous avez du cœur ; n'ayez pas peur de l'écouter, lui aussi.

— C'est… très généreux de votre part, Al. Mais, d'abord, j'écoute les indices.

— Non, vous les interprétez. Et, là où il y a crime, l'indice devient aussi suspect que les suspects eux-mêmes.

Grissom resta pensif un instant puis déclara :

— Je ne sais pas si j'écoute mon cœur, Doc, mais je ne commettrai jamais l'erreur de ne pas *vous* écouter.

Les deux hommes échangèrent un sourire puis retournèrent chacun à leurs travaux respectifs.

Les preuves indirectes contre Perry Bell augmentaient à chaque seconde qui passait, et Grissom sentait cette fois qu'il en avait assez pour demander au juge un mandat de perquisition. Bien qu'il ne puisse directement lier Bell aux meurtres, ce qu'il possédait pointait à coup sûr vers le chroniqueur : un cheveu synthétique qu'il pourrait bien faire concorder à la perruque de Bell ; la carte magnétique qui ouvrait une des portes du *Banner* ; et le sperme qui venait d'un « collectionneur » dont la description correspondait à celle du journaliste.

Si l'on ajoutait à cela que ses amis, ses collègues et sa famille avaient perdu tout contact avec lui depuis les heures précédant le deuxième meurtre, et le fait qu'il n'ait pas d'alibi pour le premier, Grissom était certain d'obtenir un mandat du juge.

Pris à part, aucun de ces éléments ne constituait de preuve irréfutable, mais, ensemble, ils représentaient les pièces d'un puzzle qui formait une image ressemblant fortement à Perry Bell.

Comme d'habitude, la salle d'audience du juge Goshen était en effervescence, et, comme d'habitude, ce dernier devait se montrer totalement convaincu avant d'accepter de délivrer un mandat de perquisition.

L'avantage de recevoir un mandat de la part de ce juge était qu'il supporterait un contrôle au cas où une affaire devait aller jusqu'au procès. L'ennui était qu'il fallait pour cela argumenter comme en plein procès, précisément.

D'autre part, comme tout le monde à la Crime, le juge Goshen connaissait et appréciait Perry Bell. Cependant, au bout du compte, Grissom eut le dessus, même s'il ne lui fallut pas moins de deux heures pour ressortir du bureau du juge avec sa précieuse feuille de papier.

Une fois dehors, il appela Brass sur son portable.

— Vous êtes dans le coin ?

— Oui. Qu'est-ce que vous avez obtenu ?

Grissom lui raconta son bras de fer avec Goshen, et les deux hommes tombèrent d'accord pour se retrouver au domicile de Bell une demi-heure plus tard. Désireux d'emmener Warrick et Sara avec lui, Gil retourna au QG du CSI, où il trouva les deux coéquipiers en train d'examiner le contenu de l'enveloppe arrivée un peu plus tôt au *Banner*. Au bout de la table, Sara étudiait avec attention l'emballage, tandis que Warrick, de son côté, examinait le doigt momifié.

Grissom s'approcha d'abord de lui et demanda :

— Vous avez quelque chose ?

— Tout ce que je veux, en fait, sourit-il en brandissant la peau du doigt qui formait comme une gaine autour de son propre index ganté.

— J'ai réhydraté la peau autant que possible, et je l'ai ôtée du doigt pour la glisser sur le mien.

— Pour obtenir une empreinte claire et belle, j'imagine.

— Oh, oui. Le doigt appartient à la dernière victime de l'époque, Vincent Drake, le gérant du garage.

— Alors le message vient bien de CASt, articula Grissom, la gorge nouée.

— Difficile de conclure autre chose.

— Notre premier tueur se balade toujours dans la nature. Ce qui veut dire qu'il faut le trouver avant que le copieur ne provoque le vrai CASt en le poussant à le concurrencer. Continuez et appelez-moi si vous trouvez autre chose.

Warrick lui répondit par un hochement de tête.

S'approchant alors de Sara, Grissom n'eut pas besoin de lui poser de question. Ce fut elle qui déclara d'emblée :

— La boîte est du genre de celles qu'on trouve dans n'importe quel drugstore ou magasin de cadeaux. Pareil pour le ruban. L'enveloppe est tout ce qu'il y a de plus ordinaire, mais je l'ai envoyée au labo pour qu'on y relève d'éventuelles empreintes.

— Et le tissu ?

— On travaille dessus.

— Sara, arrêtez pour le moment. Attrapez votre mallette et suivez-moi. J'ai besoin de vous.

Un sourire se dessina sur son visage. Elle aimait le labo mais le terrain restait sa passion.

— Où va-t-on ?

— On a un mandat pour perquisitionner la maison de Perry Bell.

Son sourire disparut aussitôt.

— J'espère qu'on se trompe sur lui. Je l'aime bien, ça m'ennuierait de…

— Si c'est notre tueur, gardez votre empathie pour ses victimes.

Bell possédait une jolie maison sur Beacon Point, non loin du terrain de golf de Durango Hills.

Ayant hérité de cette résidence lorsque sa femme avait déménagé pour Los Angeles après leur divorce, Bell avait gardé les lieux en excellent état. Il avait même fait ôter un gazon trop gourmand en eau pour le remplacer par la multitude de plantes grasses qui abondaient dans les quartiers aisés de Las Vegas.

La voiture de surveillance était garée devant la propriété et le policier en tenue se tenait contre le pare-chocs avant, fumant une cigarette, le dos tourné à la maison. Lorsque la Tahoe vint stopper derrière lui, il tamponna son mégot sur la semelle de sa chaussure et s'avança d'un pas rapide vers le conducteur.

— Rien à signaler, annonça-t-il.

Grissom reconnut Carl Carrack pour l'avoir aperçu sur de nombreuses scènes de crime. Excellent agent de police, il était massif et puissant, avait environ trente-cinq ans et mesurait pas loin d'un mètre quatre-vingt-dix.

— Personne ne s'est présenté ? interrogea Grissom.

— Aucun voisin, aucun vendeur, même pas un livreur de journaux.

Grissom et Sara déballaient leur kit d'enquêteur lorsque la voiture de Brass vint se garer derrière la leur. Il coupa le moteur et descendit, accompagné de l'inspecteur Damon.

— Est-ce qu'on sait si Bell est à l'intérieur ? demanda-t-il en s'approchant.

— Il n'a pas l'air d'y être. Carrack est ici depuis deux heures, et il n'a rapporté aucun mouvement.

— Et, sinon, aucune nouvelle de Bell ?

— Aucun message radio dans ce sens, en tout cas.

— Et l'avis de recherche sur sa voiture ? intervint Damon.

— Rien encore, répondit Grissom. Il est peut-être chez lui en train d'écrire, ou en train de cuver une cuite dans un motel… Si on arrêtait de spéculer pour aller voir ce qui se passe à l'intérieur ?

La porte d'entrée était encastrée et invisible des voisins de droite à cause du garage à deux voitures qui s'avançait nettement devant la façade. Grissom passa ses gants de latex, aussitôt imité par Sara. Mais pas par les deux inspecteurs.

Puis, Brass à ses côtés, Damon et Carrack derrière lui, et Sara fermant la marche, le criminaliste frappa plusieurs coups contre le battant d'acier peint de vert.

— Vous voulez essayer la sonnette ? proposa Damon.

— Non, fit-il en secouant la tête. Cela pourrait altérer les empreintes.

L'inspecteur fronça les sourcils.

— Pourquoi ? C'est une scène de crime ?

— Est-ce qu'on sait que ça n'en est pas une ?

Damon n'eut aucune réponse à lui offrir, et la maison n'eut aucune réponse à offrir à Grissom.

La deuxième fois, il frappa plus fort, essayant en même temps la poignée de cuivre… pour s'apercevoir, sans surprise, que la porte était verrouillée.

Après une brève attente, Carrack et Grissom heurtèrent le battant avec un bélier. La serrure sauta, une partie du cadre vola en éclats, et la porte s'ouvrit non sans pencher dangereusement de côté. Le vestibule donnait à droite sur un salon et à gauche sur un large escalier conduisant au premier. En face, au bout d'un petit couloir, Grissom apercevait une cuisine.

Brass fut le premier à entrer, mais il n'alla pas loin. Indiquant des traînées brunes par terre, il déclara :

— Du sang ! Personne ne bouge !

La maison était sombre et Grissom dut sortir sa lampe de poche pour éclairer le sol près du capitaine : une minuscule éclaboussure de sang brun sur le parquet.

— Bien vu, Jim, lança Grissom derrière lui. On dirait qu'il est sec.

Brass sortit son arme de la main droite et, de l'autre, alluma à son tour une lampe de poche.

— Comme pour les autres, on va inspecter cette maison avant de vous laisser entrer.

— Personne n'est entré ou sorti, capitaine, insista Carrack. Je vous l'assure.

— Allons-y, fit Brass en rangeant sa lampe pour prendre son arme dans les deux mains. Vous aurez tout le temps de vous excuser, plus tard…

Damon et Carrack sortirent eux aussi leur pistolet et, l'œil aux aguets, se lancèrent à l'assaut du premier étage.

A leur tour, Grissom et Sara pénétrèrent dans le vestibule.

— Restez là, leur ordonna Brass avant de disparaître dans le salon.

Sa lampe braquée sur les éclaboussures de sang, Grissom s'agenouilla devant pour les examiner de nouveau.

— Il est bien sec, dit-il.

— Quoi qu'il y ait eu ici, commenta Sara d'un air pensif, ça s'est passé depuis un bout de temps, déjà.

D'en haut leur parvenaient les voix de Damon et de Carrack, qui allaient d'une chambre à l'autre en lançant :

— Rien à signaler !

Emergeant de l'arrière de la cuisine, Brass annonça :

— Du salon, on tombe sur la salle à manger, puis sur la cuisine, au fond. Rien à dire.

Du haut de l'escalier, Damon lança :

— En haut, tout est clair !

Lentement, Grissom balaya de son faisceau lumineux la traînée de taches, qui s'étendait jusqu'à la cuisine et même au-delà, vers la gauche.

— Qu'est-ce qu'il y a dans cette direction ? demanda-t-il à Brass.

— Une porte fermée. Qui mène probablement à un sas donnant sur le garage.

— Allons voir ça.

— Attendez… il vaudrait peut-être que j'aille

d'abord y jeter un coup d'œil avec l'un de mes hommes.

— Non, ça ira.

— Alors, à une condition.

Grissom savait quelle était cette condition. Sans se faire prier, il passa sa lampe dans sa main gauche et sortit son arme. Derrière lui, Sara fit de même.

La cuisine était un grand office, avec la salle à manger visible d'un passage en arcade, sur la droite. Partant à l'opposé, Grissom ouvrit une porte sur un cagibi équipé d'une machine à laver, d'un sèche-linge et d'une petit table nichée entre deux autres portes.

Celle du fond devait mener au garage, supposa-t-il. Carrack ayant déjà regardé par la lucarne un peu plus tôt dans la journée, ils savaient qu'il était vide. Quant à la traînée de sang, elle s'arrêtait devant la porte la plus proche.

Après un instant d'hésitation, Grissom en ouvrit le battant.

Peu de chose l'ennuyaient davantage que la crainte d'être personnellement responsable de la destruction d'indices. Mais, si quelqu'un se trouvait derrière cette porte, et encore en vie, cette crainte n'avait plus lieu d'être.

Au mépris des empreintes qui auraient pu se trouver sur la poignée, Gil Grissom y posa sa main gantée de latex et ouvrit lentement pour découvrir un étroit palier d'où partaient une douzaine de marches de bois. Sans plus hésiter, cette fois, il appuya sur l'interrupteur qui alluma une lampe au-dessus de lui ainsi que plusieurs autres dans la cave en contrebas.

Derrière lui, Brass déclara :

— Bon sang, Gil, on n'a pas encore vérifié les lieux, ici !

Ignorant la remarque de l'inspecteur, il commença à descendre les marches.

Très peu de maisons à Las Vegas comportaient une cave, et il fut surpris d'en trouver une chez Perry Bell. A mesure qu'il progressait dans l'étroit escalier, il découvrait d'autres taches de sang. Non plus des gouttelettes mais des vraies taches de fluide coagulé, de plus en plus grosses.

Arrivé au pied des marches, il aperçut une nouvelle flaque, nettement plus grosse que les autres, qui semblait s'écouler de sous l'escalier.

Braquant sa lampe dessus, Gil Grissom eut tôt fait d'éliminer Perry Bell de la liste des suspects.

7

Après avoir demandé à l'agent Carrack et à l'inspecteur Damon de se positionner au premier étage, Jim Brass descendit à son tour dans la cave. Ses sens de policier en alerte, il fit, comme Grissom, attention à n'altérer aucune de trace de sang. Alors que son radar ne lui indiquait pas de danger spécial, il gardait son arme pointée en avant, car il savait – comme toujours, lorsqu'il pénétrait sur une scène de crime – qu'il allait faire une découverte brutale et anormale.

Il contourna le petit escalier et braqua sa lampe sur l'ouverture en dessous. Le faisceau lumineux heurta la flaque de sang et en suivit la traînée... jusqu'à la main droite où manquait un index, avant de s'arrêter sur un corps nu et replet. Comme mue par une tête chercheuse, sa lampe torche parut trouver d'elle-même le visage de Perry Bell.

C'est alors qu'il comprit qu'il s'était peut-être laissé abuser. S'attendant à trouver une scène de crime identique à celle des meurtres de Sandred et de Diaz, il fut choqué par le spectacle qui s'offrait à ses yeux.

Car il venait d'y reconnaître la véritable signature de CASt.

Les lèvres du journaliste étaient peintes d'un rouge qui se mêlait au sang séché d'un nez cassé. Battu à tel point qu'il devenait difficile de le reconnaître, Bell avait souffert plus que toute autre victime de CASt –

ou de son imitateur. Du sperme lui maculait le bas du dos, et il était entouré d'une mare de sang qui s'étalait jusqu'au milieu de la cave, bien au-delà de son corps.

— Bon Dieu ! s'exclama Brass.

Sur le point de jeter au loin sa lampe de poche, il se ravisa au dernier moment, se détourna et la fourra dans sa poche.

— Je n'ai pas examiné les scènes de crime originales, Jim, lui souffla Grissom, mais j'imagine… qu'on a bien affaire à notre homme, cette fois.

Le souffle court, Brass laissa échapper quelques jurons puis lâcha :

— Au moins on sait qu'il est toujours là, et dans notre juridiction. Il ne s'est pas envolé ou n'a pas eu… Oh, merde… Gil, c'est…

— Faites votre boulot, Jim, reprit Grissom en lui posant une main sur le bras, ne vous occupez pas du reste.

— C'est encore plus brutal que les scènes de crime d'il y a quelques années. C'est comme si CASt éprouvait… une haine spéciale envers Perry. Est-ce qu'il lui en voulait d'avoir écrit ce livre sur ses premiers meurtres ? D'avoir gagné de l'argent sur son dos, en racontant toutes ces « horreurs » sur lui ?

— Tout le monde a le droit d'être critique, remarqua Grissom avec un haussement d'épaules.

Sortant son portable de sa poche, le capitaine appuya sur une des touches « raccourci » et attendit. Un instant plus tard, une voix féminine répondit à son appel :

— Laurel Thompson, capitaine.

— Ah, Laurel, faites envoyer une voiture de patrouille au *Banner*. On doit placer David Paquette en détention dans l'affaire CASt. S'il n'y est pas, faites envoyer une voiture chez lui.

— Oui, monsieur. Pour meurtre ?

Croisant le regard de Grissom, Brass lutta contre l'envie de répondre par l'affirmative.

Seulement, il n'avait pas de preuve réelle, même si la logique semblait dire que, si Bell n'était pas le copieur, Paquette l'était forcément. Il espérait en secret que Grissom découvre des indices qui accuseraient le rédacteur. Mais, le lui demander directement, cependant, ne lui attirerait que la désapprobation de Gil.

— Dites-leur de le placer en détention provisoire à titre de protection, finit-il par dire à la jeune femme.

— Pardon ?

— Laurel, dites aux policiers qui vont venir le chercher que Paquette est un témoin capital, et que je suis inquiet pour sa sécurité. En même temps, je vais appeler David et lui annoncer moi-même ce qui se passe.

— Une voiture va immédiatement être envoyée, capitaine.

— Merci, Laurel.

Il raccrocha.

— Un témoin capital ? répéta Grissom.

— Est-ce qu'on en a assez pour le coincer ?

— Non.

— Ce qu'il faut c'est le retirer de la circulation jusqu'à ce qu'on en sache un peu plus. Si Bell n'est pas le copieur, on peut imaginer que c'est Paquette le coupable.

— Vous voulez une suggestion ? Ne jouons pas aux devinettes.

— Alors trouvez-moi des indices, bon sang ! lui rétorqua Brass avec vigueur.

— Pour tout vous dire, ça ne devrait pas être trop difficile, répondit-il en s'approchant du cadavre.

Les différences entre cette scène de crime et celles suscitées par le copieur étaient subtiles mais nombreuses.

S'agenouillant auprès de la main mutilée, Grissom déclara :

Le doigt a été sectionné du vivant de la victime.

Pour Brass, cela semblait évident. Le cœur de Bell faisait encore office de pompe quand l'index avait été coupé.

— Et comment ! reprit l'inspecteur. Il y a plus de sang ici que sur les deux autres scènes combinées.

— Le rouge à lèvres semble être plus foncé que celui appliqué sur Sandred et Diaz, ajouta Grissom. Mais je ne peux pas dire sans vérification du labo s'il est vraiment plus foncé ou si c'est un effet de la lumière diffuse. Et cet amas de sang, cela fausse sans doute ma perception.

— Moi, je dirais qu'il est plus foncé, fit Brass.

— D'autre part, le nez a dû être cassé lorsque Bell a ouvert la porte à son meurtrier. Doc Robbins nous donnera les détails, mais la raclée qu'il lui a infligée est autrement plus vicieuse que tout ce que CASt ou le copieur a pu faire jusque-là. Pour une raison que je ne m'explique pas – malgré ce que nous pouvons imaginer sur ses sentiments pour l'auteur du livre – CASt a manifestement eu le désir de torturer Bell plus que les autres.

Brass se contenta de mâchonner sa lèvre inférieure.

Se tournant vers lui, Grissom demanda :

— Comment imaginez-vous que ça s'est passé, Jim ?

Bell est seul chez lui. Il est dans son bureau, en train de feuilleter ses archives sur CASt, tout excité à l'idée que l'ancienne affaire ait donné un nouveau ressort à sa carrière. La sonnette retentit et il descend. A la seconde sonnerie, il arrive à la porte et l'ouvre.

L'entrée est légèrement renfoncée par rapport à la façade de la maison, et il est difficile pour les voisins de voir ce qui s'y passe. Il est tout aussi difficile pour Bell de voir qui se trouve devant lui. Soit le tueur le frappe aussitôt, soit Bell connaît *son agresseur, l'invite à entrer, et celui-ci le frappe dès qu'il est à l'intérieur.*

Capture.

Bell se prend un coup en pleine figure – un coup très puissant, qui lui brise le nez et provoque une hémorragie qui, au bout du compte, mènera les policiers directement à la cave.

Le sang s'écoulant de son nez, Bell est traîné au sous-sol par le tueur. Puis il est déshabillé.

Avilissement.

Le nœud coulant est glissé autour de son cou et se resserre lentement. A mesure que la pression se renforce, Bell perd lentement connaissance. Il est brutalement ramené à la réalité par un premier coup en plein visage, aussitôt suivi d'un deuxième puis d'un troisième, et d'autres encore. Les coups pleuvent, il essaie de se rouler en position fœtale, d'éviter cette attaque sauvage, mais le tueur tire sèchement sur la corde, le nœud se resserre encore et Bell est obligé de se soumettre.

Au bout d'un moment, la douleur devenant intolérable, il finit par s'évanouir. Il s'éveille au bout d'un laps de temps imprécis, en sentant quelque chose se refermer autour de son doigt.

Le tueur tient le doigt de Bell entre les lames d'une paire de ciseaux à métaux. Le froid de l'acier contre sa peau est d'abord remplacé par la tiédeur du sang qui se met à couler. Puis, lorsque l'étau se referme, c'est la douleur qui apparaît. Bell regarde son doigt qui tombe sur le sol en rebondissant, il ferme les yeux, ses nerfs hurlent. Jamais il n'a ressentit une douleur aussi violente et il en oublie un instant la corde qui lui ceint le cou. Mais une secousse sèche lui rappelle cruellement sa présence et, de nouveau, le nœud se resserre.

Strangulation.

Il lutte, mais en vain. Il n'y a pas d'air. Ses poumons

sont en feu et cherchent avidement la moindre molécule d'oxygène.

Chaque fibre de son corps est à l'agonie. Lentement, étonnamment, la douleur commence à diminuer, la sensation de brûlure s'apaise et son esprit semble envahi par un liquide noir et visqueux qui le submerge. Cette obscurité nouvelle n'est pas seulement autour de lui, à présent, elle pénètre au plus profond de son corps et de son âme et Bell se désincarne en flottant, la douleur et le stress s'effaçant de lui à tout jamais.

La vie s'effaçant de lui à tout jamais.

Les rejoignant sur la scène de crime, Sara remarqua :

— Tout ça paraît semblable… et à la fois différent.

Agenouillé près du corps, Grissom leva la tête, sourit et répondit :

— C'est vrai, Sara.

— Il va falloir inspecter son portable, déclara Brass qui venait d'avoir une idée.

— Oui, on pourra peut-être savoir si le tueur l'a forcé à appeler sa fille pour annuler sa visite chez elle, ou s'il l'a fait de lui-même pour travailler sur son scoop.

— Peut-être que c'est son scoop qui le travaillait…

— Le tueur a passé un temps considérable avec Bell pour en arriver à tout ce gâchis, dit Grissom en se redressant. Dès que Doc Robbins nous aura donné l'heure du décès, on pourra la comparer avec les communications sur son portable et savoir si l'appel qu'il a fait à sa fille était proche de son agression.

— C'est exactement ce à quoi je pensais, répliqua Brass.

— Allez jeter un coup d'œil dans sa chambre pour voir s'il se préparait à partir en voyage, demanda Grissom à Sara.

— Entendu. Ensuite, je m'attaque aux empreintes ?

— Oui, tout ce qu'a pu toucher le tueur au premier étage. La rampe, par exemple, ou les poignées de porte.

— La porte d'entrée, aussi.

— Dites à Carrack et Damon de ne plus bouger et de ne rien toucher. Ne contaminons pas davantage cette scène de crime.

De nouveau, Brass sortit son portable pour appeler David Paquette.

Le rédacteur décrocha à la deuxième sonnerie.

— David, c'est Jim Brass. J'envoie une voiture pour vous prendre.

— Et pourquoi ça ?

— Par mesure de protection… Vous êtes considéré comme un témoin important.

— Pas question ! J'ai un papier à sortir !

— C'est sérieux, David. Ça prime sur tout le reste, même votre boulot.

— Donnez-moi une bonne raison pour ça.

— La mort de Perry Bell, ça vous va ?

Paquette ne répondit rien mais sa respiration qui parut s'arrêter soudain dit à Brass combien cette nouvelle le choquait… à moins qu'il cherchât seulement par là à se donner une contenance.

— Une autre victime de CASt, ajouta l'inspecteur.

— Oh, mon Dieu…

Pendant un instant, Brass se demanda si Paquette s'était mis à pleurer. Le rédacteur et Bell avait été amis, collaborateurs. Et ce meurtre était directement lié au projet qu'ils avaient monté ensemble et qui les avaient remis sur les rails.

— Ecoutez, Dave, ne cherchez pas à résister à la police. Laissez-nous vous protéger. Et peut-être que vous pourrez nous aider.

— Oh… d'accord.

— Tout va bien se passer.

— Je… je ne crois pas, Jim. Nous, les journalistes… on est censés couvrir les infos, et non pas *faire* les infos.

— Eh bien, coopérez avec nous, et je vous assure que vous ne ferez pas les gros titres.

Sur ces paroles, Brass raccrocha.

— Vous pensez réellement que c'est lui le coupable ? lui demanda alors Grissom.

Secouant la tête, le capitaine répondit :

— Sa réaction m'a… surpris. Je crois qu'il pleurait, Gil.

— Ils étaient amis.

— Bon sang, je suis prêt à penser tout et rien sur cette foutue affaire !

— On a le droit de penser, Jim. Ce sont les devinettes qu'il faut éviter.

Le portable de Brass sonna à cet instant.

C'était le sergent O'Riley. Il écouta, le remercia puis dit à Grissom :

— C'est Orloff, qui nous dit de sa prison que la photo de Bell qu'on lui a faxée n'est pas celle des deux « collectionneurs » avec qui il a traité… On dirait bien que ce n'était pas lui le copieur.

— Ça nous donne le temps d'examiner la scène de crime, repartit Grissom. On va trouver quelque chose.

Que l'on soit à Las Vegas ou pas, la chance ne semblait pas montrer le bout de son nez.

D'une façon ou d'une autre, le tueur – un malade qui avait mis un terme à sa folie meurtrière lorsque Nick Stokes était encore à l'université – avait trouvé le moyen de voyager dans le temps pour contrecarrer leur enquête aujourd'hui.

Après le fiasco qu'avait été leur visite à Dallas, Hanson, Nick et Catherine étaient passés par le labo pour y déposer les échantillons ADN du vieil homme.

Nick croyait que le résultat serait le même que pour Phillip Carlson – aucune concordance – mais son job était d'étudier les indices, pas d'émettre des hypothèses.

Ils roulaient le long de Blue Diamond Road, en direction de Pahrump où se trouvait la maison de retraite de Sundown. Rattaché à Sunny Day, à Henderson – là où Warrick et Catherine avaient peu de temps auparavant fait arrêter un ange de la mort –, cet établissement représentait davantage un lieu d'enfermement qu'une résidence pour retraités.

Assis au volant, Nick demanda :

— Alors, qu'est-ce qui nous manque ?

— Rien, à mon avis.

Catherine resta un instant silencieuse puis ajouta :

— On a étudié les indices. Il est possible que Brass et Champlain aient fait fausse route, il y a quelques années, et que le vrai CASt ne soit même pas sur la liste originale de leurs suspects.

— Oui, mais Brass et Champlain sont des super flics…

— Bien sûr. Mais on l'a fait nous-mêmes avant – on commence à croire à sa propre théorie avant même que les indices ne nous parlent.

— C'est vrai, admit Nick. Mais, si CASt n'est pas l'un de ces trois suspects, à quoi est-ce qu'on a servi, dans l'histoire ?

— A les éliminer de la liste. C'est important, aussi.

Nick hocha la tête en grommelant.

Longeant Amargosa Road en direction de Last Chance Range, il eut un sourire triste en évoquant l'adresse de cet hôpital. *La dernière chance…, c'est bien vrai*, songea-t-il. La plupart des patients de Sundown étaient dangereux, soit pour eux-mêmes soit pour les autres, et passaient par conséquent le plus clair de leur temps sous complète surveillance – avec des repas servis dans des chambres qui n'étaient rien d'autre que des cellules, et ne sortant chacun à leur tour qu'une fois par jour pour faire un peu d'exercice dans une cour minuscule où ils ne restaient pas plus de quinze minutes.

Nick gara la voiture sur un parking qui abritait une douzaine de véhicules et bordait un bâtiment de plain-pied qui avait en fait la forme d'un pentagone.

Si l'on n'était pas un malade mental en entrant ici, il était facile de suivre le programme de réhabilitation…

Catherine et Nick descendirent du 4×4 et se dirigèrent vers l'entrée.

— Quand je serai en dépression, dit la jeune femme à son coéquipier, promets-moi de me tuer si on m'envoie ici.

— Pas de problème. Tu feras la même chose pour moi ?

— Promis.

La grande entrée vitrée était doublée d'un grillage métallique. Lorsque Nick tenta d'en ouvrir une des portes, il n'y parvint pas.

Catherine lui montra alors un écriteau qui disait : UTILISEZ LE PARLOPHONE POUR VOUS FAIRE OUVRIR.

— D'accord, admit Nick sans sourire, je reconnais que tu fais plus attention que moi aux détails.

S'approchant du boîtier fixé près de la porte, elle appuya sur un bouton.

Un long moment plus tard, la jeune femme allait recommencer lorsqu'une voix féminine lui répondit :

— C'est pour quoi ?

— Catherine Willows et Nick Stokes, de la police scientifique. Nous désirons parler au Dr Jennifer Royer.

— Vous avez rendez-vous ?

— Non, mais j'ai laissé un message sur son répondeur.

— Un moment…

Suivit un autre long silence, pendant lequel Nick et Catherine se regardèrent en se demandant si leur requête n'avaient pas été tout simplement jetée aux oubliettes.

Enfin, la voix revint dans le petit haut-parleur :

— Je vous ouvre. Préparez vos badges.

Il y eut un bourdonnement sec, suivi d'un déclic puis la porte s'entrouvrit devant eux. Nick laissa passer Catherine et, une fois entrés, ils entendirent derrière eux le bruit d'une serrure qui se refermait électroniquement.

— Et dire qu'on a *demandé* à venir ici, plaisanta-t-il sur un ton nerveux.

— C'est sûr que ce n'est pas un endroit très gai.

La réception était propre, les murs peints de vert pâle, le sol carrelé de vert plus foncé, avec pour seule décoration une fresque représentant le bâtiment vu de sa façade principale.

Malgré la grande baie vitrée qui laissaient généreusement passer le soleil, une épaisse tristesse semblait régner dans ces lieux éclairés au néon. Un canapé et quelques chaises assorties occupaient le mur du fond, devant une table basse recouverte de magazines traitant pour la plupart de psychologie. Le parfum du désinfectant ne dissipait pas l'odeur de maladie et de mort qui semblait émaner des parois du bâtiment, des conduits d'air et même des meubles.

A l'expression de Catherine, Nick comprenait qu'elle se sentait tout aussi mal à l'aise que lui dans cet endroit. Ce qu'elle lui confirma d'ailleurs en lui soufflant ces mots :

— On n'est pas un hôte, ici, pas même un résident. On est un otage.

Une femme rondelette vêtue de blanc les attendait derrière le comptoir de la réception. Elle avait les cheveux roux, un visage dur et peu amène.

— Vous désirez ? leur demanda-t-elle sur un ton quasi agressif.

Catherine reconnut aussitôt la voix entendue dans l'interphone.

— Nous sommes de la police scientifique, répéta-t-elle. Nous voulons parler au Dr Royer.

Ils s'avancèrent vers elle et lui montrèrent la carte qui pendait à leur cou.

L'infirmière se pencha en avant, les examina puis, levant les yeux vers eux, leur demanda d'un air sceptique :

— Vous n'avez rien d'autre ?

Docilement, ils lui tendirent leur badge.

Elle eut un sourire mécanique puis leur lâcha :

— Au bout du couloir, troisième porte à gauche.

Quand ils s'en approchèrent, ils virent que le battant était ouvert. Nick y frappa quelques coups discrets.

Une femme d'une quarantaine d'années aux cheveux auburn et coupés court leva les yeux du bureau encombré de dossiers derrière lequel elle était assise. Son teint de rousse ne devait pas adorer le soleil de Las Vegas car elle avait une peau aussi pâle que le bleu de ses yeux. Elle avait un long visage ovale et une grande bouche aux lèvres pulpeuses que surmontait un regard vif et intelligent.

— Ah, dit-elle d'une voix où pointait l'accent traînant du Sud, vous êtes de la police scientifique. J'ai bien eu votre message mais je n'ai pas eu le temps d'y répondre. Je suis heureuse de vous voir ici, néanmoins. Asseyez-vous, asseyez-vous.

Deux chaises métalliques attendaient en face d'elle, et Catherine et Nick y prirent place.

La pièce était petite et en ordre, excepté pour la pile de dossiers qui s'amoncelaient en un tas informe sur la table de travail. Le bureau lui-même était en métal ainsi que les deux meubles de rangement disposés contre le mur. Le fauteuil dans lequel était assise leur hôte semblait confortable sans plus. Il n'y avait rien d'élaboré à Sundown, rien que le strict nécessaire.

— Je m'appelle Catherine Willows, et voici Nick Stokes.

Le sourire qu'elle leur accorda dévoila une dentition blanche et parfaite.

— Je suis le Dr Jennifer Royer, le médecin en chef. Que puis-je faire pour vous ?

— Nous aimerions parler à l'un de vos patients, lui répondit Catherine.

— Bravo, fit-elle avec un petite trace d'amusement dans la voix. Ainsi vous faites partie d'une élite.

— Excusez-moi ? dit Catherine sans comprendre.

— Les patients résidant à Sundown ne reçoivent généralement aucune sorte de visiteurs, pas même la police de Las Vegas.

— Et leur famille ?

— Cela dépend des cas.

Elle soupira et secoua la tête. Sa franche bonne humeur était clairement une façon d'oublier un peu le côté déprimant de cet endroit.

— Les patients, continua-t-elle, nous sont envoyés ici pour de diverses et innombrables raisons… sur le papier. Mais, en réalité, il n'y en qu'une pour laquelle ces gens se retrouvent cloîtrés entre ces murs : certaines personnes – ou peut-être tout le monde – voudraient les voir enfermés.

— Parqués, renchérit Catherine.

— Exactement. Mis hors de vue.

— Mais, une fois qu'ils sont ici, vous cherchez à les aider.

Le sourire de Jennifer Royer se figea pour ne devenir qu'une grimace.

— Nous essayons, oui.

— Quel est votre taux de réussite ? interrogea Nick.

Avec un haussement d'épaules, elle répondit :

— C'est une information que nous préférons ne pas divulguer. C'est un établissement privé, je vous le rappelle.

Nick échangea un regard avec Catherine. Le taux de réussite était-il si bas qu'il valait mieux ne pas le rendre publique ?

— Il y a une bonne partie de vos patients qui sortent d'ici et reprennent une vie normale ? hasarda Catherine.

— Certains le font, oui. Mais la plupart d'entre eux ressortent pour agir d'une façon qui, j'en suis certaine, n'est pas étrangère à votre police. Maintenant, en quoi puis-je être utile aux autorités de Las Vegas ?

— Comme nous vous l'avons dit, reprit Catherine, nous aimerions parler à l'un de vos patients.

— Lequel ?

— Jerome Dayton.

— Il n'y a pas de Jerome Dayton ici, rétorqua-t-elle sans l'ombre d'une hésitation.

— Heu… pardon ?

— Il n'y a personne ici de ce nom, je regrette.

— Vous en êtes absolument certaine ? s'étonna Nick.

— Oui. Je suis le médecin de tous les patients de Sundown.

Catherine regarda Nick, qui la voyait commencer à s'impatienter.

— Nous avions pourtant cru comprendre que Dayton était un patient de votre établissement, dit-elle.

— Eh bien, nous n'avons pas ce patient ici.

Nick ne put que noter l'ambiguïté de cette réponse.

— Mais vous l'*avez eu* ? Jerome Dayton a bien été l'un de vos patients ?

Tout sourire disparut de son visage, qui parut se figer.

— Il y a environ une centaine de patients ici, à Sundown, et aucun d'eux ne s'appelle Jerome Dayton.

— Serait-il décédé ?

Le médecin réfléchit un court instant puis répondit :

— Je ne pense pas pouvoir vous être d'une utilité quelconque. Je regrette.

Catherine insista cependant :

— Pourriez-vous vérifier vos archives ?

— Non. Ce serait considéré comme une atteinte la vie privée du patient.

— Mais, s'il n'est pas votre patient…

— C'est la même chose pour les anciens patients.

Avec un sourire crispé, Catherine rétorqua :

— Dr Royer, il s'agit d'une enquête criminelle. Nous en sommes à notre troisième meurtre en à peine plus d'une semaine.

Sans répondre, elle garda un visage impassible.

— Jerome Dayton était un des principaux suspects dans l'affaire CASt… Peut-être vous en souvenez-vous ? Et, s'il n'est pas un patient de cet hôpital, il reste un suspect important dans une série de meurtres qui viennent d'être perpétrés à Las Vegas.

Sans paraître spécialement impressionnée par ce que Nick venait de lui annoncer, le Dr Royer déclara :

— Cela n'autorise pas pour autant la police ni moi-même à violer les droits de ce patient.

— C'est vrai, lui concéda Catherine. Nous allons donc nous faire délivrer un ordre du juge.

Elle haussa les épaules puis inscrivit un numéro de téléphone sur une carte de visite qu'elle lui tendit.

— C'est notre fax. Faites envoyer l'ordre du juge ici. Par la même occasion, voyons si nous pouvons retrouver le dossier de M. Dayton.

Interloquée, Catherine cligna des yeux sans comprendre. Le Dr Royer l'aurait giflée qu'elle n'aurait pas eu une expression différente.

— Vous… vous allez nous aider ?

— Demandez votre ordre du juge, dit-elle d'une

voix sèche. Pendant ce temps, on jettera un œil sur ce dossier.

— Je ne saisis pas…

— Bien sûr que si. Vous êtes tous les deux professionnels, et je le suis aussi. Et je suis très à cheval sur le droit de mes patients, madame Willows.

— Oui, bien sûr… reprit Catherine, vaguement embarrassée.

— Y a-t-il une raison de penser que vous n'obtiendrez pas votre ordre du juge ?

— Non, nous n'aurons pas de mal à l'obtenir.

— Parfait. Dans ce cas, si cet homme est un meurtrier, il n'y a pas une seconde à perdre.

Pendant que Catherine passait son coup de fil, Nick regarda le Dr Royer fouiller dans un des classeurs métalliques. Apparemment, Sundown n'avait pas encore entré les renseignements concernant ses patients dans l'ordinateur… ce qui n'était guère surprenant.

Son appel téléphonique terminé, Catherine trouva le Dr Royer de nouveau assise à son bureau, en train de feuilleter un dossier.

— Dès que le juge aura signé l'ordre, lui dit-elle, nous vous le faxerons.

— C'est peut-être une perte de temps, répliqua le médecin, les yeux toujours fixés sur son dossier.

— Pourquoi ? demanda Nick.

Levant la tête, elle répondit :

— Je ne vois pas comment Jerome Dayton pourrait être votre tueur.

— Qu'est-ce qui vous fait dire ça ? interrogea Catherine.

— Jerome Dayton était patient ici il y a dix ans de cela. Bien avant que j'accepte mon poste à Sundown.

— Ça concorde avec ce qu'on sait de lui : il aurait été admis dans votre établissement il y a dix ans.

— Oui. Il a été admis ici en tant que schizophrène paranoïaque.

— Ce qui signifie qu'il entendait des voix ? dit Nick.

— Ce n'est là qu'un des symptômes. Les hallucinations, auditives ou visuelles, peuvent être des symptômes de schizophrénie. Mais le malade peut aussi souffrir de délire de la persécution.

— Etait-ce le cas avec Jerome Dayton ? demanda Catherine.

— Oui, il avait de tels délires.

Le Dr Royer continua de parcourir les documents. Elle les lut pour elle-même durant cinq minutes, en les feuilletant avec intérêt.

Pendant ce temps, Nick et Catherine ne purent qu'attendre patiemment.

Quelques instants plus tard, l'infirmière de l'entrée se présenta avec le fax, le posa sur le bureau devant Jennifer Royer et s'éclipsa. Le médecin parcourut le document, hocha la tête et retourna à sa lecture.

Dix minutes passèrent avant qu'elle ne lève enfin les yeux et ne déclare :

— Il semble ressortir de ce dossier que Jerome pensait que son père l'émasculait, en le forçant à avoir des rapports sexuels.

— Est-ce qu'on peut dire qu'il s'agissait là d'un délire de la persécution ? interrogea Catherine.

— Est-ce qu'après examen on aurait trouvé sur lui des traces de sévices sexuels ? enchaîna Nick.

— Selon ce dossier, répondit le Dr Royer, on a effectivement pratiqué de tels examens, et rien n'a été trouvé qui puisse étayer les dires du jeune homme. Le père, Thomas Dayton, était bien sûr l'un des plus gros entrepreneurs de la ville, à l'époque.

— Depuis quand existe-t-il un moyen de guérir la schizophrénie ? s'étonna Nick.

— Quatre patients sur cinq répondent bien à certains traitements. Dans le cas de Jerome, un médicament précis, l'Haldol, l'a aidé à passer un certain cap. Selon son dossier, il voyait un psychiatre et suivait une thérapie de groupe pendant son séjour ici.

— Alors, dit Catherine, s'il n'était pas guéri, il était… sous surveillance.

— Oui.

— Et il a pu ressortir ?

— Oui.

— Quand ? demanda Nick d'un air sceptique.

— Il y a sept ans.

— Il a été soigné en trois ans ?

— Je vous ai dit qu'il n'avait pas été « soigné ». Mais il était sous traitement et sa maladie était sous contrôle, en effet. Selon le dossier, il a fait d'incroyables progrès une fois que mon prédécesseur a eu diagnostiqué son problème. Jerome avait même le droit de partir se promener dans la journée et de passer les week-ends avec ses parents.

— Etait-ce normal ? interrogea Catherine.

Le médecin sourit, pour la première fois depuis que la conversation avait glissé vers Jerome Dayton.

— « Normal » n'est pas un terme scientifique, madame Willows. Et, puisque vous êtes vous-même une scientifique, vous pouvez imaginer combien rarement ce mot est employé dans notre établissement. Non, de telles balades à l'extérieur ne sont pas « normales ». Mais elles ne sont pas impossibles non plus. Souvenez-vous que Jerome a été admis ici de son propre chef. Il a parfaitement coopéré lorsque ses parents l'ont amené.

Soudain alarmée, Catherine demanda :

— Est-ce qu'il aurait pu sortir aussi de son propre chef ?

— C'est possible, bien que son dossier ne le spécifie pas. Parfois, un bon diagnostic et un bon traitement suffisent à un patient pour retrouver le chemin de la guérison, madame Willows. Une guérison qui peut arriver remarquablement vite, ensuite. Parfois aussi, le fait de voir sa famille – en sorties journalières ou en week-ends – peut accélérer le processus de guérison.

— Sept ans, fit Nick en secouant la tête. Je n'arrive pas à croire que personne ne savait que ce gars était de nouveau dehors.

— S'il était suspect dans l'affaire CASt, ces meurtres ont cessé… quand ? Il y a onze ans ?

— Dix ans, corrigea Catherine. Il a été admis ici juste avant le dernier meurtre.

— Voilà pourquoi je ne vois pas comment il pourrait être votre homme, reprit le Dr Royer. Il est resté dehors pendant sept ans, et il n'y a eu aucun meurtre.

— Jusqu'à récemment, précisa Catherine.

— C'est vrai, jusqu'à récemment. Mais, dites-moi, vous, les criminalistes : est-ce qu'un tueur en série peut prendre normalement un « repos » de sept ans ?

— Non. Mais en tant que scientifiques, docteur, nous n'utilisons pas non plus le terme « normalement » dans notre travail… Savez-vous où nous pouvons trouver Jerome Dayton ?

— Ah, voilà…, dit-elle en feuilletant parmi les documents du dossier. Peut-être, chez ses parents. Il a été relâché mais en restant sous leur garde.

— Le père est mort, l'informa Nick. Il y a deux ou trois ans. On en a beaucoup parlé dans la presse.

— Je m'en souviens, reprit le médecin. M. Dayton était quelqu'un de connu, du moins localement. Dans ce cas, on peut donc assumer que Jerome Dayton se trouve toujours avec sa mère.

— Est-ce qu'on peut être sûrs qu'il est resté sous traitement ? demanda Catherine.

— Raisonnablement sûrs. Pendant les premières

années, il a bénéficié ici d'une aide psychologique, il a suivi une thérapie de groupe, et il a reçu son traitement. Plus tard, il a commencé à recevoir ses médicaments d'un autre établissement, rattaché au nôtre. Et son dossier s'arrête là. Vous obtiendrez peut-être la suite en allant les voir.

Le médecin lut alors scrupuleusement le fax où apparaissait l'ordre du juge.

— Tout paraît clair, leur dit-elle. Puis-je photocopier ce dossier avant de vous le remettre ?

— Bien sûr, acquiesça Catherine. Impossible de savoir combien de temps nous le garderons.

— Bien… J'aurais aimé pouvoir vous aider davantage, mais tout ce que je vois ici parlerait plutôt en faveur de Jerome. Et, comme vous le verrez, il n'y a aucune trace d'épisode violent dans son passé.

— Dans son passé *connu*, précisa Catherine.

Hochant la tête, le médecin sortit photocopier les documents.

— Je n'y crois pas, lâcha alors Nick à Catherine. Ce clown a eu sa permission de sortie il y a sept ans. C'est sans doute le plus sérieux suspect dans l'affaire CASt, et personne ne savait qu'il était dehors !

— Oui… mais peut-être que ça n'a pas d'importance.

— Ça n'a pas d'importance !?

— Non, Nick. Je veux dire, il était incarcéré *ici*, quand le dernier meurtre du vrai CASt a eu lieu.

Le Dr Royer fut bientôt de retour avec le dossier original, qu'il remit à Catherine.

— Merci, docteur, pour votre temps et l'aide que vous nous apportez.

— Nous faisons ce que nous pouvons.

Une fois qu'ils furent dehors, Nick demanda :

— Tu te rappelles la date du meurtre de Drake ?

— Oui, je l'ai écrite quelque part, répondit Catherine en sortant un petit carnet de sa poche avant de le lui montrer.

— Et qu'est-ce que dit le dossier pour la date ?

Catherine le feuilleta, trouva la date en question et regarda Nick en écarquillant les yeux.

— Oh… bon sang ! C'était un week-end où Jerome était en visite chez ses parents !

Sans savoir s'il devait se sentir nauséeux ou triomphant, Nick déclara :

— On ferait mieux de trouver au plus vite ce Jerome Dayton, et de voir comment il se porte aujourd'hui. Si les médicaments font encore leur effet, en somme.

— On y va. Et, cette fois, on ne pourra pas le taxer de paranoïa.

— Pourquoi ?

— Parce qu'on en a vraiment après lui.

8

Assise devant le comptoir de son labo, Sara Sidle accueillit les résultats de test que lui tendait Greg comme un cadeau d'anniversaire.

— Vous allez être contente, lui lança-t-il du pas de la porte.

— Je suis contente d'avoir enfin quelque chose de concret, lui répondit-elle. Je suis fatiguée de brasser de l'air.

— Dans ce cas, gardez un œil sur l'hydrogène.

Elle lui sourit et dit :

— Merci du conseil.

Enfin, songea-t-elle dès qu'il eut tourné les talons.

Le premier papier disait que le rouge à lèvres utilisé sur Diaz correspondait exactement à celui qui avait servi sur Marvin Sandred. Ce qui tendait à confirmer la théorie que les victimes avaient le même tueur. Une théorie étayée par la page suivante où il était indiqué que la corde utilisée pour les deux meurtres comportait aussi la trace du même produit cosmétique.

Venait ensuite une photo montrant que la section de la corde qui avait tué Sandred concordait parfaitement avec la section de celle qui avait tué Enrique Diaz.

— Ça ne nous apporte rien de plus, marmonna Sara pour elle-même.

— Qu'est-ce qui ne nous apporte rien de plus ? interrogea Grissom en entrant dans la pièce.

— On sait que c'est la même personne qui a tué Sandred et Diaz, fit-elle en levant les yeux vers lui.

Il s'approcha et tira une chaise avant de demander :

— Et l'enveloppe provenant du *Banner* ?

— Les empreintes trouvées dessus appartiennent à trois employés : David Paquette, Mark Brower et Jimmy Mydalson. Elles se trouvaient sur la lettre, aussi. Ce qui, bien sûr, ne fait que confirmer ce que nous savons déjà sur ceux qui ont touché l'enveloppe au journal. Et vous ? Vous avez quelque chose sur l'écriture ?

— J'allais voir Jenny, maintenant. Ça vous dit de m'accompagner ? Ça nous donnera peut-être une chance de développer notre vocabulaire.

Jenny Northam était une experte en écriture qui avait bossé en *free-lance* pour le CSI pendant des années, mais qui, depuis tout récemment, y travaillait à plein temps. Elle qui avait l'habitude de jurer comme un charretier était souvent encouragée par Grissom à réfréner un peu ses ardeurs.

Comme ils se dirigeaient vers le petit bureau où elle travaillait, Gil semblait, comme à son habitude, plongé dans un abîme de réflexions. Ce silence ne gênait pas Sara car elle aussi avait mille pensées qui se bousculaient dans son esprit.

Finalement, alors qu'ils approchait du labo de Jenny, elle stoppa net et demanda :

— Bell n'a pas été tué par le meurtrier de Sandred et de Diaz, n'est-ce pas ?

— Cette opinion que vous avancez là, est-elle basée sur des indices ?

— Oui : la brutalité de l'agression et la quantité de sang retrouvée. Est-ce que Doc Robbins confirme que le doigt a été sectionné du vivant de la victime ?

— Oui.

— Et, d'après les photos, le sperme paraît avoir été dispersé au hasard, contrairement aux deux autres meurtres où il semble avoir été versé… disons, de façon régulière.

— Bien vu, Sara, mais ça reste un détail circonstancié. Nous avons besoin de résultats plus précis d'indices physiques avant de commencer à tirer des conclusions. Par exemple, il faut savoir si le sperme présent sur la scène de crime de Bell ne concorde pas avec l'échantillon ADN d'Orloff laissé sur les deux autres scènes.

— Et j'imagine que Greg est en train d'y travailler.

— Oui. Mais les analyses ADN prennent du temps.

— Dommage que ce ne soit pas un show télévisé, dit-elle. On aurait les résultats après la pub…

Arrivé devant la porte du labo de Jenny Northam, Grissom frappa quelques coups à la porte entrouverte puis entra sans attendre de réponse.

Petite, menue, assise sur sa chaise à roulettes, la jeune femme glissait d'un endroit à l'autre de son minuscule domaine avec une rapidité étonnante.

— Vous avez quelque chose ? lui demanda Grissom sans préambule.

— Oui, vous allez rire : j'ai comparé la lettre du *Banner* à celles provenant de la première affaire CASt.

— Et alors ?

— Le papier est différent, même si tous les deux ont le même grain, et l'écriture est au stylo à bille. Petite, précise mais enfantine – celle qu'on verrait chez un de ces foutus prodiges, par exemple.

— J'ai été la première à lire cette lettre, déclara Sara, et j'ai été frappée par la perfection des espacements et la régularité des lignes.

— Incroyable, hein ! Et pourtant, le papier n'est pas ligné. Il y a de… une sorte de génie derrière tout ça.

— Vous exagérez peut-être un peu, grommela Grissom.

— Peut-être, mais je n'exagère pas quand je dis que je n'ai jamais vu une concordance pareille. Ça peut tenir dans n'importe quel tribunal, et un singe aveugle serait capable de voir cette concordance.

— Voilà pourquoi je suis content de travailler avec vous, Jenny, lui lança Grissom avant de ressortir de la pièce.

— Vous saviez que ça concordait, lui dit Sara en le rattrapant dans le couloir.

— Si ça n'avait pas concordé, c'aurait été un faux particulièrement bien fait. Et combien de personnes avaient accès aux notes originales pour sortir ça ?

Ils retournèrent dans le bureau de Grissom, où ils trouvèrent Warrick qui les attendait.

— J'ai les communications téléphoniques de Bell, annonça-t-il.

— Al dit que le manque de raideur *post mortem* indique que Bell est mort il n'y a pas plus de quarante-huit heures.

— Oui, dans l'heure même où il a téléphoné à sa fille.

— Si on l'a forcé à l'appeler, dit Sara, son nez était sans doute déjà cassé. Elle n'a rien remarqué de bizarre dans sa voix ?

— Si Perry parlait à sa fille, reprit Warrick, en sachant que CASt s'apprêtait à le tuer..., est-ce qu'il aurait tenté de lui donner une sorte d'indice ?

— Appelez-la et essayez de savoir, dit Grissom à Sara.

Puis, sortant son carnet de sa poche, il le feuilleta, en arracha une page et la tendit à la jeune femme.

— Tenez.

— Griss, fit-elle en grimaçant, je ne pense pas que ce soit très approprié pour moi, un membre du CSI, d'annoncer à cette pauvre fille que son père est...

— Elle le sait. Brass l'a déjà prévenue.

Sur ce, Grissom sortit de son bureau.

Sara regarda Warrick qui affichait un sourire narquois.

– Je peux m'en charger, si ça te met mal à l'aise, lui proposa-t-il.

— Non, merci, je peux le faire. Je devrais pouvoir le faire…

Retournant à son labo, Sara sortit son téléphone et composa le numéro de la jeune fille.

Patty Lang décrocha dès la première sonnerie. Il y avait une sorte de lassitude dans sa voix – ou était-ce de la colère ? – quand elle lança :

— Allô ?

— Mademoiselle Lang ?

— Oui…

— Je suis Sara Sidle, de la police scientifique de Las Vegas. Je suis désolée de vous déranger à une heure pareille.

— Non, vous ne me dérangez pas. Vous enquêtez sur le meurtre de mon père, n'est-ce pas ? Eh bien, c'est ça qui m'intéresse.

— Je… je vous présente toutes mes condoléances, mademoiselle. Nous aimions tous votre père, ici. Tous les journalistes n'ont pas un fan club dans la police, vous savez. Mais votre père était un homme bien.

— Merci… Qu'est-ce que je peux faire pour vous aider à trouver le salaud qui l'a tué ?

— Est-ce que votre père vous paraissait normal au téléphone quand il a annulé sa visite chez vous ?

— Je ne suis pas certaine de comprendre votre question. Que voulez-vous dire par « normal » ?

— Sa voix, son humeur. Y a-t-il eu quelque chose qui vous a paru inhabituel ?

Patty Lang prit un instant pour réfléchir, puis elle déclara :

— Ce n'est pas facile de répondre. Vous voyez, mademoiselle Sidle, j'ai parlé de nombreuses fois à mon père alors qu'il ne me semblait pas dans un état « normal ». Il pouvait être tout excité à propos d'un article qu'il écrivait, ou au contraire déprimé à propos d'une histoire qu'il venait de rater, ou d'avoir perdu ma mère. Et il n'était pas rare non plus qu'il m'appelle après avoir bu quelques cocktails de trop.

— Avait-il l'air d'avoir bu, cette fois-là ?

— Non. Non... pas exactement. Mais il était un peu... bizarre, maintenant que j'y pense. Un peu... coincé, même.

— Comme s'il avait été forcé à dire ce qu'il vous disait ?

— C'est une drôle de façon de... Vous croyez que le tueur était avec lui ?

Sara ne vit aucune raison de ne pas être franche avec elle.

— Nous pensons que la personne en question a vu que votre père s'apprêtait à partir en voyage, et qu'elle imaginait que vous l'attendiez.

— Et qu'elle l'aurait forcé à m'appeler pour annuler son voyage ?

— Oui.

— Mais, pourquoi ?

— Pour retarder la découverte de son corps, mademoiselle Lang. Pour nous rendre le travail plus difficile encore.

— Vous voulez dire que je me serais inquiétée de ne pas voir arriver papa, et que vous vous seriez lancés à sa recherche plus tôt que vous ne l'avez fait ?

— Oui.

— Mademoiselle Sidle, j'ai lu le livre de mon père à propos de ce... ce fumier. J'imagine bien comment il a souffert avant de mourir. Et je... et, maintenant, je ne peux m'empêcher de penser qu'il est en paix à présent. Et que vous allez piéger cette pourriture !

— Si quelqu'un peut arrêter CASt, c'est nous.

— Ce... c'est rassurant d'entendre ça. Mais... oh, mon Dieu ! Maintenant, je comprends...

Qu'est-ce que vous comprenez, mademoiselle Lang ?

Mais, éclatant en sanglots, la jeune femme fut incapable de parler.

Patiemment, Sara attendit qu'elle se calme.

Enfin, Patty articula :

— Quand il m'a dit au revoir…, à la fin de son coup de fil…, il m'a appelée Pat-Pat. Ce… c'était le surnom que j'avais quand j'étais petite. J'ai trouvé un peu bizarre qu'il m'appelle ainsi, après tout ce temps.

— Je vois.

— Vous voyez ? Il me disait au revoir… pour toujours.

Comme elle se mettait de nouveau à pleurer, Sara prononça quelques paroles de réconfort avant de raccrocher.

Assise à son bureau, son téléphone à l'oreille, Catherine Willows espérait ne pas tomber sur le répondeur de Brass.

Enfin, il décrocha et elle lâcha :

— C'est moi.

— Votre visite à Sundown, qu'est-ce que ça a donné ?

— On a découvert que Jerome Dayton ne fait plus partie des patients de cette charmante auberge.

— Quoi ?

— Depuis un bout de temps, déjà. Disons, sept ans.

Le long silence qui suivit indiqua à Catherine que le capitaine était loin d'être au courant.

Elle poursuivit :

— Il a suivi une thérapie et un traitement avant de revenir à la civilisation.

— Tant mieux pour lui, dit-il d'une voix glacée. J'imagine que c'est son père qui l'a fait sortir.

— Oui. Jerome a été relâché mais pour rester sous la garde de ses parents.

— J'aimerais dire que ça me surprend… Tom Dayton avait le bras long dans cette ville.

— Mais son père est mort, aujourd'hui. Jerome doit vivre avec sa mère, à présent.

— A moins qu'il ne nous la joue Norman Bates. Elle est morte il y a six ou sept mois. On en a parlé un peu dans les journaux. Ça ne vous dit rien ?

Catherine sentit comme un souffle glacé lui parcourir l'échine.

— Vous voulez dire que… qu'il n'est plus surveillé ?

— Il semble que non. Cath, ça veut dire que nous avons un suspect pour le copieur. Un sacré suspect…

— Peut-être. Ou peut-être faut-il remonter plus loin encore. Jim, il y a autre chose que vous devez savoir.

— Allez-y, je vous écoute, soupira-t-il.

— Depuis le premier jour où Dayton est entré à Sundown, il a obtenu des permissions de sortie, pour un jour ou un week-end, afin de voir sa famille.

— Bon sang ! Vous êtes en train de me dire qu'il était…

— Absent de Sundown le jour où a eu lieu le dernier crime de CASt, oui. Il était en ville quand Vincent Drake a été tué.

Silence au bout du fil. Pendant un instant, Catherine pensa que le capitaine avait raccroché, ou qu'il avait précipité son téléphone à l'autre bout de la pièce.

— Jim ? hasarda-t-elle.

— Je suis là.

— Est-ce que Dayton avait des frères, des sœurs ?

— Non. Il était fils unique.

— Alors, il a dû hériter de tout. De la maison de famille, par exemple.

— Elle se trouve sur Proud Eagle Lane, précisa aussitôt Brass.

Une trace de sourire se dessina sur le visage de Catherine.

— Et où diable se situe Proud Eagle Lane ?
— Près du golf de Canyons.
— Ah, je connais l'endroit. Un parcours de dix-huit trous là-bas coûte au moins une semaine de salaire à un CSI de base.
— Cath, imaginez un peu quelles maisons peuvent border un terrain de golf comme celui-ci.
— Jim, j'aimerais bien aller voir, justement.
— Bon. Dans ce cas, prenez Nick avec vous et retrouvez-moi là-bas. Mais n'apportez pas vos clubs ; ce n'est pas au golf qu'on va jouer.
— Un mandat de perquisition..., ça ne serait pas utile, aussi ?
— Il n'y a pas un juge dans le comté qui acceptera de nous écouter à ce sujet. Allons donc voir ce que notre Jerry Dayton fait de sa petite vie. Ça doit être dur pour un grand gamin comme lui d'avoir perdu sa mère et son père.
Catherine trouva Nick en train de discuter avec Greg Sanders dans son labo. Du pas de la porte, elle lui fit un petit signe, et il la rejoignit dans le corridor.
— J'ai du nouveau pour l'ADN, lui annonça-t-il en guise de bonjour.
— Alors ?
— Dallas Hanson n'est pas le copieur, et il n'est pas le CASt original non plus.
— Ça, on le savait.
— On le *supposait*. Greg vient de nous en donner la preuve.
Elle lui raconta alors sa conversation avec Brass.
— *Cool*, lui répliqua-t-il. Moi qui pensais devenir membre de ce club. Et peut-être m'acheter une maison d'où je pourrais sortir en me retrouvant directement sur les greens...
— Ça me semble un bon plan, Nick. Tu pourrais commencer comme caddy, déjà.

Ils échangèrent un sourire puis se dirigèrent d'un pas rapide vers le parking, non sans songer qu'ils étaient peut-être sur le point de mettre enfin le doigt sur quelque chose dans cette maudite affaire.

*
* *

La cabine du gardien qui contrôlait l'entrée du terrain de golf n'était pas aussi grande que le premier appartement de Catherine mais peut-être plus joliment aménagée. Le climatiseur ronronnait doucement, et l'homme qui sortit les accueillir portait un pantalon sombre au pli impeccable et une chemise parfaitement blanche, ornée d'un badge scintillant, sur laquelle n'apparaissait bien sûr aucune trace de transpiration. Grand, beau, athlétique, il ressemblait davantage à un professeur de golf qu'à un membre de la sécurité.

Si sa bouche souriait, son regard était froid et dur.

— Belle journée, n'est-ce pas ? Que puis-je faire pour vous ?

Nick lui montra ses pièces d'identité et lui présenta Catherine.

Comme à Sundown, le gardien demanda à voir d'autres papiers, et Nick se tourna vers la jeune femme qui, en riant, lui tendit sa carte.

— Tout est en ordre, leur répondit-il alors. Désolé d'être aussi strict mais nous avons des gens importants, ici ; des membres du club comme des résidents. Où devez-vous aller ?

Nick lui donna l'adresse de Jerome Dayton.

— Je vais devoir vous annoncer, leur répliqua-t-il.

A cet instant, Brass parut arriver de nulle part, debout près de la Tahoe, brandissant son badge et ses pièces d'identité.

— Vous n'en ferez rien, dit-il au gardien.

— Euh… capitaine Brass, j'ai bien peur d'y être obligé. C'est l'habitude ici, et…

— Ce n'est pas notre habitude, trancha-t-il.

Jetant un coup d'œil dans le rétroviseur, Catherine aperçut la Taurus de l'inspecteur garée à quelques mètres derrière eux.

— Monsieur, reprit l'autre, ce n'est pas seulement un club, ici, c'est aussi une copropriété, et nos résidents…

— Annoncez-nous et je reviens vous arrêter pour obstruction à une enquête policière. C'est assez clair ?

Hochant humblement la tête, il se retira dans sa cabine climatisée et leva la barrière avant de les laisser pénétrer dans l'enceinte du golf.

Tout ici sentait l'argent et l'opulence. Les maisons, le gazon, les voitures et même les boîtes aux lettres, tout était plus grand, plus beau, plus luxueux, plus tape-à-l'œil. Ils passèrent devant le club-house, où les voiturettes que louaient les golfeurs coûtaient à peu près aussi cher que l'auto de Catherine. Nick ralentit, laissa passer Brass puis suivit sa Taurus à travers le complexe sportif, jusqu'à ce qu'ils atteignent Proud Eagle Lane. Où Jerome Dayton possédait un véritable palais. Avec ses murs au crépi couleur corail, la villa se détachait légèrement de celles qui l'entouraient, plus petites et dont la façade avait plutôt une teinte sable.

Brass en tête, le trio s'avança vers la massive porte d'entrée. L'inspecteur qui, au cours de sa carrière, avait pourtant appris à réprimer toute sorte de colère et de frustration, se sentait en ce moment furieux contre lui-même, comme s'il était responsable de la remise en liberté de Jerry Dayton. Ignorant la sonnette, il frappa du poing contre le battant. N'obtenant aucune réponse, il tapa de nouveau. Derrière lui, il devinait la tension qui avait grimpé d'un cran chez Nick et Catherine.

Se demandaient-ils si, une fois encore, il allait perdre la face ?

Huit hommes étaient morts au cours des onze dernières années, et qu'avait pu faire Brass contre cela ? A l'époque, dix ans plus tôt, lui et Champlain auraient dû pouvoir coincer CASt. Et qu'avaient-ils fait, sinon saboter leur propre travail ?

Aujourd'hui, ce salopard courait encore dans la nature. Mais, enfin, Brass était là, à sa porte, prêt à mettre la main sur lui.

Il s'apprêtait à frapper une troisième fois quand le battant s'ouvrit brusquement devant lui, découvrant, appuyé contre le chambranle, un homme long et mince aux perçants yeux verts, au visage acéré auréolé de cheveux noirs, vêtu d'un jean noir et d'une chemise bleue ouverte jusqu'à la ceinture.

Jerome Dayton.

Malgré les années, peu de choses avaient changé chez lui. Son visage étroit restait pratiquement sans ride, sa chevelure avait gardé sa couleur ébène. La seule différence que Brass put noter était une boucle d'oreilles pendant à son lobe gauche, un D d'or incrusté de petits diamants.

Le regard dur et méprisant, Dayton lâcha :

— Brass…

— Ça fait un bout de temps, Jerry, répondit celui-ci sur un ton glacial.

— Comment avez-vous franchi l'entrée ? demanda-t-il en contemplant Nick et Catherine qui attendaient derrière l'inspecteur.

— Vous savez, Jerry, reprit Brass, je suis flatté que vous vous souveniez de moi. Votre avocat aimait nous tenir éloignés l'un de l'autre, d'après ce que je me rappelle.

— Qui sont les larbins, derrière vous ?

— Ce sont des enquêteurs de la police scientifique,

Catherine Willows et Nick Stokes. Je leur ai parlé de vous. On avait hâte d'avoir une petite conversation avec vous pour discuter… du bon vieux temps. Et de l'actuel, par la même occasion.

— Désolé, pas sans mon avocat, laissa-t-il tomber avant de faire mine de refermer la porte au nez du capitaine.

Mais Brass glissa un pied pour la bloquer et s'introduisit de force dans le vestibule. Avec un long soupir, les yeux à demi clos, Dayton ajouta alors :

— Et je crois que c'est précisément à mon avocat que je devrais parler… de harcèlement, si vous voyez ce que je veux dire.

Souriant, Brass lui rétorqua :

— Allons, Jerry, vous avez dû lire les journaux, regarder la télé. Vous savez certainement pourquoi nous sommes ici. Vous allez être bien obligé de nous parler un peu. On est en train d'éliminer les anciens noms de notre liste et vous pouvez…

— Les anciens *suspects*, vous voulez dire, articula-t-il sur un ton railleur. Vous pensez que je ne sais pas ce que vous voulez ? Vous êtes là pour CASt. Ça ne vous a pas suffi de me démolir la vie une fois ?

— Cette boucle d'oreille est jolie, Jerry. Je ne vous connaissais pas ce côté « colifichet ».

Le sourire sarcastique de Dayton s'accentua et ses lèvres s'entrouvrirent pour découvrir des dents de loup parfaitement blanches.

— C'était à ma mère – j'en ai fait faire cet anneau. En temps normal, je ne suis pas prétentieux…, vous le savez, capitaine. Mais j'aimais ma mère.

— Et votre père ?

— La conversation est terminée.

Catherine choisit cet instant pour s'avancer d'un pas et déclarer :

— Monsieur Dayton, les crimes pour lesquels on

vous soupçonne ne sont pas ceux pour lesquels nous enquêtons. Nous n'en avons pas après le vrai CASt. Beaucoup le croient mort, ou au moins loin de Las Vegas.

— Vraiment ? demanda-t-il, vaguement intéressé.

— Nous en avons après le nouveau tueur – le copieur.

— Oui, intervint Nick, le nouveau CASt, celui qui s'est amélioré.

— Mais, de toute évidence, reprit Catherine, il faudrait que nous revoyions les anciens dossiers. Par pure routine.

Brass comprit alors ce que la jeune femme et Nick avaient en tête : si Dayton était le vrai CASt, ils avaient l'art et la manière de l'aiguillonner.

Celui-ci considérait maintenant Catherine en se frottant pensivement le menton de la main droite… au dos de laquelle apparaissait un énorme hématome.

Avec un signe de tête dans sa direction, Brass déclara :

— C'est un joli badge violet que vous avez là, Jerry.

— Que je me suis fait en me coinçant la main dans la portière de ma voiture, répliqua-t-il avec un haussement d'épaules. Je suis distrait, parfois. Je fais des choses idiotes. Pas vous, capitaine ?

— Ça m'arrivait, oui. Mais, laissez-nous vous aider. Je vais demander à l'un de nos enquêteurs de prendre un cliché de votre patte. On se portera comme témoins, et vous pourrez l'utiliser contre votre fabriquant de voiture.

— Nul, grogna-t-il en secouant la tête. Vraiment nul. On a fini ?

— On pourrait avoir fini, dit Nick, si vous nous laissiez prendre un échantillon de votre ADN.

— Afin de vous innocenter une fois pour toutes, enchaîna Catherine.

— Mon nom n'aurait pas besoin d'être innocenté,

rétorqua-t-il en se tournant vers elle, si ce cher capitaine Brass n'avait pas fait de moi sa tête de Turc, quand j'étais encore un gamin sans défense. Ce crétin a harcelé ma famille tout au long de la première affaire CASt, et maintenant on dirait qu'il aimerait recommencer. Je suis presque content que mes parents ne soient plus là, pour qu'ils n'aient pas à souffrir cette humiliation une deuxième fois.

— A propos, reprit Brass, qui s'occupe de vous maintenant, Jerry ? Vous êtes encore sous traitement, j'imagine…

— Je suis un grand garçon, capitaine. Je sais prendre soin de moi et, oui, je suis sous traitement. Je le suis depuis que vous m'avez fait interner dans cette asile.

— Si vous vous sentez emprisonné, lui dit Catherine, pourquoi continuer à prendre ces médicaments ?

Le menton haut, il répondit :

— Je ne nie pas que j'ai certains problèmes médicaux. J'ai un déséquilibre chimique qui se manifeste à certaines occasions, et que vous, bandes de crétins, appelez maladie mentale. Mais c'est moi qui gère mon état, aujourd'hui.

— Un état qui est comment, d'après vous ? demanda Nick.

— Très bien. Tout va bien. Je prends mes médocs quand il faut, régulièrement ; j'ai même un petit semainier bourré des pilules que je dois prendre chaque jour, comme les vieux.

— Il n'y a pas de honte à ça.

— Qui a dit qu'il en avait honte ? interrogea-t-il en fixant sur Nick un regard dur.

— Oh là, on est un peu susceptible, on dirait, lâcha celui-ci en levant les mains.

L'air digne, Dayton répliqua :

— J'ai perdu mes deux parents. Ils n'ont jamais plus été les mêmes après l'affaire CASt. Je les ai vus mourir tous les deux, lentement, un processus qui avait en fait commencé bien avant qu'ils cessent de respirer.

Puis, se tournant vers Brass, il continua :

— Ça a commencé quand on a dû me mettre dans cet endroit, ce… cette *maison*. Eh bien, je vais vous dire quels progrès j'ai fait, capitaine, en luttant contre la maladie. C'était vous que je blâmais pour leur mort. Mais maintenant je sais… vous ne faisiez que votre boulot. Vous essayez de faire de votre mieux pour servir la société, même si vous étiez pour ça malavisé et mal informé. Mon psy a failli réussir à me convaincre que ce n'était pas votre faute.

— Alors, si je comprends bien, vous ne m'en voulez plus, Jerry ?

— Ouais… la thérapie n'est en fait qu'un lent processus.

— A propos, justement, quel est le nom de votre médecin ?

— Je n'ai pas à vous le dire.

— Un ordre du juge, Jerry, ça vous dirait ?

— Vous voulez un nom. Je vais vous donner un nom.

— Merci, fit Brass avec un sourire sec.

Sortant son carnet et un stylo, il se prépara à écrire.

— Carlisle Deams, dit-il alors. D-E-A-M-S. C'est mon avocat.

Brass rangea son carnet.

Avec un énorme sourire, Dayton déclara :

— Et je vous garantis, capitaine, qu'il sera au tribunal avant vous. Pendant que vous essaierez d'obtenir votre ordre du juge pour avoir mon ADN, mon avocat sera en train de faire une injonction pour vous empêcher de me harceler davantage.

— Quand et où avez-vous appris tout ça sur la système juridique, Jerry ?

— J'ai commencé à le potasser à Sundown. J'avais beaucoup de temps – et l'envie, aussi.

— Et si je faisais garer une voiture de police devant chez vous jusqu'à ce que nous obtenions cet ordre du juge ?

Un portable apparut soudain dans la main de Dayton. Il appuya sur une des touches et, pendant qu'il attendait, dit à Brass :

— Capitaine, vous me simplifiez bien trop la vie.

Faisant brusquement volte-face, l'inspecteur sortit du salon en se frayant un chemin entre une Catherine et un Nick quelque peu surpris. Qui le suivirent néanmoins sans mot dire.

Tout en redescendant l'allée, Brass entendit Dayton lancer au téléphone :

— Carlisle ? Ici Jerry Dayton.

Au bout d'un instant, il poursuivit :

— Bien, très bien. Je voulais juste vous rappeler pourquoi je vous gardais malgré les honoraires prohibitifs que vous pratiquez…

Brass, heureux d'avoir réussi à ne pas lui exploser la tête, rejoignit sa voiture et y grimpa à la hâte. A peine se fut-il installé au volant qu'il trouva Catherine et Nick près de la portière encore ouverte.

— Il n'a pas l'air trompeur, commenta ce dernier.

— Il est malin, ajouta la jeune femme.

— Je n'ai pas envie de parler de ça, déclara alors Brass. On reprendra cette conversation au labo, d'accord ?

Il mit le moteur en route et réprima difficilement l'envie de démarrer en trombe. A peine eut-il passé le premier pâté de maisons qu'il appela le centre et demanda qu'une voiture soit postée en permanence devant le domicile de Jerome Dayton.

Si celui-ci pensait que l'inspecteur plaisantait, il se fourrait le doigt dans l'œil…

*
* *

Warrick Brown trouva Sara et Grissom dans le bureau de celui-ci, en train de passer en revue des photos de la scène de crime de Perry Bell.

Se laissant tomber sur une chaise face à Grissom, il lâcha un soupir et dit :

— J'ai une bonne et une mauvaise nouvelle. Laquelle choisissez-vous en premier ?

— La bonne ?

— D'accord. On a enfin une concordance pour les empreintes relevées sur la clé du *Banner*.

— Elles appartiennent à Perry Bell.

— Co… comment le savez-vous ?

— Exactement comme je sais que la mauvaise nouvelle c'est qu'il n'y a aucune autre empreinte sur la carte.

Warrick se redressa d'un mouvement brusque. Lorsque Grissom agissait ainsi, cela le rendait fou – comme les autres membres du CSI, d'ailleurs.

— Greg vous a déjà fait son rapport ?

Pour toute réponse, il se contenta de hocher la tête.

C'était l'autre chose qui l'énervait au plus haut point : Grissom ne lui disait jamais comment il savait tout ce qu'il savait.

Warrick se leva, se dirigea vers la porte, se retourna et, pointant un doigt accusateur vers son boss, lui lança :

— Si vous continuer à *deviner*…

— Vous n'avez aucune raison de devenir méchant, repartit Grissom avec un demi-sourire.

Il rejoignit son labo pour se replonger aussitôt dans sa recherche d'empreintes. Son but était de savoir qui était qui, et où ils en étaient par rapport aux crimes. Et il voulait le savoir avant Grissom…

Warrick entra toutes les empreintes dans l'ordinateur et laissa le logiciel faire le tri dans les diverses concordances. Pendant qu'il attendait, il se mit à lire les rapports, commençant par celui que Greg lui avait envoyé et qui précisait que le sang séché dans la maison de Bell ne venait que de Bell lui-même.

Un autre rapport montrait que les cheveux synthétiques retrouvés sur Enrique Diaz correspondaient à la moumoute de Perry Bell. Si celui-ci était réellement le copieur – ce qui était fortement suggéré par la présence de ses ersatz de cheveux retrouvés sur le corps de Diaz et sa clé du *Banner* découverte sur la scène du crime – cela signifiait-il qu'ils n'étaient plus sur la piste que d'un seul tueur ?

CASt avait-il cherché à défendre sa réputation et à montrer au copieur qui était vraiment le méchant, ici ?

Warrick ne savait que penser.

Heureusement, il n'eut pas le temps de se prendre la tête avec toutes ces questions. Son téléphone sonna soudain et Grissom lui demanda de prendre sa mallette avec lui : un policier avait trouvé la voiture disparue de Perry Bell.

Le parking du Big Apple Casino, une tour de cinq étages, se cachait derrière le bâtiment principal, qui se trouvait au coin de Tropicana et de Las Vegas Boulevard. C'était l'endroit idéal pour y planquer un véhicule. Un policier qui faisait sa ronde l'avait remarqué, garé quasiment tout seul, au cinquième.

La Cadillac bleue se dissimulait dans un coin sombre du parking. Pendant que Grissom s'affairait sur le coffre, Sara s'occupa de la banquette arrière, et Warrick prit l'avant de la voiture.

Il trouva plusieurs cheveux logés dans les coutures de l'appuie-tête, qu'il saisit soigneusement avec une pince pour les glisser dans un sachet de papier. Il saupoudra le contact, le tableau de bord, le volant et la boîte à gants pour y relever des empreintes de doigts, aspira le plancher afin d'y récupérer jusqu'au moindre détritus, puis utilisa l'appareil électrostatique pour prendre les empreintes de pied sur les pédales de frein et d'accélérateur.

Lorsqu'il eut terminé, Warrick passa une nouvelle fois les banquettes en revue. Et, juste sur le bord externe du siège conducteur, il découvrit une tache marron, du diamètre d'un crayon.

D'abord, il la photographia puis gratta soigneusement ce qui semblait être du sang séché et le versa dans un sachet de plastique. Il se prit alors à espérer que ce sang n'était pas celui de Bell.

Quand il montra à Grissom ce qu'il avait trouvé, celui-ci lui répondit :

— Jolie trouvaille, Warrick.

Il sourit devant ce qui, de la part de Grissom, correspondait à une effusion enthousiaste, et lui dit :

— Je ne fais que mon job.

— Retournez au labo et continuez à travailler comme ça. Trouvez-nous quelque chose qui pourra nous aider à mettre la main sur le meurtrier de Perry Bell.

— C'est comme si c'était fait, Griss.

Tandis qu'ils rangeaient leur matériel dans la Tahoe, Sara le gratifia d'un sourire en coin et lâcha :

— Lèche-bottes.

Warrick ne put que lui répondre par un autre sourire.

9

De retour au QG du CSI, Warrick Brown tria les indices trouvés dans la voiture de Perry Bell, les envoya chacun dans le labo approprié puis se lança dans la comparaison des empreintes de pieds relevées sur les pédales avec celles qui avaient été découvertes dans le jardin de Marvin Sandred.

Sans résultat.

Il vérifia de nouveau les empreintes de pédales sur les chaussures de Bell.

Sans résultat.

Il compara les semelles de Bell avec les empreintes retrouvées dans le jardin de Sandred.

Sans résultat.

Moins on avance, se dit-il, *plus on avance*.

Grissom n'avait-il pas pour habitude de dire : *L'essence même d'un bon enquêteur, c'est la persévérance* ?

D'un autre côté, son boss n'était pas près d'accepter ce qui était connu comme le « faux raisonnement du joueur », cette espèce de précepte que Warrick avait choisi de suivre lorsqu'il s'était laissé emporter par son addiction au jeu : plus on ne gagnait pas, plus tôt on devait commencer.

Pour les joueurs, c'était une fausse idée, pour les membres du CSI, c'était une théorie.

Sara entra, brandissant un rapport dans sa main. Elle semblait tout excitée, ce qui, étant donné les heures supplémentaires qu'ils abattaient, tenait du miracle… ou de l'hystérie.

— J'ai les résultats des cheveux que tu as trouvés sur l'appuie-tête de la voiture de Bell, annonça-t-elle en venant s'asseoir près de Warrick.

— Ah, oui ? Raconte.

— Tous les cheveux sauf un correspondent à la moumoute de Bell.

— Et le petit démon qui reste ?

— Il appartient… à un étranger.

— Peut-être à notre tueur, donc ?

— On en saura plus quand Greg aura fini de l'examiner ; la racine y était encore attachée.

— Excellent.

— Il est en train de faire un test ADN pour le comparer à la tache de sang que tu as prélevée sur le siège.

— Qui correspond aussi à celui de notre tueur. C'est à peine croyable…, on a l'air d'aller enfin quelque part.

Remuant sur sa chaise, il ajouta :

— Sara, est-ce que Greg compare aussi cet ADN à celui retrouvé sur les premières scènes de crime de CASt ?

— Oui, mais il n'aura pas de résultat tout de suite.

Elle le gratifia d'un large sourire et dit :

— Pendant ce temps, je retourne à mes analyses. Je pensais juste que tout ça t'intéresserait…

— J'apprécie, Sara, répondit-il en sachant parfaitement combien il était facile de s'immerger dans son travail sans prendre le temps de faire part aux autres de ses découvertes.

Retournant à ses recherches, il entra dans le fichier AFIS les empreintes de la Cadillac. Pendant que le programme tournait, il passa voir Greg Sanders en se disant qu'un petit peu de pression ne faisait jamais de mal à personne.

Bien calé contre son dossier, les deux pieds sur la table, les écouteurs de son iPod vissés dans ses oreilles, Greg feuilletait tranquillement le magazine *Rolling Stone* étalé sur ses genoux.

Agitant les mains comme un sémaphore, Warrick parvint non sans mal à capter son attention. Le jeune homme lui sourit, rejeta sa revue au loin, posa les pieds sur le sol et ôta ses oreillettes comme à regret.

— Et tu veux lâcher tout ça pour aller sur le terrain avec nous ? lui demanda Warrick en secouant la tête.

Les bras croisés, se balançant sur sa chaise, Greg lui répondit :

— Je vais t'expliquer, Warrick : quand on excelle dans une profession et qu'on atteint le sommet de son art, on a besoin à un moment d'aller voir ailleurs, d'essayer autre chose. Tu sais, avant de se mettre à stagner…

— OK, lui dit-il en s'appuyant au comptoir. Alors, c'est ce que tu fais, en ce moment ? Tu stagnes ?

— Je travaille. Dur.

— Peut-être que tu devrais t'offrir une petite pause. Ce serait dommage d'en faire trop et de te blesser.

— Tu sais ce que je fais, en ce moment ? Tes tests ADN.

— Et qu'est-ce que tu as trouvé ?

— Rien, encore. La perfection, ça demande du temps.

— C'est ce que j'ai cru comprendre.

— La bécane est encore en train de reproduire les ADN.

— Bon, je repasserai dans une heure.

— Oui, ne te gêne pas. On échangera d'autres bons mots ensemble.

S'arrêtant sur le seuil, Warrick demanda :

— Deux heures, alors ?

— Ou demain, si tu préfères ; à la fin de ma période de boulot. Ça sera même encore un peu juste.

— Et qu'est-ce que tu aurais pour moi aujourd'hui ? interrogea Warrick avec un sourire dépourvu d'humour.

— Attends voir… Oui, la corde qui a étranglé Perry Bell est différente de celles qui ont été utilisées pour les deux meurtres précédents. Ça te va ?

— Oh, oui, je me sens tout ragaillardi, tout à coup. Différente… à quel point de vue ?

— D'abord, elle est plus vieille.

— *Plus vieille* ?

— Elle a bien une dizaine d'années. Même chose pour le rouge à lèvres : c'est la même marque, Ile De France, mais sa couleur c'est Limerick Rose, celle précisément que CASt utilisait au bon vieux temps.

— Je croyais que ce produit n'était plus sur le marché.

— Depuis au moins sept ans, oui, répliqua Greg. Notre copieur utilisait Bright Rose, lui ; un nouveau produit, mais d'une teinte semblable.

Les sourcils froncés, Warrick demanda :

— Tu es en train de me dire que ce rouge à lèvres qui a dix ans est toujours utilisable ?

— A condition de le garder dans son emballage et au frais, c'est possible.

— Pourquoi faire ça ?

— Pourquoi dénuder, torturer et étrangler un homme, lui couvrir la bouche de rouge et, pour finir, poser une cerise ADN sur le gâteau ?

— J'en ai une meilleure : pourquoi *deux* personnes feraient-elles ça ?

— C'est le genre de question à laquelle je ne peux pas répondre. Ce que je peux te dire, c'est ça : une vieille corde et un vieux rouge à lèvres… pour un meurtre récent. Tu penses que cet animal de CASt est de retour ?

Avec un haussement d'épaules, Warrick répondit :

— Ça y ressemble, en tout cas. Tu imagines un scénario où le copieur se servirait d'une vieille corde et d'un vieux rouge à lèvres ?

— Je n'imagine rien, je te dis ce qui ressort de mes analyses.

— OK, Greg, c'est génial. Je repasse dans… deux heures.

De retour dans le labo des empreintes, Warrick vérifia les résultats de la première série d'empreintes qu'il avait entrée dans l'ordinateur. Celles de Paquette, de Brower et de Mydalson se trouvaient, bien sûr, sur l'enveloppe du *Banner*. Les empreintes de Bell étaient aussi partout dans son domicile et sur la clé magnétique. Dans la maison de Diaz, en revanche, il n'y en avait aucune autre que les siennes propres, pas plus que chez Sandred, d'ailleurs. Et il n'y avait rien d'étonnant à cela.

Mais, c'est alors que Warrick crut se prendre une gifle en pleine figure.

Les empreintes relevées sur les sonnettes des deux maisons concordaient.

Et le plus choquant était que ces deux séries d'empreintes appartenaient à…

Warrick arracha la feuille de l'imprimante et se rua vers le bureau de Grissom. En chemin, il se demanda ce qu'il l'excitait le plus dans cette découverte : l'idée que l'enquête débouchait enfin sur quelque chose de concret ou le fait que, pour une fois, il avait à annoncer à son boss quelque chose qu'il ignorait encore.

Gil Grissom et Jim Brass étaient assis face à Paquette, dans la salle d'interrogatoire. Le costume gris du rédacteur paraissait froissé, tout autant que son propriétaire, d'ailleurs, dont les yeux rouges indiquaient que le sommeil était un luxe qu'il n'avait pas pu s'offrir depuis qu'il se trouvait en détention à titre de protection.

— Qu'est-ce qui vous fait croire que Perry n'a pas été victime du copieur ? demanda-t-il. Pourquoi accuser le vrai CASt du meurtre de Perry ?

Brass et Grissom échangèrent un regard. Le dernier hocha la tête et tendit un dossier à l'inspecteur, qui se leva et le donna à son tour à Paquette.

— Je sais que les photos de scène de crime sont une seconde nature pour un vieux reporter de la Crime comme vous, lui dit le capitaine, mais celles-ci sont plutôt moches. La première série concerne Sandred, l'autre concerne Diaz… et la troisième, c'est Perry Bell. Je sais que c'était un très bon ami…

Paquette ouvrit le dossier, se pencha sur les clichés et son visage blêmit à mesure qu'il les feuilletait. A la fin, il secoua la tête et articula :

— Perry… Oh, mon Dieu… Perry…

Il repoussa les documents vers Brass, qui les prit et retourna s'asseoir en face de lui.

— Je… je vois ce que vous voulez dire, fit alors Paquette. Les deux premiers sont… de toute évidence mis en scène. Le dernier… le dernier me semble bien trop fam… familier.

S'appuyant sur un coude, il se couvrit le visage d'une main. Puis se mit à pleurer.

Brass se leva de nouveau, poussa vers lui une boîte de Kleenex, et, avec Grissom, attendit quelques instants qu'il se ressaisisse.

Un moment plus tard, le rédacteur finit par demander :

— Qu'est-ce qui vous fait penser que ce… ce maniaque pourrait en avoir après moi, aussi ?

— Vous étiez le co-auteur du *Danger CASt*, lui dit

Grissom. Perry ayant été la première cible, son collaborateur peut logiquement constituer la seconde.

— Bien sûr, reprit Brass, il est possible que Perry ait été le copieur.

Les yeux de Paquette manquèrent de sortir de leurs orbites.

— Vous n'êtes pas sérieux, là ? Vous plaisantez, j'espère ?! Perry ? Perry Bell, le copieur ?!

— Perry était un bon journaliste avant d'avoir son heure de gloire, avec apparemment un problème d'alcool, déclara Grissom. Remettre CASt sur le tapis pouvait faire renaître sa gloire passée. Les gens désespérés font des choses désespérées.

— Gil, vous connaissiez Perry. C'était un très brave homme. Il n'avait juste pas l'esprit assez malade pour commettre ces deux premiers crimes.

— Vous savez, lui dit Brass, John Wayne Gacy rendait visite aux enfants dans les hôpitaux et faisait des numéros de clown devant eux pour les distraire.

— Pas Perry… Ce n'est pas possible !

— Dave, je penserais plutôt comme vous, et Gil aussi, je crois. Mais c'est tellement facile de penser ça.

— De penser quoi ? Qu'est-ce que vous voulez dire ?

— Je veux dire que le vrai CASt – voyant qu'un copieur lui vole la vedette – pourrait logiquement assumer que vous et Perry étiez responsables.

— Perry, le copieur ? Moi ?! Mais, pourquoi, bon sang ?!

— A l'exception d'une poignée de policiers, dit Grissom, vous et Perry en savez plus que n'importe qui sur les crimes originaux… dont le coup du doigt sectionné et le sperme dans le creux des reins.

Paquette n'eut rien à répondre à cela. Se frottant le menton, il demanda :

— Alors… vous pensez vraiment que je suis le prochain sur sa liste ?

Sans leur laisser le temps de répondre, Warrick se glissa dans la salle d'interrogatoire.

Malgré le regard sévère que lui jeta Grissom, il s'approcha, se pencha vers eux et soupira :

— Je sais, je sais…, désolé, mais ça ne peut pas attendre.

Il posa brièvement les yeux sur Paquette puis tendit le papier imprimé à son boss.

Grissom le lut rapidement puis le passa à Brass, qui le lut aussi vite. Pendant ce temps, Warrick choisit de disparaître.

— Parlez-moi de Mark Brower, dit soudain l'inspecteur à Paquette.

— Qu'est-ce que vous voulez que je vous dise sur Mark ?

— Est-ce qu'il a pu, d'une manière ou d'une autre, avoir accès aux détails qu'on n'a jamais révélés à la presse sur la première affaire ?

— Pas que je sache. Il n'était même pas là pendant le premier cycle des meurtres, ni même lorsque Perry et moi écrivions notre livre.

— Est-ce que Mark aurait pu s'arranger pour soutirer quelque chose à Perry… quand il n'allait pas bien, par exemple ? interrogea Grissom.

Paquette réfléchit un instant puis répondit :

— C'est possible. Perry a fait réimprimer le livre. On avait parlé de le revoir, ce qu'on n'a pas fait, finalement, parce que c'était une publication personnelle et que cela serait revenu très cher.

Grissom resta songeur un instant puis demanda :

— Alors Perry et Mark, quand il était question de revoir le livre, auraient pu discuter de certains détails dissimulés jusque-là à la presse ?

— Je n'en suis pas certain, Gil, mais c'est possible. Vous ne considérez pas Mark comme un suspect, maintenant ?

— Il ne faut rien négliger, Dave.

— C'est un de mes meilleurs employés. C'est un gars très réglo.

Un sourcil levé, Grissom lâcha :

— Vraiment ? Dans ce cas, comment expliquez-vous que ses empreintes aient atterri sur la sonnette de Marvin Sandred ?

— Et sur celle d'Enrique Diaz, ajouta Brass.

Paquette eut un sourire incrédule et souffla :

— C'est débile… Je n'en crois pas un mot.

— Lisez ça, lui dit l'inspecteur en faisant glisser le rapport devant lui.

La feuille entre ses deux mains, son expression passant de l'incrédulité à l'indignation, David Paquette dut se rendre à l'évidence : il y avait bien une concordance entre les empreintes sur les deux sonnettes et celles que Warrick avait relevées au *Banner*.

— Putain de salaud ! s'exclama-t-il en secouant le papier d'une main tremblante. Espèce d'enfoiré psychotique !

Grissom et Brass échangèrent un regard entendu : le rédacteur n'avait pas mis longtemps à changer d'opinion à propos de Brower.

— Qu'est-ce que vous en dites ? lui demanda doucement Brass.

— Qu'est-ce qui aurait pu pousser Mark Brower à copier CASt ?

— Vous voulez rire ? Ça me semble évident ! Mark s'est imaginé ressusciter CASt et faire porter le chapeau à Perry.

— Dans quel but ? interrogea le capitaine.

— Réfléchissez ! Il s'octroie aussitôt la chronique, et il se trouve en position idéale pour écrire la suite du bouquin… en tant que journaliste qui a travaillé aux côté de Perry Bell, le « copieur de CASt ».

Consterné, Grissom lui dit :

— Pour quelque chose d'aussi insignifiant que la gloire ? Brower irait jusqu'à de tels agissements ?

— Vous n'êtes pas naïf, Gil. Bien sûr qu'il le ferait.

L'air parfaitement dégoûté, Brass marmonna à l'adresse de Grissom :

— Pas étonnant que vous préfériez les insectes.

— Je… je préférerais rester en détention, si ça ne vous ennuie pas, articula alors Paquette.

— Comme vous voudrez, répondit l'inspecteur au moment où retentissait la sonnerie de son portable.

Il sortit alors de la pièce pour plus de tranquillité.

Le regard dans le vide, un sourire au coin des lèvres, Paquette secoua la tête avant de déclarer :

— Bell était à la fin de sa carrière, de sa vie. Pour Brower, c'est un tremplin, mais il faut aussi considérer le contexte : c'était un tout autre monde quand Perry et moi avons écrit *Le Danger CASt*. Aujourd'hui, il y a la télévision, le cinéma, le best-seller qui se profilent à l'horizon. Il aurait touché des royalties pour parler à la télé, il serait apparu dans des talk shows, il aurait même eu des chances d'atterrir chez Leno ou Letterman. Mark Brower… si son plan avait marché… serait devenu une star.

— Il peut toujours le devenir…, dit doucement Grissom, une fois qu'on l'aura arrêté.

— C'est bien vrai, admit le rédacteur. Regardez Richard Ramirez, David Berkowitz, Aileen Wuornos… Entre les films, les documentaires, les émissions télé, les livres, ils sont plus exposés que certaines grandes stars.

Grissom leva à ce moment-là les yeux pour voir revenir Brass, l'air plus irrité que jamais.

— Qu'est-ce qu'il y a ? lui demanda-t-il.

— Vous voulez des nouvelles de Dayton ? Pfff, envolé ! J'avais pourtant fait placer une voiture de surveillance devant son domicile. Eh bien, ils ont trouvé le moyen de perdre sa trace. Ils l'ont pourtant suivi quand il est sorti de chez lui, mais ils ont été stoppés trop longtemps à la sortie de la résidence, et notre gus en a profité pour se volatiliser. Merde !

Croisant les bras, Paquette se mit à fixer la table.

Quelque chose chez lui, dans son attitude – le désir de se rendre invisible, peut-être – intriguait Brass. Se tournant vers lui, il lui lança :

— Vous saviez qu'il était dehors ! N'est-ce pas, Dave ?

Paquette haussa les épaules, regarda ses mains.

— Vous le saviez, bon sang ! hurla l'inspecteur, sa voix résonnant contre les quatre murs.

— D'accord, je le savais ! Oui, je le savais !

Un long soupir s'échappa de la gorge de Brass puis il demanda :

— Perry Bell savait-il qu'un important suspect dans l'affaire CASt se baladait dans la nature ?

— Non.

— Et Brower ?

— Pas à ma connaissance. Mais, qui sait, avec ce fumier… ?

— Depuis combien de temps saviez-vous que Dayton était dehors ?

La tête entre les mains, Paquette répondit :

— Je le savais…, je l'ai su peu de temps après sa sortie. Au bout d'un mois, peut-être.

— Cela fait sept ans que vous le savez, dit Grissom.

— Oui.

— Et il ne vous est pas venu à l'idée de nous en informer ?

— Je ne voyais pas en quoi ça vous concernait.

Brass plaqua violemment les mains sur la table, faisant bondir Paquette sur sa chaise.

— Alors que les meurtres avaient recommencé ?!

— On pensait tous qu'il s'agissait d'un copieur.

Ecoutez, les meurtres avaient cessé, Dayton était sorti de cet asile, et rien ne s'était passé. De toute façon, vous vous rappelez notre livre. Vous l'avez lu, n'est-ce pas ?

— Je viens de le relire, déclara Grissom. Vous ne pensiez pas alors que Dayton faisait un bon suspect. Vous lui avez consacré un chapitre entier, en expliquant comment la police s'était lancée sur une fausse piste avec lui.

S'appuyant sur ses mains, Brass lâcha :

— Oh, Dave, j'ai failli oublier : vous avez dit que Vince et moi, nous étions sur le… Quelle était la phrase ? Sur le point de persécuter Jerome Dayton, un innocent affligé de problèmes psychiques.

Le visage soudain rouge, Paquette se redressa.

— Bon sang, Brass, Dayton était innocent ! Vous le savez. Il était déjà enfermé à Sundown quand Drake s'est fait tuer.

— Vraiment, Dave ? articula le capitaine avec un sourire démoniaque. Vous, les journalistes d'investigation, vous fouillez partout, normalement. Mais, là, vous avez oublié un petit détail. Un tout petit détail ! *Jerome Dayton profitait d'une sortie autorisée, le week-end où Drake a été tué.*

— Quoi ? Oh, non ! Mon Dieu, non !

— Mon Dieu, si, Dave.

Tremblant à présent, Paquette se tassa sur sa chaise et dit :

— Jim, il faut me croire, je pensais qu'il était innocent.

Brass préféra ne rien répondre.

— Où est Brower, en ce moment, Dave ? lui demanda alors Grissom. Au boulot ?

Le rédacteur soupira puis répliqua :

— Normalement, oui. Mais, s'il travaille sur un article, il peut se trouver n'importe où.

— En train de rapporter des infos ou de les fabriquer ? interrogea Brass non sans sarcasme.

Quelques minutes plus tard, l'inspecteur replaçait David Paquette en détention à titre de protection.

Comme lui et Grissom longeaient le corridor, Brass sortit son portable et fit appeler l'inspecteur Sam Vega afin qu'il tente de localiser Brower au *Banner*. Puis il demanda deux voitures de police.

— Vous allez chercher Brower ? lui dit Grissom.

— Je vais essayer. Si c'est lui notre copieur, le CSI peut aller faire un tour du côté de sa maison. Vous voulez appeler Sara et Warrick pour qu'ils nous accompagnent ?

— Je m'en ferai un plaisir.

Mark Brower habitait à Paradise, sur Boca Grande, tout près de Hacienda Avenue. *Boca Grande*..., songea Brass. La « Grande Bouche »... Qui pouvait bien donner un tel nom à une rue ?

De l'extérieur, la maisonnette paraissait vide avec sa porte fermée et ses rideaux tirés. Le carré de gazon n'avait visiblement pas été tondu depuis plusieurs semaines et avait eu le temps de griller au soleil.

Brass bloqua la sortie de l'allée avec sa Taurus, pendant que Warrick rangeait la Tahoe le long du trottoir. Accompagné de Grissom, il rejoignit l'inspecteur près de son véhicule. Les deux voitures de police étaient garées un peu plus loin, et des policiers en tenue attendaient les ordres de l'inspecteur.

— Faites le tour par-derrière, leur dit celui-ci au moment précis où son téléphone sonnait.

— Brass... marmonna-t-il.

— Ici Vega. Brower n'est pas au journal, et personne ne l'a vu depuis l'heure du déjeuner, hier.

Brass ne put réprimer un juron.

— Très bien, Sam, merci. Espérons qu'il est dans la maison.

Il raccrocha et raconta sa conversation aux autres.

— On a donc une chance ici, commenta Warrick.

Les deux policiers – Carl Carrack et un autre, Ray Jalisco – étant partis chacun d'un côté du bungalow, Jalisco lança dans son talkie-walkie qu'il n'avait aperçu aucune voiture dans le garage.

Brass hocha la tête et attendit que les deux hommes se rendent derrière la maison et fassent leur rapport avant que lui, Warrick, Sara et Grissom n'approchent à leur tour le domicile de Brower.

Sara et Grissom se placèrent près du garage pour servir de couverture, pendant que Brass et Warrick se dirigeaient vers l'entrée, pour se poster de chaque côté de la porte.

Une fois en place, Brass frappa avec force et cria :

— Mark Brower, ouvrez ! Police !

Seul un lourd silence lui répondit.

— Qu'est-ce que ça donne ? demanda alors l'inspecteur dans son talkie.

Aussitôt la voix de Carrack résonna :

— Rien, capitaine. Il n'y a que des herbes folles, ici.

De nouveau, Brass frappa à la porte.

Ils attendirent.

Rien ne se passa.

D'un signe de tête en direction de la porte, Warrick indiqua à Brass qu'il allait essayer la poignée.

L'inspecteur acquiesça et, son pistolet entre les deux mains, en dirigea le canon vers le ciel. Penché en avant, son arme dans la main gauche, Warrick posa la main droite sur la poignée.

A leur grande surprise, ils constatèrent que la porte n'était pas verrouillée.

Warrick y donna un coup d'épaule et elle s'ouvrit

devant Brass, qui entra dans la maison en abaissant son arme au niveau de la poitrine, les deux bras à l'horizontale, les mains toujours bien serrées autour de la crosse.

Malgré l'obscurité de la pièce – seule une faible lueur pénétrait par la porte ouverte et des rideaux fermés –, Brass vit tout de suite qu'il y régnait une pagaille particulière.

Bon sang, songea-t-il, *une autre scène de crime*...

Arrivé à la suite de l'inspecteur, Warrick se ravisa au dernier moment avant d'allumer le plafonnier, évitant ainsi juste à temps de poser les doigts sur l'interrupteur et d'y laisser ses empreintes.

La lumière soudaine révéla une petite pièce au sol jonché de magazines, dont les meubles étaient retournés ou brisés, sans parler du poste de télévision qui gisait à terre, son tube fracassé et son écran en mille miettes.

Brass eut beau tendre l'oreille, il n'entendit pas le moindre son. Le salon conduisait directement à une salle à manger, où trois des quatre chaises étaient sens dessus dessous, la quatrième étant réduite en éclats de bois après avoir sans doute servi d'arme de défense. En silence, pistolet au poing, l'inspecteur et l'enquêteur traversèrent la pièce pour se retrouver dans un petit couloir qui partait sur la gauche et devant une porte qui menait à la cuisine.

Ils essayèrent de ne contaminer aucun indice, mais leur première priorité restait de trouver Brower et de le mettre en détention. Faisant signe à Warrick de le suivre en surveillant le corridor, Brass s'avança vers la cuisine.

La pièce, éclairée par la lumière qui filtrait de la fenêtre au-dessus de l'évier, était dans un état encore pire que le salon. C'était comme si une tornade était passée par là, emportant tout sur son passage. Brass nota également des taches ici et là sur le carrelage et sur le comptoir, témoignant davantage d'une bagarre que d'un doigt sectionné. Et il n'était pas difficile non plus de repérer l'odeur de nourriture avariée provenant du réfrigérateur resté entrouvert.

A la droite du capitaine se trouvait une porte fermée, sans doute celle du garage. Jalisco ayant déjà remarqué par la lucarne extérieure que celui-ci était vide, Brass alla d'abord jeter un coup d'œil dans la pièce sur sa gauche, à l'entrée du couloir, qui était probablement la chambre à coucher.

Warrick derrière lui, il tourna lentement la poignée et découvrit une chambre bien rangée, meublée d'un lit simple et d'un bureau où trônait un ordinateur. Il vérifia l'intérieur du placard, pour n'y trouver que quelques vêtements et une boîte de papier à imprimante.

— C'est OK, lança-t-il à Warrick avant de le rejoindre dans le corridor.

Ils continuèrent avec le garage, qu'ils trouvèrent tout aussi désert que le reste de la maison. Puis ils visitèrent deux autres chambres donnant sur le couloir, la salle de bains et tous les placards. Mark Brower ne se trouvait pas ici, mais il était évident qu'une personne – peut-être même deux – était passée par là.

Dès qu'ils furent ressortis, Brass rejoignit Grissom et lui annonça :

— Il y a eu une sacrée bagarre ici, mais il n'y a plus un chat à l'intérieur. Et, d'après l'odeur qui règne dans la cuisine, ça fait un bout de temps que la maison est vide.

— Vous pensez que CASt aurait découvert que Brower était le copieur ? demanda Warrick.

— Je ne sais pas, mais il y a eu quelque chose ici. Ou alors, ce type est encore pire que moi, pour le ménage. On va continuer à le chercher. Quant à sa voiture qui a disparu, je vais faire lancer un avis de recherche.

Se tournant vers Warrick et Sara, Grissom leur dit :

— Maintenant qu'on est ici, on va examiner les lieux. Il y a peut-être quelque chose d'intéressant à trouver. Sara, vous prenez les chambres et la salle de bains, et Warrick, vous vous occupez de la salle à manger et du salon. Je viendrai vous donner un coup de main dès que j'aurai fini dans la cuisine.

Brass retourna à sa voiture tandis que Grissom sortait son matériel de la Tahoe. Comme les trois criminalistes s'avançaient vers la maison, Gil déclara :

— Warrick, puisque vous êtes déjà entré dans la maison, retournez-y et ouvrez-moi la porte du garage pour que je puisse entrer dans la cuisine par là.

— Entendu.

Assez de pieds avaient déjà laissé leurs empreintes sur la scène de crime, et Sara n'avait d'autre choix que de pénétrer dans la maison par la porte d'entrée. Quant à Grissom, puisqu'il pouvait éviter ce chemin, autant profiter de l'occasion que lui offrait le passage par le garage.

Quelques instants plus tard, le portail se levait lentement, et Grissom se glissa à l'intérieur. L'endroit était propre et rangé, une bicyclette pendant à l'envers contre le mur de droite, un petit établi apparaissait dans le fond, près d'une tondeuse et d'une poubelle. Une tache d'huile assez fraîche de la taille d'une balle de tennis marquait le ciment où devait habituellement se trouver une voiture.

Rejoignant la cuisine, Grissom eut tout loisir de découvrir le chaos qui régnait dans la pièce.

Une table juste assez grande pour accueillir deux personne avait été repoussée dans le coin, tandis qu'une chaise était à terre et qu'une autre gisait en morceaux près du frigo entrouvert. Des flacons à épices étaient éparpillés sur le comptoir et sur le sol, et un petit pot de gelée rouge avait étalé son contenu sur le carrelage.

Un carrelage qui fournissait à Grissom une excellente opportunité d'empreintes. Pour cela, il sortit de sa mallette son appareil électrostatique, déroula cinq longues feuilles de mylar qu'il plaça sur le sol les unes à la suite des autres et y appliqua les deux fils électriques.

Ensuite, il photographia la pièce sous des angles différents puis, agenouillé par terre, examina un à un tous les objets qui avaient atterri sur le sol pendant la bagarre. Il emballa des débris de verre qui pouvaient contenir des empreintes, fit de même avec des morceaux de meubles cassés ainsi qu'avec le grille-pain. Il préleva des échantillons de sang, récupéra soigneusement des fibres de tissu et toutes sortes de poudres qui n'étaient sans doute que des épices échappées de leur flacon.

Quand il eut terminé, Grissom jeta un coup d'œil alentour. Il avait passé en revue le sol, le comptoir, la petite table et les chaises, et avait même regardé dans les placards, en relevant toutes les empreintes possibles. Il était prêt à quitter les lieux lorsqu'il avisa le double évier en se demandant s'il l'avait bien regardé. Il se souvint alors qu'à cet endroit il s'était plutôt concentré sur le comptoir et les taches de sang qui s'y trouvaient, en espérant que des empreintes s'y mêlaient.

Sortant sa lampe de poche, Grissom retourna donc vers l'évier. Le fond de la partie gauche, celle où se trouvait le broyeur, était fermé par un bouchon de caoutchouc. L'autre moitié contenait un bol de nouilles spécial micro-ondes dont la soupe avait manifestement coulé de l'égouttoir attenant. Quant au panier à légumes, il avait valsé à travers la pièce, après avoir sans doute servi de projectile. Grissom l'avait d'ailleurs déjà emballé comme indice pouvant lui aussi contenir des empreintes.

Examinant les restes de soupe qui avaient atterri au fond de l'évier, il crut distinguer quelque chose de brillant. Après avoir soigneusement repoussé les nouilles de côté, il éclaira l'objet puis le saisit délicatement avec une pince.

Alors qu'il l'approchait de ses yeux, il constata qu'il s'agissait d'un petit D incrusté de minuscules diamants. En le retournant, il aperçut au dos la trace d'une attache qui, visiblement, s'était cassée, et en conclut qu'il s'agissait sans doute d'une boucle d'oreille. Et, dans ce cas, on pouvait se demander pourquoi Brower possédait une boucle d'oreille en forme de D.

Après avoir emballé l'objet, Grissom le plaça bien au chaud dans sa mallette. Jerome Dayton faisait peut-être un très bon client pour ce « D », mais celui-ci n'avait absolument rien d'un bijou masculin.

Il verrait cela plus tard avec Brass. Car, pour le moment, Sara et Warrick avaient besoin d'aide pour examiner le reste de la maison.

10

Devant le domicile de Mark Brower, Jim Brass faisait les cents pas.

Pour la première fois dans une affaire qui remontait au début de sa carrière à Las Vegas, il sentait qu'il apercevait le bout du tunnel. La maison de Brower n'avait rien donné en ce sens qu'on n'y avait trouvé ni le copieur ni le vrai CASt. Mais les signes de lutte indiquaient que tous deux avaient été présents.

CASt allait-il encore une fois se volatiliser ? Cette affaire allait-elle encore occuper au capitaine dix ans de sa vie ? Chaque fois qu'il croyait s'en approcher, le tapis semblait être tiré loin de lui…

Jim Brass arpentait donc le trottoir devant la maison du suspect, à la fois contrarié et heureux, frustré et satisfait, anxieux et plein d'espoir. Mais, tandis que les criminalistes rangeaient leur matériel, il cessa soudain de faire les cents pas et se planta devant leur 4×4.

— Vous connaissez Brower, lui dit Grissom en s'approchant, un sachet à la main. A-t-il quelqu'un dans sa vie dont le nom commencerait pas un D ? Quelqu'un qui pourrait porter ceci ?

Brass considéra l'objet : la boucle d'oreille scintillante était cassée, mais il la reconnut tout de suite.

— Les seuls noms qui me viennent à l'esprit dans le contexte CASt sont David Paquette et Jerome Dayton.

Mais ça me semble plutôt être une babiole de femme, non ?

— Ça l'était, précisa Brass. Il appartenait à la mère de Dayton – son fils l'avait fait transformer en pendant d'oreille... – et je l'ai vu le porter, pas plus tard qu'*aujourd'hui*.

Ils échangèrent un regard amusé puis se séparèrent. Grissom referma la hayon arrière de la Tahoe, et Brass cria à Carrack et Jalisco de le suivre, ne laissant derrière lui qu'une voiture de police pour surveiller la scène de crime.

— On y va, annonça Gil à Warrick et Sara. CASt est peut-être en train de jouer le dernier acte de sa pièce !

La parade des véhicules – Brass en tête – traversa la ville toutes sirènes hurlantes. Après avoir appelé du renfort par radio, il se lança à toute vitesse sur la I-515 en direction du nord.

A la hauteur de Pecos Road et de Stewart, l'autoroute tournait vers l'ouest, et Brass se fraya un chemin à travers le trafic pour atteindre le domicile de Dayton. Quelques minutes plus tard, deux voitures de police avaient rejoint le cortège de véhicules et suivaient de près la Tahoe du CSI.

Arrivés à l'entrée du golf de Canyons, ils n'eurent pas à attendre car le garde, entendant les sirènes, avait eu le réflexe de lever la barrière avant qu'ils ne l'enfoncent.

Comme ils approchaient de la partie résidentielle du club, Brass coupa la sirène et, quelques instants plus tard, arrêta la Taurus devant le palais de Dayton. La porte du double garage était close mais un 4×4 noir qu'ils connaissaient bien se trouvait garé devant l'allée de gravier.

Tandis que le capitaine courait à travers la pelouse qui bordait l'immense maison, Sara et Warrick dégringolèrent sans attendre de la Tahoe et le suivirent.

Grissom descendit à son tour et se dirigea d'un pas pressé vers la porte d'entrée. Catherine et Nick, qui se trouvaient déjà sous la véranda, se retournèrent, surpris, en les voyant arriver.

Se ruant sur les marches, Brass stoppa net et les regarda d'un air stupéfait en pensant qu'ils avaient entendu son appel radio.

— Comment avez-vous fait pour être là si vite ?

— On ne savait pas que vous arriviez, répondit Catherine en haussant des sourcils étonnés. On a un mandat pour récolter un échantillon de l'ADN de Dayton.

— Vous avez un mandat ? demanda Brass, interloqué.

— Oui, du juge Landry.

Secouant la tête, Brass marmonna :

— Tout ce qu'on a obtenu, nous, c'était une main avec un hématome…

— Et la nouvelle que Dayton bénéficiait d'un week-end de sortie quand Vincent Drake a été tué !

Nick déclara alors :

— Les parents de Dayton s'arrangeaient pour que le juge ferme les yeux, vous voyez. Et l'avocat de la famille, Carlisle Deams, était de la partie, aussi.

— Ils allaient se gêner…, ironisa Brass avec un sourire amer.

— Je tambourine et je sonne depuis un bout de temps, reprit Nick en indiquant la double porte de chêne, mais je n'ai aucune réponse. Notre gus n'a pas l'air d'être chez lui. Qu'est-ce qui vous a amenés ici ?

— On a trouvé des traces de bagarre chez Brower, et Grissom, en examinant la scène, a découvert la boucle d'oreille de Dayton.

— Quoi, le D en diamants ? demanda Catherine.

— Exactement, répondit Brass.

Nick sonna de nouveau mais n'obtint pas plus de résultats. Pendant qu'ils attendaient, l'inspecteur demanda à Carrack et à Jalisco d'aller chercher le bélier.

De la rue, Grissom lança :

— Des traces d'huile fraîches, ici ! On dirait que la voiture de Mark Brower n'a pas encore été réparée.

Carrack et Jalisco heurtèrent les portes avec le bélier à l'endroit où elles se rencontraient, les faisant voler en éclats dans un craquement aussi sinistre que satisfaisant.

S'approchant alors de l'entrée, Grissom déclara :

— Tout le monde met des gants – on a peut-être une scène de crime. Pas question de compromettre tout ce qui pourrait aider à coincer un tueur en série.

— Entendu, répliqua Brass avant de dégainer son pistolet.

Puis, gantés et armés – Gil Grissom comme les autres, malgré sa haine des armes à feu –, ils pénétrèrent l'un après l'autre dans la maison de Dayton.

Au-delà d'un vestibule étonnement petit pour la taille de la bâtisse apparaissait un immense salon luxueusement décoré de blanc. Un large passage sur la droite menait à la cuisine tandis qu'un couloir sur la gauche donnait sur deux escaliers, l'un montant, l'autre descendant. Une porte, au fond, menait de toute évidence vers le garage attenant, et, au bout du corridor, une autre ouvrait sur une salle de bains aussi grande qu'une chambre à coucher, un deuxième couloir démarrant ensuite sur la droite.

Sara et Nick se dirigèrent vers la cuisine. Jalisco et Catherine montèrent au premier étage. Warrick et Carrack se partagèrent le salon, laissant Brass et Grissom prendre l'escalier conduisant à la cave.

*
* *

Sara sur ses talons, Nick entra dans la cuisine en brandissant son arme devant lui.

L'endroit était vide et semblait soigneusement nettoyé. Avec tous ces chromes et ces cuivres qui scintillaient autour d'eux, cela ressemblait davantage à une salle d'opération qu'à une cuisine, ce qui arracha un frisson à Sara.

Un passe-plat sur la gauche donnait sur la salle à manger voisine, et un peu plus loin, une porte ouvrait sur cette même pièce.

La seule chose qui détonnait dans cet ensemble quasi parfait était une serviette teintée de rouge dans l'évier. Sara entendait Nick respirer par à-coups devant elle, la tension le gagnant peu à peu.

— Du sang ? souffla-t-elle en indiquant la serviette.

— Peut-être, répliqua-t-il à voix basse.

Puis, dans sa radio, il ajouta :

— La cuisine est OK.

Rebroussant chemin, ils retraversèrent l'entrée et se dirigèrent vers la porte du garage.

A l'étage, Jalisco se glissa dans une chambre, sur la gauche, tandis que Catherine Willows surveillait les deux portes sur la droite – pas question de se laisser surprendre par un tueur en série à demi fou.

Ou existait-il des tueurs en série qui ne soient pas fous ?

— Une chambre d'amis, annonça Jalisco. Rien à signaler.

Catherine traversa le palier pour atteindre la première pièce sur la droite. Elle avait le cœur battant mais les deux mains bien serrées autour de la crosse de son pistolet. Elle était toujours un peu nerveuse dans ce genre de circonstance, mais jamais effrayée. Plus d'une fois elle avait ouvert le feu lors de son travail au sein de l'équipe de nuit, et elle avait plusieurs meurtres à son actif (ce qu'elle n'aimait guère se rappeler, d'ailleurs). Bien entraînée, elle se sentait totalement en confiance, même si, comme tout policier dans une telle situation, elle n'avait en général aucune idée de ce qui l'attendait de l'autre côté d'un mur ou d'une porte…

Une porte qui, en ce moment, était entrouverte devant elle.

Elle entra sans hésiter et pointa rapidement son arme dans toutes les directions de la pièce.

Tout était blanc et luxueux – les murs, les serviettes, les équipements, le tapis de bain – mais rien dans cette ambiance ouatée ne semblait détonner. Elle repoussa le rideau de douche pour s'assurer qu'il n'y avait personne dans la baignoire, puis cria à Jalisco :

— Salle de bains OK !

La dernière pièce à l'étage, une autre chambre, avait été transformée en bureau. Une grande table en L surmontée d'un ordinateur en occupait quasiment la moitié. Jalisco, qui avait rejoint Catherine se chargea de vérifier le placard pendant que la jeune femme faisait le tour de la pièce. Les murs étaient nus et blancs, le bureau du même gris pâle que l'ordinateur, et les choses ici semblaient n'être pratiquement jamais utilisées. Quelques livres et un dictionnaire étaient proprement alignés sur une étagère, sous laquelle trônait un paquet de papier à imprimante. L'atmosphère était vaguement impersonnelle, institutionnelle, même, comme si Dayton s'était tellement imprégné de l'ambiance de Sundown qu'il l'avait emmenée avec lui dans sa maison.

Emergeant du placard, Jalisco lança :

— C'est clair aussi ici !

Puis il appuya sur le bouton de son talkie et annonça :

— C'est clair, au premier.

Leur arme au poing, les deux bras tendus en avant, Warrick Brown et Carrack tournoyaient comme des danseurs autour du grand salon surmonté de son plafond cathédrale.

Warrick découvrit une salle à manger sur la droite, et, sur la gauche, Carrack remarqua une cheminée qui, au lieu d'être fermée à l'arrière, ouvrait sur une chambre à coucher. Se déplaçant de côté, le long d'un imposant canapé de cuir blanc, Warrick fut heureux de constater que l'endroit était vide.

Tout était blanc autour de lui – la moquette, les meubles, le papier peint, le plafond. Seuls l'écran plasma fixé au mur et l'étagère abritant l'équipement stéréo apportaient une touche sombre à la pièce.

L'espèce de vide qui l'entourait glaçait littéralement Warrick. La famille Dayton avait-elle vraiment vécu dans cette atmosphère étrange et froide ? Ou – comme le lui disait son instinct – Jerome avait-il réarrangé les lieux après la mort de ses parents, pour faire de cette maison son palais personnel ?

C'est alors que Warrick remarqua qu'il manquait quelque chose d'important ici : des photos de famille. Nulle part, que ce soit dans l'entrée ou dans le salon, il n'y avait le portrait de ce père et de cette mère qui avaient élevé leur unique enfant.

Cette pièce avait en somme moins de personnalité qu'une chambre d'hôtel.

Ou Jerome Dayton lui-même n'avait aucune personnalité, où il la gardait secrète… même chez lui.

— Tout est clair, annonça Carrack.

Les deux hommes continuèrent leur visite des lieux.

Brass descendit les marches à une vitesse surprenante, que Grissom eut du mal à suivre.

L'escalier débouchait sur un petit espace avec des

portes sur la droite et sur la gauche. L'inspecteur tourna l'une des poignées et ils se retrouvèrent dans une salle de jeux à l'épaisse moquette marron et aux éléments de bois alignés sous une fenêtre qui donnait sur le jardin de derrière.

Un poste de télévision trônait sur un meuble, tandis qu'en face se dressait une étagère remplie de livres de poche. Au fond apparaissait une autre porte. Fermée.

Ouf, songea Brass, *cette maison a plus de pièces que certains hôtels sur le Strip…*

Et chacune d'elles devait être vérifiée.

***

Sara ouvrit la porte donnant sur le garage et appuya sur l'interrupteur d'un coup de poignet – une habitude chez elle pour préserver les empreintes.

Deux voitures étaient garées à l'intérieur : une Lexus blanche dernier modèle, et une vieille Dodge bleue si poussiéreuse qu'elle en paraissait délavée. Suivie de Nick, la jeune femme fit le tour des deux véhicules et, ensemble, ils s'assurèrent que personne ne se cachait derrière les divers cartons, la poubelle ou sous le double établi adossé au mur.

Pour finir, Nick s'agenouilla et regarda sous la Dodge.

— Fuite d'huile, c'est tout, annonça-t-il.

Il se redressa et ouvrit la porte passager avant de lancer :

— Les clés sont sur le contact.

Puis il ouvrit la boîte à gants, en sortit les papiers du véhicule et lut à voix haute :

— Mark Brower.

Sara appuya sur le bouton de son talkie et déclara :

— Le garage est clair. On a la voiture de Brower, une Dodge crasseuse.

Brass hocha la tête en entendant la voix de Sara dans sa radio.

Il regarda derrière lui pour s'assurer que Grissom l'avait suivi dans la salle de jeux, puis il se dirigea vers la porte située au fond de la pièce, inspira profondément, brandit son pistolet devant lui et tourna la poignée.

Arrivés au bout du couloir, Warrick et Carrack entrèrent dans la chambre qui était visible de l'autre côté de la cheminée.

Personne ne s'y trouvait, du moins au premier coup d'œil.

C'était, de toute évidence, la chambre parentale, où l'on retrouvait, comme dans les autres pièces, une décoration d'un blanc immaculé, avec une commode, un bureau et un lit à baldaquin.

Carrack alla visiter le dressing géant pendant que Warrick pénétrait dans une gigantesque salle de bains. Il ne lui fallut pas longtemps pour trouver une serviette teintée de rose dans le bac à douche. Il n'eut pas besoin d'attendre les résultats du labo pour savoir qu'il avait affaire à des taches de sang.

— Warrick ! appela alors Carrack du dressing.

Il s'approcha et vit le policier lui indiquer une pile de vêtements près du panier à linge : un jean avec plusieurs éclaboussures brunes sur les jambes, et un T-shirt bleu avec une tache sombre sur le devant, qui, comme les autres, avait l'air d'être du sang.

Dans son talkie, Carrack lança :

— La chambre est vérifiée !

Après lui, Warrick demanda dans sa radio :

— Griss, on a des habits tachés de sang, ici. Compris ?

— Compris, répondit la voix de Grissom.

Dans la cave, suite à l'annonce de Warrick à propos des vêtements pleins de sang, Brass éteignit son talkie.

Même s'il aimait un échange continu d'informations entre les différentes équipes, il ne voulait pas non plus que ces dialogues trahissent sa position et celle de Grissom.

Au-delà de la salle de jeux, il découvrit une chambre à coucher.

Mais pas une simple chambre à coucher, et pas non plus une simple pièce au milieu de cette maison sans caractère.

— Gil, lui dit-il, vous allez adorer…

L'endroit avait tout d'un cachot. Bien sûr, il y avait un lit ; un lit noir, recouvert de draps de soie noire, et placé au milieu de la pièce. Mais il n'y avait pas de fenêtre et ils durent allumer leur lampe de poche pour y voir plus clair.

Les murs, eux aussi, étaient peints de noir, la moquette était noire. Des fers pendaient du plafond aux quatre coins du lit, et une impressionnante série d'instruments acérés s'alignaient sur l'un des murs.

Cette pièce n'était rien d'autre en somme que l'atelier d'un sadique.

Malgré l'obscurité ambiante, Brass et Grissom aperçurent deux autres portes situées au fond, face à eux.

Sentant le criminaliste s'approcher de lui, l'inspecteur lui demanda :

— Porte numéro un ou porte numéro deux ?

Mais il n'eut pas à attendre de réponse car le battant de gauche s'ouvrit soudain, laissant apparaître un Jerome Dayton maculé de sang. Seulement vêtu d'un vague slip, le jeune homme se figea lorsqu'il aperçut les deux pistolets braqués sur lui. Puis, aveuglé par le faisceau des lampes troche, il leva une main devant son visage, gardant l'autre derrière son dos.

— Montrez-moi vos mains, Jerry ! lui ordonna Brass.

— Otez-moi cette lumière, d'abord, rétorqua-t-il. Je n'y vois rien !

Aucune des deux lampes torches ne bougea.

— Montrez-moi vos foutues mains ! répéta Brass avant de faire un pas vers lui.

La main dissimulée dans son dos apparut mais, en même temps, Dayton jeta quelque chose devant lui.

Quelque chose de chaud et de spongieux qui atterrit sur la joue de Brass. Par pur réflexe, le capitaine tira, le son se répercutant avec violence contre les quatre murs. Dayton plongea sur sa gauche, l'objet qu'il venait de jeter tombant à terre avec un bruit sec.

Le faisceau de Grissom ne tarda pas à trouver ce qui avait heurté son ami au visage : un doigt humain sectionné qui semblait pointer vers lui l'une de ses extrémités vaguement sanguinolente.

Au même instant, la lampe de Brass saisit Dayton en train de filer par la porte de droite, la laissant ouverte derrière lui.

— On ne bouge plus ! hurla-t-il.

Mais le suspect s'était volatilisé.

— Je vous le laisse, lui dit Grissom avant de se ruer dans la pièce d'où était sorti Dayton.

Seul à présent, Brass orienta vivement sa lampe vers la chambre où venait de filer Jerome, puis se lança à sa poursuite.

Avant que la silhouette à demi nue et trempée de sang n'ait émergé de la chambre obscure, Gil Grissom avait entendu un gémissement.

Bien qu'armé lui aussi, il n'avait pas tiré lorsque Dayton avait envoyé le doigt coupé au visage de Brass, car l'inspecteur se trouvait alors directement dans sa ligne de mire.

— Grissom ! Grissom ! appela soudain Sara dans son talkie. On a entendu un coup de feu... Tout va bien ? Qu'est-ce qui se passe ?

— Ne bougez pas, lui répondit-il. Brass est à la poursuite de Dayton... Essayez de bloquer toutes les issues possibles !

Il appuya sur le bouton de son talkie.

Il sortit de la pièce noire et, malgré ses oreilles qui résonnaient encore du coup de feu, il parvint à localiser les gémissements.

La chambre dans laquelle il venait d'entrer n'était pas noire.

Elle était rouge.

Les murs, le sol et le plafond de béton étaient peints d'un rouge lumineux et brillant. La seule source de lumière venait d'une ampoule, rouge elle aussi, pendant au bout d'un fil, et, comme pratiquement toutes les pièces de cette maison, celle-ci comprenait une autre porte dans le fond. Au centre, au-dessus d'un trou d'évacuation pratiqué dans le sol, nu comme un ver, se tenait Mark Brower, pendu à une corde juste assez serrée pour l'empêcher de bouger, mais pas assez pour le tuer.

Il avait les mains derrière lui, liées avec quelque chose que Grissom, de là où il était, ne pouvait voir. Du sang s'écoulait de son dos pour tomber en une flaque quasi invisible sur le sol rouge, et le criminaliste n'eut cette fois besoin d'aucune preuve pour savoir que le doigt qui avait heurté Brass venait de la silhouette pendue devant lui. Une silhouette à la bouche grande ouverte, dans une sorte de bâillement que Gil n'entendait pas à cause de ses oreilles encore bourdonnantes.

Les yeux exorbités de terreur, le regard suppliant, Brower articula :

— A l'aide... !

Des mots que Grissom crut discerner en lisant sur ses lèvres mais n'entendit pas de façon flagrante.

En dehors de Brower, la chambre rouge était vide, mais Gil ne savait pas si Dayton allait soudain y surgir comme un diable de sa boîte. C'est pourquoi il ne voulait pas ranger son arme dans son étui. Mais, en même temps, il lui fallait aider l'homme qu'il venait de découvrir, même si l'artère de son doigt sectionné était trop petite pour qu'il perde par là tout son sang.

Par ailleurs, au premier choc venu, il risquait de se tuer s'il ne cessait pas immédiatement de se balancer ainsi au bout de cette corde…

Passant son arme dans sa main gauche, Grissom sortit un canif de sa poche, l'ouvrit et entreprit de couper la corde juste au-dessus de la tête de Brower. Une éternité pendant laquelle le copieur de CASt ne cessa de gémir :

— A l'aide… A l'aide…

— Chut, finit par lui souffler Grissom qui, peu à peu, recouvrait son ouïe. On ne sait pas où il se cache.

— Vous avez un flingue, bon sang ! s'écria cette fois Brower sur un ton proche de l'hystérie. Sortez-moi de là !

Lorsque son sauveteur eut sectionné la dernière fibre de corde, Mark tomba à terre et roula sur lui-même en position fœtale.

— Griss ! lui parvint alors la voix de Warrick dans le talkie. S'il vous plaît, répondez ! Avez-vous besoin d'aide ?

Il rangea son couteau et dégagea l'appareil de sa ceinture.

— Brower est ici avec moi. Il est vivant… mais avec un doigt en moins.

— Je descends avec Carrack et Jalisco…

— Non, coupa-t-il d'une voix grave. Restez là-haut.

Il fait sombre ici, vous risqueriez de vous tirer mutuellement dessus. Installez un périmètre de sécurité autour de la maison, surveillez les portes et les fenêtres, toutes les issues possibles. Brass reste à la poursuite de Dayton, qui est pratiquement nu et plein de sang… et peut-être armé et dangereux.

— Griss, vous êtes sûr que… ?

— Oui, Nick, lança-t-il avant de couper la communication.

Bien que les menottes qui liaient les poings de Brower lui aient jusque-là servi de garrot temporaire, Grissom jugea plus utile de faire directement pression sur sa blessure. Après avoir rangé son talkie dans sa ceinture, il sortit une clé et le libéra… malgré le puissant désir qu'il avait de le garder menotté, le préparant ainsi à une inévitable arrestation.

— Asseyez-vous, lui ordonna-t-il.

Mais Brower resta allongé en continuant de gémir. *Sans doute*, songea Grissom, *comme l'avaient fait Sandred et Diaz, quand cette créature avait exercé sur eux son art diabolique*…

— Asseyez-vous ! insista-t-il.

— Aidez-moi…

Grissom ne voulait pas toucher Brower, qui, après tout, constituait un précieux indice.

Aussi, ce ne fut pas par manque de compassion pour le copieur s'il lâcha platement :

— Non.

A contrecœur, Mark finit par s'asseoir, et Gil lui tendit un mouchoir.

— Qu'est-ce que je dois faire avec ça ? lui demanda-t-il.

— Pressez fortement votre doigt avec.

— Quel doigt ? Ce fou furieux me l'a coupé !

— Appuyez fortement sur votre blessure… et restez là.

Toujours agité, Brower s'exclama :

— Où… où voulez-vous que j'aille ?!

— Si c'est là-haut, par exemple, vous risqueriez d'être pris pour Dayton et de vous faire tirer dessus.

Ce qui serait une belle ironie en considérant le fait que c'était lui que Brower avait imité en commettant les meurtres de Sandred et de Diaz.

— Je ne vais nulle part… gémit-il en réponse.

— Si, en prison, corrigea Grissom.

Il se dirigea alors vers la porte du fond, tendit l'oreille, espéra qu'il s'agissait de la dernière pièce à découvrir dans cette étrange maison, et tourna la poignée.

Toujours à la poursuite de Dayton, Brass, sa lampe braquée devant lui, plongea dans l'obscurité.

Il aurait bien aimé aller plus vite, certain que Jerome était en train de lui filer entre les doigts. Mais il savait aussi que les autres étaient postés là-haut, et qu'un tout petit peu de prudence lui donnait des chances de rester en vie… au cas où le suspect aurait l'idée de l'attendre, tapi dans un coin.

L'inspecteur balaya l'espace de son faisceau lumineux.

Il avait devant lui une sorte de mini-entrepôt où s'entassaient des cartons vides, avec des étagères le long des murs contenant des petites boîtes sans inscription.

Mais, pas de Dayton en vue.

Il traversa la pièce et découvrit – oui, encore – une autre porte. Ouverte, celle-là.

S'efforçant de faire le moins de bruit possible, le capitaine avança lentement et tomba sur un atelier, avec un établi sur sa gauche. Le long des autres murs, il aperçut des outils accrochés à un panneau, une perceuse, une scie et un autre établi plus petit, avec une meule et un étau. Au-delà, au bout de la pièce, se trouvait naturellement une autre porte. Les narines envahies par une odeur de sciure, il venait à peine de dépasser l'établi qu'il sentit un coup contre sa jambe, sur le côté externe à la hauteur du genou. Qui fut immédiatement suivi d'une poignante douleur.

Son arme et sa lampe lui tombèrent en même temps des mains, le pistolet atterrissant par terre loin devant lui en cliquetant, la torche rebondissant une fois avant de tournoyer sur le sol et de s'arrêter, le faisceau lumineux braqué sur lui.

Brass baissa les yeux sur le couteau fiché en haut de sa jambe, un cercle sombre commençant à s'étaler sur le tissu gris de son pantalon. Il perdit alors l'équilibre mais, juste avant qu'il ne tombe, Dayton bondit sauvagement de sous l'établi et lui assena un direct du droit qui l'envoya valser en arrière. Des étoiles plein les yeux, il alla s'écraser contre quelque chose de dur, puis s'étala de tout son long.

Il essayait de se remettre sur ses pieds quand un déclic précéda une brusque illumination.

Tout près de lui, Dayton – le visage maculé de rouge, ses dents blanches ressortant vivement entre ses lèvres ouvertes sur un sourire cruel – s'était redressé et avait allumé une petite lampe au-dessus de l'établi.

Brass avait vu beaucoup de sales types dans sa vie, mais jamais aucun d'eux n'avait manifesté autant de rage haineuse que Dayton en ce moment.

— Toi… espèce de sombre abruti… larve stupide… pauvre larbin de flic…, c'est la dernière fois que tu essaies de foutre ma vie en l'air !

Ce disant, il se jeta en avant, saisit le manche du couteau toujours planté dans la jambe de Brass et l'en arracha avec violence, tel un dentiste dément extrayant une dent.

Saisi d'une indicible douleur, l'inspecteur n'en envoya pas moins l'autre pied à la figure rougie de son adversaire, qui alla se vautrer en arrière. Ce qui lui donna le temps de se redresser au moins sur un genou avant que Dayton ne fonde à nouveau sur lui.

Alors, Brass se plia en deux tandis que son agresseur levait le couteau au-dessus de lui.

Lorsque la lame s'abaissa, il fit un bond de côté, le couteau éraflant son imperméable et déséquilibrant Dayton dans le même temps. Ce dont profita Brass pour lui envoyer un brusque coup d'épaule dans le genou.

Un craquement satisfaisant se fit entendre lorsque la rotule céda et que le tueur tombait à la renverse. Alors, avec un cri sauvage, Dayton se jeta sur Brass et les deux roulèrent ensemble sur le sol, luttant chacun pour saisir le couteau qu'il y avait entre eux.

Une fois de plus, Grissom se retrouva dans une pièce obscure et dut allumer sa lampe.

Assez petit, de la taille d'un cellier, l'endroit recelait des étagères sur lesquelles s'alignaient des magazines et des livres, dont plusieurs éditions du *Danger CASt*, incluant celle publiée par Perry Bell lui-même. Grissom s'autorisa à supposer que les autres livres et revues contenaient des chapitres ou des articles sur les meurtres et sur CASt.

Sur une autre étagère se trouvaient plusieurs cordes et une douzaine de tubes de rouge à lèvres de la même teinte : Limerick Rose. Au niveau supérieur apparaissaient une série de petits pots de verre contenant pour la plupart un doigt desséché et ratatiné.

L'un d'eux semblait plus frais que les autres. Sans doute celui de Perry Bell…

Et le cinquième pot en partant de la gauche était vide. Peut-être était-ce celui qui avait contenu le doigt de Vincent Drake… avant que CASt ne l'envoie au *Banner*, le sacrifiant ainsi à la défense de sa réputation.

Grissom était en train de les considérer d'un air songeur quand il perçut des bruits sourds.

Automatiquement, son regard se porta sur une porte au fond du cellier. Que faire d'autre que d'y jeter un coup d'œil ? Il ne lui fallut que trois pas pour l'atteindre, l'ouvrir et regarder ce qui se passait de l'autre côté. Il découvrit un établi éclairé par une ampoule jaune et blafarde. Et, lui tournant le dos, il vit Dayton et Brass engagés dans une lutte féroce autour d'un même couteau.

L'inspecteur avait du sang sur lui, aussi, qui ne venait peut-être pas que de son agresseur.

Grissom traversa la pièce à l'instant précis où Jerome frappait l'inspecteur d'un uppercut du gauche, qui le précipita tête la première contre le sol cimenté. Le choc n'avait pas l'air de l'avoir rendu inconscient mais Dayton venait à présent de récupérer le couteau. Il saisit alors le poignet de Brass et le plaqua brutalement contre le béton. Il s'apprêtait à lui poser le côté tranchant de la lame sur le doigt lorsque Grissom lui appliqua le canon de son pistolet contre la nuque.

— Lâche ce couteau, lui ordonna-t-il.

Mais, sans l'écouter, CASt approcha l'arme de la gorge de Brass.

— Recule ! lui hurla-t-il, ou je l'égorge comme un cochon !

— Quand je tirerai, lui rétorqua platement Gil, tes capacités motrices mourront avec toi.

Dayton se figea.

— Ce n'est pas une théorie, ajouta-t-il.

CASt jeta le couteau loin de Brass.

Reculant légèrement, Grissom articula :

— Lève-toi et passe les mains derrière la tête.

Dayton se redressa lentement, écarta les bras comme un crucifié, les replia et les ramena derrière la nuque, non sans gratifier Grissom d'un sourire de défi.

— Tourne-toi, maintenant.

Il s'exécuta.

Alors, Grissom rengaina son pistolet et sortit ses menottes avec l'intention de les passer aux poignets du tueur. Mais Dayton plongea soudain vers le sol, envoya une jambe sur le côté et la balança contre le pied du criminaliste qui se retrouva totalement déséquilibré.

Et tomba lourdement sur le béton.

Tremblant, Brass ramena ses jambes sous lui, et, alors qu'il cherchait à s'accroupir, sentit quelque chose de froid sous sa paume.

Son pistolet !

Saisissant l'arme, il la serra entre ses doigts et parvint à se redresser sur un genou.

Dayton, pendant ce temps, était en train de consciencieusement tabasser Grissom. Une fois, deux fois, il lui assena un violent coup à la mâchoire. Mais, alors qu'il allait de nouveau se jeter sur lui, Brass se remit debout et, une fois encore, Jerome Dayton se retrouva avec le canon d'un pistolet contre la nuque.

— Au cas où tu te demanderais quelle est la différence entre moi et Grissom…, lui, il a fait son possible pour ne pas te tirer dessus. Jerry, s'il te plaît, donne-moi une excuse. Une seule…

Dayton se contenta de ne rien répondre.

La raison prenant pour une fois le pas sur la folie, il leva les mains en l'air et ne chercha plus à résister aux deux hommes.

11

Assis dans la salle d'interrogatoire, Jim Brass sentait le bandage qui lui enserrait le haut de la jambe et les points de suture qui lui tiraillaient la peau. De chaque côté de lui se trouvaient Sara et Warrick, qui avaient étudié l'affaire sous deux angles différents : le nouveau et l'ancien.

Pour la première fois depuis la découverte du corps de Marvin Sandred, Brass n'était pas aux prises avec la colère ou la frustration. Il se sentait tranquille et apaisé, et prêt à goûter sa revanche.

En face de lui, de l'autre côté de la table, un Jerry Dayton silencieux, menotté et vêtu de la classique combinaison orange des prisonniers, le regardait avec une lueur cruelle dans les prunelles. Près de lui se tenait son avocat Carlisle Deams, aussi respectable et distingué qu'un doyen d'université dans son costume gris clair. Jetant d'incessants coups d'œil à la pile de documents qu'il avait devant lui, il semblait incapable d'arrêter de parler dans l'effort de persuader Brass que Jerome ne dirait pas un mot.

Fixant ses yeux de requin sur l'inspecteur, il déclara :

— Mon client n'a rien à vous dire. Vous comprenez ? Rien.

Si Dayton portait ses menottes devant lui et non dans le dos comme l'exigeaient les mesures de sécurité, c'était uniquement parce que son avocat était présent.

— Il était plutôt bavard, avant, répliqua Brass, quand il se baladait sans rien d'autre sur le dos que le sang de Mark Brower et me fichait un couteau dans la jambe.

— Eh bien, vous devriez être heureux avec vos souvenirs, capitaine Brass, reprit Deams avec un méchant sourire.

— Mon idée, c'est que votre client a quand même son esprit à lui, figurez-vous. Cet entretien n'est que pure courtoisie, mettez-vous bien ça dans la tête.

— Courtoisie ? répéta l'avocat sans comprendre.

— Oui, pour fournir à Jerry l'occasion de s'expliquer, pour qu'il exprime son point de vue à lui.

— M. Dayton, dit Warrick, est manifestement fier de son… hobby. On pensait qu'il pourrait aimer nous aider à faire la différence entre son travail et celui de son copieur.

— Bien sûr, monsieur Dayton, ajouta Sara, si vous ne nous aidez pas à clarifier les choses, ses efforts pour vous imiter auront toutes les chances d'être confondus avec votre œuvre, et *vice versa*.

Comme Dayton affichait un air contrarié, Deams lui tapota l'épaule et lança à ses adversaires de l'autre côté de la table :

— Très malin. Mais vos tentatives de jouer avec la fierté de mon client ne le feront pas plier. Il n'a rien à vous dire, et nous ne sommes pas plus intéressés par ce que vous auriez à nous dire.

— Bien, dit Brass, dans ce cas nous laisserons parler les indices… au tribunal.

Deams eut un petit rire sec quand il répliqua :

— Je suis plus qu'heureux à l'idée de ce face-à-face avec le procureur.

— Parfait. Si vous êtes heureux, moi aussi je suis heureux.

— Je vais vous dire ce que vous avez contre mon client : une simple inculpation pour agression.

— Ce n'est pas aussi simple, justement, intervint Warrick. M. Dayton a enlevé Mark Brower, il lui a coupé le doigt et il l'a attaché dans une chambre de torture.

— Mark Brower est venu dans la maison de mon client et l'a attaqué.

— Vraiment ? sourit Sara. Alors, c'est par légitime défense que M. Dayton a coupé le doigt de M. Brower et a passé sa tête dans un nœud coulant ? Ce sera amusant de vous entendre présenter ainsi les faits à la cour.

Dayton regarda d'un air inquiet son avocat, qui dit alors à Brass et à Grissom :

— Quoi que vous ayez concernant Brower, c'est irrecevable. Vous ne pensez tout de même pas que vous allez pouvoir poursuivre mon client pour des événements qui se sont passés il y a dix ans ?

— L'ADN de M. Dayton n'a pas changé en dix ans, reprit Brass. Et nous avons son ADN de l'époque ainsi que celui d'aujourd'hui.

— Conservé dans quelles conditions ? demanda-t-il d'un air méprisant.

Intervenant à nouveau, Warrick lui répondit :

— Nous avons une bonne quantité d'indices, monsieur Deams, dont les doigts que votre client avait l'habitude de prélever sur ses victimes, et que nous avons retrouvés dans le petit musée qu'il s'était installé dans sa cave.

Nouvelle réponse dédaigneuse de l'avocat :

— Nous avons tout lieu de croire que Mark Brower a placé ces indices dans la maison de mon client.

— Dans ce cas, Brower a dû forcer votre client à l'aider, car sur ces pots il n'y a que les empreintes de Jerome Dayton.

— Preuves indirectes, déclara Deams en ouvrant les

mains. Vous en avez étonnamment peu contre mon client. Y a-t-il autre chose ?

— Vous voulez dire, autre chose que de gambader en slip avec du sang partout sur soi ? demanda Brass. Autre chose que de frapper un policier dont la présence était justifiée par un mandat de perquisition ?

Deams esquissa un sourire nerveux.

— Mon client est un jeune homme… en difficulté. Il a un lourd passé médical, avec un traitement qui s'est avéré être une réussite en ce sens qu'il a réduit sa… son problème.

— Pas ces derniers temps, commenta l'inspecteur.

— Nous montrerons qu'un médecin a recommandé à mon client de prendre un « congé médical » – ce qui est courant chez les patients souffrant de déséquilibre chimique pour être resté sous traitement pendant des années. Il apparaîtrait que ce congé était… malavisé.

— Malavisé ? répéta Brass. Peut-être devrait-on prescrire au médecin de votre client une injection mortelle, aussi ?

— Une telle barbarie n'arrivera jamais à mon client, capitaine Brass. En fait, je suis quasiment certain que cette affaire n'ira jamais jusqu'au procès.

— Votre client « en difficulté », reprit l'inspecteur, a été admis dans un établissement psychiatrique il y a dix ans de cela, et cependant il en est sorti au bout de trois ans. Et maintenant que papa et maman ne sont plus là pour le maintenir dans un état second, il a retrouvé sa nature « barbare ». Non, maître, même si vous parvenez à convaincre un juge et un jury que Jerry ne fait pas la différence entre ce qui est bien et ce qui est mal – et je vous garantis que c'est un sociopathe homicide –, il se retrouvera dans un établissement à côté duquel Sundown aura l'air d'être le Club Med.

Dayton finit par parler. Il articula trois mots, simples et directs, à l'adresse de Brass :

— Je vous hais.

— Eh bien, ça peut devenir votre nouveau hobby, Jerry… dans votre nouveau petit nid capitonné.

Cette fois, c'en était trop pour Jerome.

Malgré ses poignets menottés, il bondit par-dessus la table pour se jeter sur Brass. Mais celui-ci, s'attendant à une réaction de ce genre, se contenta de se jeter de côté, désarçonnant le tueur qui heurta malencontreusement la tête de son avocat avant d'atterrir face contre terre sur le sol cimenté. Déséquilibré, Deams chuta à son tour en même temps que sa chaise.

Un policier en tenue se précipita dans la salle, mais Brass lui fit signe de s'écarter. Saisissant Dayton par le col de sa combinaison, il le cueillit comme un vulgaire sac d'ordures. Warrick se plaça alors de l'autre côté du prisonnier et tous deux le forcèrent sans ménagement à se rasseoir.

Sara, qui s'était levée pour aider l'avocat à se remettre sur ses pieds, l'entendit souffler un vague remerciement avant d'épousseter d'un air contrarié son élégant costume gris.

— Jerry, dit alors Brass sur un ton habituellement réservé aux enfants difficiles, vous auriez vraiment intérêt à vous surveiller. Un jour, vous pourriez avoir une réaction violente, et qui sait où tout ça pourrait vous mener…

— Objection ! s'exclama l'avocat qui avait enfin fini d'épousseter son costume.

— Vous n'êtes pas au tribunal, maître, lui rétorqua Brass. Asseyez-vous !

Laissant échapper un lourd soupir à travers ses dents serrées, Deams s'exécuta.

Puis, se tournant vers Dayton, il lui expliqua doucement :

— Vous n'avez pas à dire quoi que ce soit. Cet entretien sera terminé quand on le décidera.

Dayton boudait, à présent. On aurait dit un gamin de six ans qui cherchait à étouffer ses larmes. Jetant un regard à Brass, il déclara à son avocat :

— Je n'ai pas peur de lui.

— Vous devriez ! lui répliqua-t-il, un index levé vers lui.

Se ruant en avant, Dayton mordit vicieusement le doigt que lui tendait son avocat. Celui-ci poussa un cri de douleur et, une fois de plus, Brass et Grissom firent le tour de la table, et le policier qui se tenait à l'extérieur bondit dans la salle, son arme à la main.

Warrick le ceinturant par-derrière, Dayton se décida à desserrer les dents et libéra le doigt de Deams, qui retira vivement sa main. La chair était à vif mais l'os ne semblait pas être atteint.

— Vous n'êtes pas mon père ! éructa Jerome.

— Jerry… fit l'homme en lui jetant un regard consterné, il faut vous calmer… Il faut vous tenir tranquille.

— Vous êtes viré !

— Jerry, s'il vous plaît…

— Je vous ai dit ce qu'il m'avait fait, et vous n'avez rien fait pour me défendre !

Penché en avant, toujours fermement retenu par Warrick, il ajouta :

— Vous auriez pu m'aider ! Vous m'avez laissé retourner dans cette maison… Vous avez de la chance que je n'aie pas fait de vous un exemple, aussi, maître ! Hors de ma vue ! Disparaissez !

Levant une main, Deams répliqua :

— Calmez-vous, Jerry. Vous ne savez pas ce que vous faites ni ce que vous dites. Vous êtes submergé par l'émotion. Il faut vous calmer et regardez tout ça de façon… rationnelle. Il y a tellement en jeu, vous comprenez…

— C'est mon fric qui est en jeu, connard ! Vous me sucez tout mon pognon, espèce de charognard !

Puis, se tournant vers Brass, il lui lança :

— Sortez-le d'ici ! Je ne veux plus le voir.

— Allons faire soigner ce doigt, dit alors Sara à l'avocat en le prenant par les épaules.

Deams hocha la tête et, après avoir récupéré sa serviette de cuir et ses dossiers, laissa la jeune femme l'entraîner dehors. Cependant, devant la porte, il s'arrêta et dit à Brass :

— Si vous poursuivez cet interrogatoire en mon absence, dans l'état mental où se trouve mon client, je...

— Ce n'est plus votre client, coupa l'inspecteur.

— Voilà ! cria Dayton sur un ton enfantin. Il a raison, je ne suis plus votre client !

— Demain, il aura retrouvé ses esprits, reprit Deams en levant devant lui sa main blessée. Demain il aura de nouveau besoin de moi.

— Aujourd'hui, résuma Brass, vous ne le représentez pas. Allez donc faire soigner votre doigt.

D'une pression ferme mais douce, Sara l'entraîna à l'extérieur.

Brass fit un signe de tête au policier, qui sortit lui aussi. Ne restaient à présent dans la salle que l'inspecteur, Jerome Dayton et Warrick.

La respiration de Dayton – qui avait autant accéléré que celle d'un sprinter courant le cent mètres – commença à ralentir et il se détendit sensiblement.

— Ça va..., souffla-t-il à Warrick qui lui lâcha lentement les épaules.

Il reprit docilement place sur sa chaise, posa ses mains menottées devant lui sur la table et s'affaissa légèrement. Il semblait calme, maintenant, quelque peu fatigué, même.

S'adressant à Brass, il lui dit :

— Vous et moi... on est peut-être... des adversaires, mais... on se comprend. On se respecte... pas vrai ?

Brass et Warrick échangèrent un regard discret mais significatif.

— Bien sûr, Jerry, lui répondit l'inspecteur.

— Je veux bien vous parler, à vous. Je vous dirai tout ce que vous voudrez. Du début à la fin, OK ?

— Très bien, Jerry.

— Mais, juste vous, capitaine. Je ne veux pas…

Il hésita, se tourna vers Warrick, toujours debout derrière lui, et ajouta :

— Ne vous vexez pas mais vous ne représentez rien pour moi. Le capitaine et moi, on a un passé ensemble…

— Je vous en prie, fit Warrick avant d'interroger l'inspecteur du regard.

Brass lui répondit par un signe de tête, et il sortit à son tour pour aller s'installer de l'autre côté de la glace sans tain. Le policier, quant à lui, resta en faction devant la porte de la salle d'interrogatoire.

Dayton n'avait plus aucune colère en lui. Il ne voulait que parler.

— Je hais ce type, lâcha-t-il.

— Warrick ?

— Quoi, lui ? Non, non… ce foutu avocat de mon père. C'est lui qui m'a fait enfermer à Sundown, et cet endroit était un vrai cauchemar.

— Vraiment ?

— Une vraie prison, là-dedans. On est shootés à mort, pas de télé après dix heures, on surveille tout ce que vous lisez… Ils ont même annulé mon abonnement à *Hustler*.

— Ça me semble être une punition particulièrement cruelle, Jerry.

— Vous savez ce que c'était, le pire ?

— Non. Dites-moi.

— Il n'y avait que des dingues, dans ce cabanon !

Tout le monde était fou à lier. Vous savez ce que c'est que de vivre jour et nuit avec des dingues ?

— J'imagine.

— Je ne crois pas que vous imaginiez vraiment.

— Mais votre père et son avocat vous ont fait sortir, ensuite. Pourquoi leur en voulez-vous ?

Le regard dans la vide, Dayton répondit :

— J'ai raconté à Deams ce que mon père m'a fait, et il m'a dit qu'il me croyait. Mais je ne le pense pas, en fait. Sinon, il ne m'aurait pas renvoyé… là-bas.

— Parlez-moi de votre père.

— Je suis obligé ?

— Non. Mais ça pourrait m'aider à mieux vous comprendre.

S'asseyant en avant, Brass ajouta :

— On est un peu liés, vous et moi, Jerry…, c'est vous qui l'avez dit. Je crois que vous me comprenez… Il me fallait arrêter quelqu'un de très malin, très intelligent, qui faisait des victimes. C'est mon boulot de faire cesser ce genre de chose.

— Bien sûr… Je… j'étais en pétard contre vous parce que… je ne voudrais pas vous faire insulte, capitaine.

— Non, Jerry. On peut être francs l'un avec l'autre.

— Je ne suis pas très doué avec… les gens autoritaires.

— Tels que votre père ?

Dayton appuya les coudes sur la table et se mit les mains sur le visage avant de regarder entre ses doigts, ses menottes tintant à ses poignets. Puis il lâcha un profond soupir et marmonna :

— Disons qu'il était difficile à contenter.

— Oui… le mien était comme ça, aussi.

— Votre père était mauvais avec vous ?

— Il était très strict. Et, comme vous dites, difficile à contenter.

— Pas autant que le mien, je suis sûr ! s'exclama Dayton en se redressant, les index pointés vers Brass. *Tu me déçois, jeune homme, tu me déçois. Nous t'avons tout donné, nous t'avons offert toutes les occasions possibles, et tu continues à nous décevoir ! Tu n'es rien qu'une mauviette..., une faible petite fille ! Et tu sais ce qu'on leur fait aux faibles petites filles, Jerry ? Tu sais ce qui leur faut ?*

Les yeux pleins de larmes, Jerome gardait les index dirigés vers Brass. Et l'inspecteur n'avait nullement besoin d'un psy pour comprendre la manie qu'avait ce psychopathe d'arracher ce doigt à ses victimes pour marquer son triomphe sur elles.

Retombant contre son dossier, le prisonnier le fixa d'un regard chargé d'amertume.

— Il vous battait ? lui demanda alors Brass. Sur... vos fesses nues ?

Dayton eut un petit rire sec.

— Oh, c'est ce que vous faisait votre père, capitaine ? C'était plutôt *cool*. Moi, je devais me pencher en avant... Je me suis penché en avant pour mon père tellement de fois...

Brass grimaça. Catherine et Nick lui avaient rapporté les paroles du médecin de Sundown, qui disait que Dayton avait été victime d'abus sexuels.

— Votre père... vous violait ?

— J'adore l'expression !

Se rasseyant en avant, il hurla :

— Il faisait de moi sa chienne !

Brass secoua lentement la tête.

Puis il dit quelque chose qu'il n'aurait jamais pensé pouvoir dire :

— Jerry, je suis désolé de ce que vous avez pu endurer.

Le père du tueur, Thomas Dayton, avait été un pilier de la ville pendant des dizaines d'années, sans la moindre trace de déviance, ce qui semblait plutôt inhabituel chez ce genre d'individu. Certaines personnes haut placées avaient en effet des perversion cachées sous de décentes apparences. Plus le secret était grand, plus profond on l'enterrait.

Et, d'après les quelques fois où il avait rencontré Tom Dayton, Brass se souvenait que c'était un homme assez corpulent…, le gabarit type des victimes de CASt.

— Vos victimes, dit-il à Jerry, c'était votre père.

— Oui… oui. Ces salauds… j'en ai fait mes chiennes.

— Mais vous vous êtes arrêté. Quand vous êtes rentré chez vous. Est-ce que votre père avait alors cessé d'abuser de vous ?

— Oui. J'étais trop grand. Et puis… il savait ce que j'avais fait. Il avait peur de moi, dans un sens… J'avais au moins cette satisfaction. Mais on m'a maintenu mon traitement, et j'étais comme un chien avec un collier étrangleur, vous voyez ?

— Est-ce à cause de ça que vous avez arrêté, Jerry ? Les médicaments ?

— Peut-être. Et à cause des docteurs, aussi. Je veux dire, je n'ai jamais pu parler de ce que j'avais fait. Mais, comme vous dites, je suis malin. Je pouvais deviner les choses rien qu'en leur parlant, hypothétiquement. Et j'en suis arrivé à apprendre quelque chose de la thérapie.

— Par exemple ?

— J'ai appris que les événements étaient irréversibles, que je ne pouvais pas annuler ce que mon père m'avait fait, même si j'en trouvais mille comme lui sur qui me venger.

— Avez-vous jamais pensé à lui faire ça… à lui ?

— Capitaine, vous ne m'écoutez pas ? Chacun d'entre eux, c'était lui !

— Je veux dire… le vrai « lui », Jerry. Vous n'avez jamais pensé à le tuer ?

— Tuer mon père ?

L'air confus, il ajouta :

— Comment est-ce que j'aurais fait ça ? C'était mon papa. Vous n'aimiez pas votre papa, capitaine ?

— Si, Jerry. Mais, si le fait de tuer des milliers de prétendus papas ne vous soulageait pas, peut-être que le fait d'en parler aurait pu être un début.

— D'en parler à qui ? A vous ? Vous n'êtes pas médecin !

— C'est à un médecin que vous voulez parler, Jerry ?

— Certainement pas. Je les ferais sauter au plafond.

— Alors parlez-moi, suggéra Brass. Ça ne peut pas me faire de mal. Ecoutez, on sait tous les deux que vous allez partir pour longtemps. Vous voulez que ce soit l'hôpital ou la prison ? Je peux peut-être vous aider à choisir.

— Les hôpitaux… lâcha-t-il avec un rire dérisoire. Merci, je suis déjà passé par là. Est-ce qu'on vous laisse vous abonner à ce que vous voulez, en prison ?

— Ça dépend de l'établissement. Vous avez dit que votre père savait ce que vous aviez fait. Il savait que vous étiez CASt ?

— Bien sûr qu'il le savait.

— Comment ?

— Il m'engueulait à propos de je ne sais plus quoi… Il avait arrêté de me…, de faire ces choses avec moi ; j'étais trop grand, trop âgé, bien trop fort pour lui. Mais il continuait à me dire ce qu'il fallait faire, à me répéter à quel point je le décevais. Alors j'en ai eu assez et je lui ai dit : *Tu ferais bien de faire gaffe, vieux*. Mais, comme il continuait à rigoler, je lui ai tout raconté. Je lui ai montré.

— Vous lui avez montré… ?

— Oui, les doigts. Dans les pots. J'en avais quatre, je crois, quand je les lui ai montrés.

— Alors, il savait.

— Il savait tout.

— Et lui et votre avocat se sont arrangés pour vous faire interner, vous placer là où la justice ne pouvait pas vous atteindre.

— Oui. Vous voyez, le vieux trouvait que vous vous approchiez un peu trop, que vous alliez me piéger. Il disait que vous étiez vraiment bon, super futé, que vous veniez de l'Est, là-bas, où les flics sont malins. Et, là, je suis d'accord avec lui : vous êtes bon. Et ce type aussi… Grissom.

— Merci. Est-ce que votre père vous en voulait pour… ce que CASt avait fait ?

Dayton ferma les yeux avant de répondre :

— Il savait ce que je faisais, je crois qu'il comprenait aussi pourquoi je le faisais, mais la seule chose qui l'ennuyait vraiment c'était le scandale que ça risquait de créer. Vous savez, la honte. Alors il m'a mis dans ce… ce trou à rats jusqu'à ce que les choses se calment.

— Et puis il vous en a retiré, sans difficulté.

Tout en se balançant tranquillement, Dayton répliqua :

— Oui. C'était un internement volontaire, alors ça n'a pas été difficile.

— Est-ce qu'à part les médecins quelqu'un savait que vous sortiez durant les week-ends ?

Dayton réfléchit un instant puis répondit :

— Deams le savait, c'est sûr. C'est lui qui a aidé le vieux à me faire sortir… parce que les docteurs étaient contre.

— Mais ils ignoraient tout de votre… passe-temps ?

— S'il vous plaît, ne rabaissez pas ce que je faisais

en traitant la chose de « passe-temps », capitaine. C'est une déclaration, un genre de… catharsis.

— Désolé, Jerry.

— Non, les docteurs ne savaient pas que j'étais CASt. Je leur ai raconté ce que me faisait mon père, mais je ne pense pas qu'ils m'ont cru. Qui croiriez-vous ? L'une des personnalités les plus importantes de la ville ou son fils un peu taré ? Non, ils pensaient que j'étais encore trop malade pour sortir. Ils devaient se dire qu'ils ne me lâcheraient pas tant qu'ils ne se seraient pas fait une idée plus précise de ce qui n'allait pas chez moi.

Brass commençait à mettre en place certaines pièces du puzzle.

— Et, bien sûr, votre père désirait que vous sortiez le plus vite possible parce qu'il ne voulait pas que les médecins sachent la vraie raison qui se cachait derrière votre maladie.

Rouvrant enfin les yeux, Dayton eut l'air étonné et répondit par cette question :

— C'est pour ça ?

— Jerry, soupira Brass, j'apprécie votre franchise.

— J'ai été réglo avec vous, non ?

— Tout à fait.

— Alors, est-ce que j'ai le droit de vous poser une question, capitaine ?

— Allez-y.

— C'était vous ?

— C'était moi… quoi ?

— Vous êtes intelligent. Vraiment bon. Mais j'ai toujours eu du mal à croire que c'était, vous savez… que c'était vous.

Se redressant sur sa chaise, Brass répondit :

— Je ne sais pas, Jerry. Franchement.

Dayton poussa un soupir puis sourit.

— Ah, bon. Je n'aurais pas aimé.

— Jerry, s'il vous plaît, expliquez-moi de quoi vous parlez.

Se frottant le poignet là où frottaient les menottes, il déclara :

— Certains flics étaient au courant pour moi. Je veux dire, ils ont du le savoir à cause de mon père. Pendant des années, il a pesté d'avoir à verser des contributions pour ce qu'il appelait « la fondation de la veuve et de l'orphelin ».

— Qu'est-ce que vous pensiez que c'était ? demanda Brass en sentant une boule se former dans son estomac.

Dayton haussa les épaules et répondit :

— Quelqu'un de chez vous avait découvert que j'étais CASt, il y a des années de ça… et mon père a payé cette personne pour qu'elle se taise. Pendant longtemps j'ai pensé que c'était vous, capitaine. Et je suis content de savoir que je me trompais.

Brass sentit quelque chose s'effondrer tout au fond de lui.

— Vous voulez savoir autre chose, capitaine ?

— Pourquoi êtes-vous revenu ? Pourquoi avez-vous tué Perry Bell ?

— Vous savez pourquoi. On était en train de me voler quelque chose de très précieux – mon identité. Comme Superman… mon identité secrète.

— Pourquoi avoir choisi Perry ?

— Eh bien… je ne suis pas aussi intelligent que vous, capitaine. Je croyais que j'avais découvert qui me copiait. Je croyais que c'était Perry.

— Et ce n'était pas lui.

— Je me suis trompé. Vous voulez que je vous dise ?

Brass voulut répondre « non », mais il souffla :

— Oui.

— Je ne suis pas hyper ennuyé de m'être trompé. Après tout, Perry Bell était un gros ivrogne sans aucune fierté. Le peu qu'il avait dans la vie, c'est moi qui le lui ai donné… parce qu'il a récupéré presque tout de ma gloire, avec son bouquin. Il n'aurait pas eu la force de faire ce que j'ai fait.

Tandis que Jerome Dayton perdait peu à peu de sa consistance pour se réincarner dans CASt, le tueur se redressa sur sa chaise, le regard brillant, et, pour la première fois depuis qu'il était entré dans cette salle d'interrogatoire, Brass sentit qu'il faisait face au monstre maculé de sang qui l'avait attaqué.

— Il m'a bien sûr supplié de lui laisser la vie, dit-il d'une voix glaciale, presque détachée. Il disait qu'il était innocent, que c'était quelqu'un d'autre qui avait agi. Le plus drôle c'est qu'il savait qui était le copieur, mais, ce vieil ivrogne, il ne savait même pas qu'il savait.

— Je ne suis pas certain de comprendre.

— Eh bien, il n'a pas du tout suggéré que le copieur pouvait être Brower, jusqu'à ce que je l'aide à… se concentrer.

— Et, comment avez-vous fait ?

— D'après vous ? Je lui ai coupé le doigt, voilà.

— Pourquoi avez-vous continué, Jerry, alors que vous saviez que Bell n'était pas le copieur ?

— Capitaine, vous laisseriez un boulot inachevé ? Je détestais Bell pour avoir écrit ce qu'il a dit dans son bouquin de merde. Il avait l'air de raconter que je n'étais pas sain d'esprit.

— Ce livre a fait de vous quelqu'un de célèbre.

— C'est vrai. Et c'est peut-être pour ça que je n'y suis pas allé trop fort avec lui. Vous avez bien trouvé une carte magnétique sur un des lieux du meurtre ?

— Oui…

— C'était celle de Bell, bien sûr. Ce n'est que lorsque lui et moi on a discuté un peu qu'il a compris que c'était sans doute Brower qui l'avait prise.

Brower étant l'assistant de Bell, il lui avait été facile de chaparder sa carte.

— Pourquoi avez-vous soupçonné Bell, et non pas son collaborateur, Paquette ? Il a coécrit avec lui *Le Danger CASt*.

— Bell remuait de la boue, il cherchait à exciter tout le monde avec son sale bouquin. Paquette, lui, réussissait ; il avait continué sur sa lancée. Enfin, j'ai toujours suspecté que mon père l'avait payé tout comme il avait payé ce flic.

— Votre père n'a jamais dit qui c'était, ce flic.

— Non. Mais vous le savez aussi bien que moi, n'est-ce pas, capitaine ?

Brass ne répondit pas.

CASt se tassa sur sa chaise et redevint Jerome Dayton. Il paraissait épuisé.

L'inspecteur, lui aussi, se sentait vidé.

— Je vous ai dit tout ce que vous vouliez savoir ? demanda enfin le prisonnier.

— Oui, Jerry.

— Vous n'êtes pas déçu ?

— Non. Mais j'aurai peut-être besoin d'avoir une autre conversation avec vous. On a beaucoup de choses à voir encore, tant d'anciennes affaires.

— Pas de problème. J'aime bien vous parler.

— Bien. J'en suis content.

— Vous savez ce que j'aime vraiment chez vous, capitaine ?

— Non. Qu'est-ce que c'est ?

— Vous ne me menacez jamais du doigt.

— Et je ne le ferai jamais, Jerry.

Ce fut à contrecœur que le médecin laissa Catherine et Grissom voir son patient. Bien qu'il ait perdu beaucoup de sang, Brower pouvait parler sans danger pour sa santé. Les visites étant limitées à deux personnes,

Nick resta dans le couloir avec le policier posté devant la chambre du malade.

Allongé sur un lit blanc, le copieur de CASt avait la main gauche solidement bandée. En dehors de cette blessure, Brower ne semblait pas plus atteint que cela après son passage dans le château de Dayton. Il avait la tête tournée vers la fenêtre, les stores entrouverts lui offrant une vue plein sud sur le Strip.

— Vous pensez nous duper en regardant ailleurs, Mark ? lui demanda Catherine en pénétrant dans la pièce.

Il ne répondit rien et continua de fixer la fenêtre en silence.

La jeune femme fit le tour du lit afin de se retrouver face à lui et ferma les stores.

Brower la regarda un instant puis se détourna… pour tomber sur Grissom, debout à ses côtés, les bras croisés et un sourire tranquille sur les lèvres.

Alors il tourna la tête, fixa l'écran au-dessus de lui, brandit la télécommande qu'il tenait dans la main droite et alluma en mettant le son à toute force.

Grissom lui prit l'objet des doigts et éteignit la télévision. Mais les yeux de Brower restèrent là où ils s'étaient posés.

— Vous n'avez pas besoin de nous regarder, Mark, lui dit le criminaliste. Ça nous va très bien comme ça. En revanche, il faut que vous nous parliez.

— Je n'ai rien à vous dire.

— Eh bien, nous, si, reprit Catherine.

— Je n'ai pas à vous écouter. C'est moi la victime, et vous autres me traitez comme si j'avais fait quelque chose de mal.

— Vous êtes le copieur de CASt, Mark. Là, c'est quelque chose de mal.

— J'enquêtais sur la première affaire. Vous devriez

me récompenser pour vous avoir aidé à coincer le vrai CASt.

— Merci, lui dit Grissom. Mais j'ai bien peur que la doublure n'ait aucune chance de retourner sur scène et de devenir une star. Vous voyez, Mark, nous sommes allés chez vous. Nous avons découvert les ciseaux à métaux – sur lesquels nous avons retrouvé du sang – que vous avez utilisés pour couper les doigts de vos victimes ; nous avons la corde dont vous vous êtes servi, le rouge à lèvres, tous les ingrédients qui caractérisaient l'œuvre de CASt.

Le visage de Brower parut s'affaisser, mais il parvint à feindre l'indignation.

— A quoi pourra servir tout ça sans mandat ?

— Nous sommes justement ici pour ça, Mark, sourit Grissom en sortant un document de sa poche intérieure. Il le tendit à Brower, qui regarda la feuille de papier comme si elle était en feu.

— Je peux savoir le motif ?

Grissom jeta le mandat sur le lit pendant que Catherine décochait au patient un sourire triomphant.

— Nous avons fait concorder vos empreintes avec celles que l'on a prélevées sur les boutons de sonnette de Marvin Sandred et d'Enrique Diaz.

— Elles…, quelqu'un a dû les y poser. Je suis un reporter criminologue ! Jamais je ne ferais quelque chose de… d'aussi…

— D'aussi stupide ? demanda Grissom. Racontez-nous ça, Mark.

— Non.

— D'accord. Dans ce cas, c'est moi qui vais parler. Paquette ne voulait pas virer Bell, et il ne voulait pas vous offrir de promotion tant que Perry était là. Si Mark Brower pouvait avoir sa propre chronique, se faire un nom dans le journalisme, Perry Bell devait s'en aller. Alors, pourquoi ne pas le tuer tout simplement ?

Brower ne répondit rien.

Ce fut donc Catherine qui parla à sa place :

— Comment, et faire de lui un martyr ? Il fallait le discréditer, Mark, et en même temps faire en sorte d'être aux premières loges pour une histoire importante, et écrire ensuite votre propre livre sur CASt.

Soudain, Brower se mit à parler, mais doucement, tout doucement :

— Ça faisait cinq ans que je me coltinais ce gros ivrogne. C'était à mon tour d'être quelqu'un… A mon tour d'être le reporter vedette.

— Vous pouvez encore l'être, lui dit Grissom sur un ton enjoué. L'hebdomadaire de la prison d'Ely cherche toujours un bon chroniqueur. Ça pourrait peut-être vous plaire…

***

Depuis combien de temps conduisait-il ? Brass l'ignorait. La nuit était tombée sur la ville, et il n'était toujours pas arrivé là où il devait se rendre.

Les choses s'étaient clarifiées et Grissom avait rassemblé les indices de telle façon qu'ils comprenaient nettement mieux les faits.

C'était vraisemblablement le couloir de la mort qui attendait Mark Brower, même s'il avait fini par coopérer en faisant à Catherine et à Grissom des aveux complets – qui, en fait, pouvaient aboutir à lui payer la réclusion à perpétuité dans une cellule de haute surveillance à Ely. Pouvaient…

Jerry Dayton avait une chanche, lui, d'échapper à l'injection mortelle. Six hommes au moins étaient morts, cependant il passerait le reste de sa vie dans un hôpital psychiatrique, mais de ceux qui ne distribuaient pas d'autorisation de sortie comme on distribue des échantillons gratuits dans les supermarchés.

Même s'il avait du mal à y croire, Jim Brass avait pitié de Dayton et espérait qu'entre les murs où il allait désormais passer sa vie de dérangé mental, il allait obtenir une solide aide psychologique et trouver peut-être un peu de paix.

Ce n'était pas tous les jours qu'un flic mettait la main sur deux tueurs en série, mais ce qui aurait dû être une soirée de fête s'était transformé en une errance à travers Henderson, au cours de laquelle Brass ne cessait de tourner autour de l'adresse à laquelle il était censé se rendre. Finalement, il abandonna et vint s'arrêter à l'entrée de la maison de repos de Sunny Day.

Le gardien le laissa passer et, lorsqu'il atteignit le bâtiment à l'extrémité du complexe, il trouva son ancien partenaire assis sur la marche supérieure du porche, vêtu d'un peignoir sombre et chaussé de pantoufles, fumant tranquillement une cigarette.

— Tu en veux une ? proposa-t-il à Brass pendant qu'il garait sa Taurus.

— Non, j'ai arrêté.

— J'ai de quoi boire à l'intérieur, si tu veux.

— J'ai arrêté aussi.

— Quel emmerdeur tu es devenu, Jim.

Brass considéra son ami Vince Champlain. Sous le faible éclairage des quelques fenêtres allumées, il paraissait très vieux, presque désincarné. Etrange, alors qu'il avait toujours paru si costaud à Jim, du temps où ils étaient partenaires. Mais celui qui l'avait couvert durant des années paraissait aujourd'hui affaibli.

Brass descendit de voiture et vint s'asseoir à côté de son ami.

Vince tira une longue bouffée de sa cigarette, la relâcha, se mit à rire, toussa et dit :

— Margie ne me laisse pas fumer dans l'appartement. Elle m'oblige à venir ici. Elle me traite comme un gamin.

— On a mis Dayton au frais, aujourd'hui.

— Je l'ai appris, on ne parle que de ça aux infos. Et Mark Brower… ? Qui l'aurait cru ?

— Qui l'aurait cru, oui…

Avec un regard de côté, Vince déclara :

— Alors, je suppose que c'est toi qui as parlé à ce dérangé de Dayton ?

— Oui.

— On ne sait jamais ce que peut raconter ce genre de cinglé, hein ?

— C'est ta façon de tout nier ?

— Si tu penses que tu sais, tu penses que tu sais. Qu'est-ce que je peux y faire ?

— Jusqu'à maintenant, j'ai cru que peut-être je me trompais. On n'était pas les seuls sur cette affaire.

Tirant une longue bouffée, Champlain laissa la fumée s'échapper de ses lèvres puis demanda :

— Qu'est-ce que tu vas faire de ça ?

— Je n'en sais rien, encore.

— Tu pourrais tout zapper, tout effacer comme si c'étaient les divagations d'un fou.

Comme Brass le fixait sans répondre, Vince ajouta :

— Désolé, je sais que je n'aurais pas dû.

— Margie est au courant ?

— Pourquoi ? Tu vas tout lui dire ?

— Ce n'est pas à moi de le faire.

— Alors, qu'est-ce que tu vas faire ? J'ai le droit de savoir.

— Le droit que tu as c'est de te taire et d'avoir un avocat commis d'office si tu ne peux pas t'en offrir un…, bien qu'avec l'argent que Tom Dayton t'a donné pendant toutes ces années, je suis certain que tu peux t'en payer un excellent. Peut-être même Carlisle Deams, pourquoi pas ?

Vince afficha une grimace où se mêlaient colère, déception et aussi embarras.

— Alors… tu vas me donner, toi mon ancien partenaire ?

— Non, je ne fais que te rappeler certaines choses. Je ne sais pas comment tu as pu t'assurer que Dayton était CASt, ni comment tu as réussi à faire tout ça sans que la presse… ni moi… on ne mette notre nez là-dedans. Mais tu en avais assez pour coincer Tom Dayton, malgré tout son pouvoir.

— Depuis quand montres-tu tant d'autosatisfaction ? demanda Champlain en écrasant son mégot sous sa pantoufle.

Sans attendre, il alluma une autre cigarette.

— Appelle ça comme tu veux, Vince. J'ai prêté serment et on m'a donné un badge. Je n'ai pas de femme. J'ai quelques amis précieux, en dehors du boulot. Je n'ai pas grand-chose d'autre que la capacité de m'endormir en ayant bonne conscience. C'est déjà pas mal.

— Va te faire foutre, Jim. C'était juste un peu d'argent, rien d'autre.

— Si c'est comme ça que tu t'endors, c'est ton affaire. Mais, des gens sont morts, Vince. Vincent Drake et Perry Bell ont tous les deux été tués par le vrai CASt, après que tu as accepté l'argent de Tom Dayton pour regarder ailleurs. Ces meurtres auraient pu être évités… Pourquoi tout ça, Vince ? Pour avoir une retraite confortable ?

La cigarette que Champlain jeta au loin traça une minigerbe d'étincelles dans la nuit. Alors, il tourna vers Brass un regard dur avant de répondre :

— Oui.

— C'est aussi simple que ça…

— Oui, le choix était simple : prendre ma retraite au bout de trente ans en profitant de l'argent de Dayton, ou me retrouver avec une pension qui ne me laissait pas de quoi vivre décemment, sans même parler de ma femme. Parce que, tu vois, j'ai une épouse. Et une vie.

— Une vie qui tu n'as pu t'offrir que grâce à la mort de deux personnes.

Vince plongea son regard dans l'obscurité.

— Je n'en suis pas fier, crois-moi. Je pensais que ce salaud n'était qu'un fumier parmi tant d'autres, dont je n'entendrais plus jamais parler ensuite.

— Tu te trompais.

— Tu crois que je ne sais pas ? Mais c'était trop tard pour y faire quoi que ce soit !

— Ah, oui ? Ou as-tu demandé un tout petit rab à papa Dayton ? Ces appartements, ça coûte combien ? Tu profites d'un excellent suivi médical, ici, pas vrai ?

— Si… Qu'est-ce que tu vas faire, Jim ?

Il hésita puis lâcha :

— Donne-moi une cigarette.

Vince lui en alluma une, la lui tendit et dit :

— Je croyais que tu avais arrêté.

— Oui, et je me demande pourquoi je craque à cause de toi. Tu n'en vaux vraiment pas la peine…

Il tira une longue bouffée et resta pensif.

Au bout d'un instant, Champlain répéta :

— Qu'est-ce que tu vas faire, Jim ?

Brass se tourna vers lui et fixa son ancien partenaire avec dureté avant de répondre :

— Je vais aller me coucher et dormir. La nuit porte conseil, non ? Tu connais le métier de flic, Vince : on ne sait jamais ce qui peut arriver, on ne sait jamais quand un aveu va frapper à la porte, ou quand un pauvre bougre va décider de manger son flingue. C'est à toi qu'on doit poser cette question : Qu'est-ce que tu vas faire, Vince ?

Puis Brass jeta sa cigarette encore allumée dans la nuit, se leva et s'éloigna lentement.

Champlain s'était levé à son tour, mais l'inspecteur ne le voyait pas.

Cependant, il l'entendit lui lancer :

— C'est comme ça que tu pars ? Après tout ce temps ? Alors que j'ai tout fait pour protéger tes arrières ?

Mais Brass ne répondit pas et continua de marcher.

Et Vince Champlain regarda une dernière fois le dos de son partenaire, jusqu'à ce que celui-ci se laisse totalement envelopper par l'obscurité.

Achevé d'imprimer sur les presses de

BUSSIÈRE

GROUPE CPI

à Saint-Amand-Montrond (Cher)
en août 2005

FLEUVE NOIR
12, avenue d'Italie
75627 Paris Cedex 13
Tél. : 01-44-16-05-00

— N° d'imp. : 52118. —
Dépôt légal : septembre 2005.

Imprimé en France